Le voyageur de l'ombre

LINDSAY McKENNA

Le voyageur de l'ombre

NOCTURNE

éditions HARLEQUIN

Collection : NOCTURNE

Titre original : TIME RAIDERS : THE SEEKER

Traduction française de FABRICE CANEPA

HARLEQUIN®
est une marque déposée par le Groupe Harlequin
NOCTURNE®
est une marque déposée par Harlequin S.A.

83-85, boulevard Vincent-Auriol, 75646 PARIS CEDEX 13.
Service Lectrices — Tél. : 01 45 82 47 47
www.harlequin.fr
ISBN 978-2-2802-4598-2— ISSN 1950-2753

Prologue

Parce qu'ils possèdent des pouvoirs psychiques qui leur permettent de manipuler l'espace et le temps, les navigateurs centauriens sont les seuls à pouvoir faire traverser aux vaisseaux de l'assemblée galactique les étendues infinies de l'espace.

Il y a cinquante mille ans de cela, les Centauriens découvrirent par hasard une planète dominée par une espèce d'humanoïdes primitifs. En effectuant des analyses de routine, ils s'aperçurent que les femelles de cette espèce étaient porteuses du gène permettant la navigation spatio-temporelle.

Craignant que leur monopole ne soit un jour remis en question, ils décidèrent de placer la Terre sous surveillance. Mais l'assemblée finit par découvrir l'existence de la planète et les expériences que les Centauriens menaient régulièrement sur ses habitants en contradiction totale avec les lois galactiques.

Il fut alors décidé qu'à titre de réparation, les humains se verraient offrir une chance de rejoindre l'assemblée. Un sceau fut façonné et scindé en plusieurs fragments. Chacun comportait de précieuses données technologiques, historiques et philosophiques.

Des agents de l'assemblée galactique originaires de la constellation des Pléiades furent chargés de cacher ces fragments à divers moments de l'histoire. Lorsque les humains seraient capables de voyager dans le temps et de rassembler les pièces du sceau, ils pourraient contacter l'assemblée.

Des siècles s'écoulèrent sans que les humains prennent conscience du formidable atout que recelait leur patrimoine génétique. Mais en 1947, aux environs de la petite ville de Roswell, au Nouveau-Mexique, un vaisseau centaurien s'écrasa.

Parmi les débris de l'appareil, l'armée américaine retrouva un étrange diadème qui servait apparemment à contrôler le vaisseau. Mais malgré des années d'études et des millions de dollars investis, le mystère de la couronne de navigation resta entier jusqu'à l'entrée en scène de Beverly Ashton et d'Athéna Carswell.

Lorsque le général Beverly Ashton fut mis à la tête du projet Anasazi, elle recruta une nouvelle équipe, plus jeune et plus audacieuse que la précédente. Parmi ces chercheurs figurait Athéna Carswell, une spécialiste de la physique quantique, qui découvrit que le diadème était en réalité un amplificateur mental.

A force d'expérimentations, Athéna parvint à développer son propre potentiel psychique et à l'utiliser pour projeter des voyageurs à travers le temps et l'espace. Elle ne tarda cependant pas à s'apercevoir que, s'il lui était possible d'envoyer quelqu'un dans le passé, il était beaucoup plus difficile de le ramener ensuite vers le présent.

La disparition d'une douzaine de volontaires sonna le glas du projet Anasazi. Le laboratoire fut démantelé, l'équipe dispersée et le général Ashton limogé. Mais c'était sans compter sur la ténacité de cette femme qui, à force de volonté, avait su s'élever au sein d'une hiérarchie souvent misogyne.

De retour à la vie civile, Beverly Ashton démarcha des investisseurs, réunit des capitaux privés et réactiva dans le plus grand secret le projet de voyage temporel. A la tête du nouveau laboratoire de Flagstaff, Athéna Carswell réussit à perfectionner son procédé et à récupérer la plupart des volontaires échoués dans le passé.

La découverte de l'*Ad Astra*, un manuscrit rédigé par un agent de l'assemblée galactique, transforma alors en profondeur le projet Anasazi. Car ce journal révélait l'existence de l'assemblée et celle du sceau galactique dont elle avait dispersé les fragments à travers l'histoire humaine.

Comprenant que cette nouvelle découverte se révélerait plus importante encore que celle du voyage spatio-temporel, Beverly Ashton et Athéna Carswell entreprirent alors de former une équipe d'hommes et de femmes porteurs du gène de la navigation et capables de voyager dans le temps pour partir à la recherche des fragments du sceau.

Mais c'était sans compter sur l'opposition des Centauriens, bien décidés à conserver leur fructueux monopole sur la navigation intersidérale...

1

Flagstaff, quartier général du projet Anasazi.

En pénétrant dans la salle de réunion où étaient installées le professeur Athéna Carswell et le général Beverly Ashton, Délia avait instantanément compris qu'il s'était produit un événement d'une importance capitale. S'efforçant vainement de dominer la curiosité qui montait en elle, elle attendit que le général Ashton lui fasse signe de s'asseoir avant de prendre place sur l'un des sièges libres.

— J'ai réussi à décrypter les pages manquantes de l'*Ad Astra,* déclara sans tarder Athéna.

Comprenant ce que cela signifiait, Délia sentit les battements de son cœur s'emballer. L'*Ad Astra* était véritablement la pierre d'angle sur laquelle était bâti le laboratoire de Flagstaff. Ce texte crypté avait été rédigé par Argenta, une historienne romaine du Iᵉʳ siècle avant Jésus-Christ, et exposait l'énigme la plus incroyable qui soit.

De fait, Argenta affirmait qu'une civilisation venue d'un autre monde avait dissimulé les fragments d'un sceau en diverses époques de l'histoire humaine. Une fois reconstitué, le sceau devait permettre aux humains de prouver qu'ils maîtrisaient les secrets de l'espace et du temps et de rejoindre les peuples qui avaient déjà atteint ce stade de développement.

La plupart des historiens auraient certainement considéré ce texte comme un simple conte moral ou, au pire, comme les élucubrations d'un esprit dérangé. Mais c'était sans doute parce que, contrairement à Athéna, ils ne s'étaient jamais trouvés confrontés aux étranges objets récupérés à bord de l'épave du vaisseau spatial qui s'était écrasé au Nouveau-Mexique, non loin de la petite ville de Roswell, en 1947.

Durant de longues années, l'armée américaine avait vainement tenté de percer les mystères de cette technologie. Jusqu'à ce qu'Athéna Carswell, l'une des plus brillantes spécialistes de la physique quantique, s'y intéresse à son tour. Elle avait notamment concentré ses efforts sur le diadème métallique qui servait à piloter le vaisseau.

Sous la direction du général Ashton, elle avait étudié le cristal qui ornait cette étrange tiare et compris qu'il s'agissait d'une sorte d'amplificateur psychique qui permettait à celui qui le portait de distordre le continuum spatio-temporel et donc de voyager dans le temps.

Malheureusement, les premiers essais n'avaient guère été encourageants, car, si Athéna avait effectivement pu envoyer des volontaires dans le passé, elle avait été incapable de les en ramener. Douze personnes s'étaient ainsi retrouvées bloquées et le Pentagone avait jugé préférable d'interrompre ses recherches.

Mais ni Athéna Carswell ni Beverly Ashton n'étaient prêtes à renoncer tant qu'elles n'auraient pas découvert le moyen de ramener ceux qu'elles avaient perdus.

Toutes deux avaient donc quitté l'armée pour créer leur propre laboratoire de recherches à Flagstaff.

Après avoir reconstitué l'amplificateur psychique à l'aide du cristal qu'elle avait conservé, Athéna avait mis au point un bracelet qui permettait aux voyageurs temporels d'émettre un signal qu'elle-même pouvait capter. Elle était désormais capable de ramener ceux qui voyageaient dans le passé.

Délia avait été l'une des premières à expérimenter ce nouveau procédé et c'est elle qui était allée récupérer les volontaires qu'Athéna avait perdus dans le passé.

C'est elle aussi qui avait été chargée de retrouver le passage manquant de l'*Ad Astra*. Pour cela, elle s'était rendue en 44 avant Jésus-Christ et s'était introduite discrètement dans la bibliothèque d'Argenta. Là, elle avait photographié les pages qui avaient été arrachées à une époque indéterminée.

— Qu'avez-vous découvert ? demanda-t-elle, incapable de dissimuler sa curiosité.

— Les pages que vous avez retrouvées confirment les conclusions auxquelles j'étais parvenue, répondit Athéna Carswell. Elles indiquent également que chaque fragment du sceau devrait nous conduire au suivant.

— Il s'agit donc vraiment d'un jeu de piste, murmura Délia.

— En quelque sorte. J'imagine que ceux qui ont disséminé les morceaux du sceau ne tenaient pas à ce qu'ils soient découverts par hasard.

— Il y a pourtant quelque chose que je ne comprends pas, objecta Délia. S'ils ont été cachés dans le passé, ces fragments ont dû parvenir jusqu'à nous. Avec un peu de chance, une bonne partie d'entre eux se trouvent actuellement dans différents musées à travers le monde.

Le sourire qui se dessina sur les lèvres d'Athéna indiqua clairement à Délia qu'elle venait de soulever l'un de ces paradoxes spatio-temporels dont la physicienne paraissait se régaler.

— Je vais vous épargner les équations dont je sais que vous ne raffolez pas, lui répondit-elle avec une pointe de malice. Disons que les mystérieux concepteurs de ce sceau sont parvenus à fixer la composante temporelle de certains objets. En d'autres termes, ces fragments n'existent qu'en certains points précis de l'espace et du temps.

— Il va donc nous falloir découvrir la localisation de l'un d'entre eux pour pouvoir trouver les autres par la suite.

— Exact, acquiesça Ashton. Et c'est précisément cet indice fondamental que tenaient à dissimuler ceux qui ont arraché les pages du journal d'Argenta.

Délia lui jeta un coup d'œil étonné.

— Vous pensez donc que quelqu'un cherche à nous empêcher de mettre la main sur ce sceau ?

— Disons que j'ai du mal à croire que l'on ait choisi d'arracher ces pages-là par hasard, répondit posément Ashton. Rien ne nous dit que l'idée de ce jeu de piste ait fait l'unanimité. Certains extraterrestres pourraient voir d'un mauvais œil le fait que notre planète rejoigne leur communauté intergalactique.

— Rien ne dit non plus que nous ayons intérêt à nous associer à eux, remarqua Délia, que cette idée avait souvent taraudée.

— Vous savez que nous ne contacterons ces

extraterrestres qu'après avoir obtenu l'aval des Nations unies.

— Une chose devrait vous rassurer cependant, intervint alors Athéna. Si une société dotée d'une technologie aussi supérieure à la nôtre avait eu des intentions néfastes à l'égard de l'humanité, nous ne serions probablement plus là pour en discuter.

— J'imagine que c'est toute la différence entre la formation scientifique et militaire, objecta Délia. J'ai remarqué que, très souvent, les situations auxquelles nous sommes confrontés défient la simple logique.

— Quoi qu'il en soit, reprit Athéna, le fragment manquant de l'*Ad Astra* contenait effectivement une indication concernant la localisation spatio-temporelle de l'un des fragments du sceau. D'après Argenta, il se trouverait en 44 avant Jésus-Christ entre les mains de Servilia, la maîtresse de Jules César.

— En 44 ? N'est-ce pas justement l'année où a été rédigé l'*Ad Astra* ?

— Précisément, acquiesça Athéna. Et cela me porte à croire qu'Argenta n'était autre que l'un des extraterrestres à l'origine de cet étrange jeu de piste. Contrairement aux morceaux du sceau, ce journal était censé traverser les siècles pour parvenir jusqu'à ceux qui seraient capables de le comprendre et d'en faire bon usage.

— Que savons-nous de Servilia ? s'enquit Délia.

— Elle a été durant des années la maîtresse de Jules César, expliqua Ashton. Mais à l'époque qui nous intéresse, celui-ci s'est détourné d'elle et lui a préféré la jeune et séduisante Cléopâtre qui, de plus, lui a donné un fils, contrairement à Servilia et à Calpurnia, son épouse officielle. Servilia est donc moins puissante que par le passé mais il ne faut pas négliger l'influence qu'elle exerce sur le sénat romain et le pouvoir que lui confère la fortune dont elle est dotée.

— Savons-nous où Servilia conserve le morceau du sceau qui se trouve en sa possession ?

— Non, répondit Ashton. Athéna planifiera votre saut spatio-temporel de façon à ce que vous apparaissiez non loin de Servilia, mais, ensuite, ce sera à vous de mener l'enquête et de découvrir où se trouve le fragment. N'oubliez pas que Servilia elle-même n'a conscience ni de sa véritable utilité ni de son importance.

— Argenta précise cependant que chaque fragment du sceau possède certains pouvoirs. Il est donc probable que ceux qui en ont la garde les considèrent comme des objets magiques ou sacrés.

— Si mes souvenirs sont exacts, le sceau qui était dessiné dans l'*Ad Astra* représentait plusieurs constellations différentes. Savons-nous laquelle figure sur le fragment de Servilia ?

— Cela aussi, ce sera à vous et à votre partenaire de le découvrir, répondit Ashton.

Délia lui jeta un regard étonné.

— Un partenaire, général ? Mais, jusqu'à présent, je suis toujours partie seule en mission.

— Cette fois, ce ne sera pas le cas, répondit Ashton d'un ton qui n'admettait pas de réplique. Il vous faudra également vous familiariser avec un nouvel instrument baptisé ESC. C'est un brassard métallique qui comporte un cabochon de quartz semblable à celui qui orne l'amplificateur psychique d'Athéna.

Celle-ci sortit de sa poche le brassard en question qu'elle tendit à Délia.

— Il est fabriqué en titane, indiqua-t-elle, ce qui le rend à la fois léger et résistant. Vous pouvez le porter aussi bien au poignet qu'au bras. Lorsque vous serez prête à rentrer, vous n'aurez qu'à appuyer fortement sur le cristal. Il émettra alors un signal que nous pourrons capter et qui me permettra de vous localiser et de vous ramener bien plus rapidement qu'auparavant...

— C'est formidable, éluda Délia. Mais j'aimerais en revenir à cette histoire de partenaire. Vous savez que je préfère travailler seule.

Beverly Ashton lui décocha un regard réprobateur. En de tels instants, il n'était pas difficile d'imaginer que cette femme était parvenue à imposer son autorité au sein du corps des Marines qui était généralement considéré comme l'un des moins progressistes et des plus imperméables à la féminisation graduelle de l'armée américaine.

— Au cas où vous ne l'auriez pas compris, nos actions mettent en jeu un éventuel contact avec une espèce extraterrestre et, par là même, l'avenir de notre espèce. Nous ne pouvons nous permettre d'agir à la légère. Athéna et moi avons donc établi des procédures plus strictes auxquelles devront se conformer tous les agents qui travailleront à la récupération de ces fragments.

— Dois-je comprendre que vous avez décidé d'agrandir l'équipe ? s'enquit Délia, curieuse.

— Comme vous le savez, ce n'est pas chose facile, répondit Athéna. Seules les personnes dotées d'un psychisme très particulier sont capables de voyager dans le temps. La plupart d'entre elles sont dotées de facultés que l'on a qualifiées jusqu'à présent de paranormales. Certaines sont capables de prédire l'avenir, d'autres, le temps qu'il fera, d'autres encore, comme vous, de discerner l'aura des gens.

— Evidemment, poursuivit Ashton, ce n'est pas le genre de choses dont elles se vantent. Très souvent, ces facultés sont même perçues comme une malédiction. Mais j'ai toujours accès aux dossiers du personnel militaire et je conserve certains contacts privilégiés au sein de l'état-major. Cela nous a permis de créer un institut de recherche sur le psychisme qui servira à la fois de façade et d'organe de recrutement pour nos véritables activités.

— Et mon partenaire est issu de cet institut ?

— Exactement, acquiesça Ashton en ouvrant le dossier qui se trouvait devant elle.

En apercevant la photographie qui était épinglée à l'intérieur, Délia ne put réprimer un frisson glacé.

— Vous ferez équipe avec le capitaine Jake Tyler, reprit Ashton, qui ne paraissait pas avoir remarqué cette réaction. Il fait partie des forces spéciales. Sa mère est professeur d'histoire ancienne à l'université de Cornell et son père est professeur de médecine. Les tests que nous avons fait passer à Tyler confirment ses facultés parapsychiques et notamment son aptitude à lire dans les pensées. Nous sommes convaincus qu'il est parfaitement capable de voyager dans le temps…

— Il n'est pas question que je fasse équipe avec Jake Tyler ! s'exclama Délia, incapable de réprimer plus longtemps la colère qui montait en elle.

Mais Ashton lui intima le silence d'un geste autoritaire de la main.

— Je sais que Tyler et vous avez eu une aventure à l'époque où vous étiez tous deux en poste en Afghanistan. Vous le connaissez donc suffisamment bien pour me dire ce qu'il vaut comme soldat.

— Ses qualités professionnelles sont irréprochables, fut bien forcée de reconnaître Délia. Mais ce n'est pas…

— Vous semble-t-il suffisamment équilibré sur le plan psychologique pour supporter un voyage à travers le temps ?

— Au contraire. Tyler est complètement insensible !

— Mettez-vous en doute ses capacités psychiques ?

— Je suis bien placée pour savoir qu'elles sont bien réelles. Mais…

— Combien de personnes répondent à un tel cahier des charges, d'après vous ?

Délia resta quelques instants silencieuse, ne trouvant rien à répondre à cela.

— Comme je vous l'ai expliqué, la mission dont vous serez chargés est extrêmement délicate. Tyler et vous êtes les meilleurs éléments que nous ayons à notre disposition à l'heure actuelle. Je suis persuadée que vous saurez vous montrer suffisamment professionnels l'un et l'autre pour oublier vos différends, le temps que durera cette opération.

— Je pense au contraire que ces différends risquent de compromettre la mission, objecta Délia que la perspective de revoir Tyler emplissait d'une irrépressible angoisse.

— Ce n'est pas ce que le capitaine Tyler nous a dit, intervint Athéna.

— Vous lui en avez déjà parlé ?

— Bien sûr. Il paraissait même se réjouir à l'idée de travailler de nouveau avec vous.

Délia réprima difficilement un soupir de frustration. Elle comprenait parfaitement où le général Ashton voulait en venir. En attendant le tout dernier moment pour lui annoncer la participation de Tyler et en précisant que ce dernier avait accepté ses conditions, elle signifiait à Délia qu'elle porterait seule la responsabilité du refus et donc du report de cette mission.

De toute évidence, Beverly Ashton n'avait pas oublié les leçons qu'elle avait apprises à l'école d'officiers de Westpoint. Qu'il s'agisse d'une armée tout entière ou, comme c'était le cas, d'un simple binôme, le commandement était un art délicat. Mais Ashton le maîtrisait à merveille.

— En agissant seule, je serai plus discrète, insista pourtant Délia. Il me sera certainement plus facile d'approcher Servilia.

Ashton la contempla longuement avant de jeter un coup d'œil interrogatif à Athéna qui haussa légèrement les épaules.

— Il y a un détail dont nous ne vous avons pas parlé, mais que nous nous devons de prendre en considération, déclara enfin le général d'un air sombre.

Délia retint son souffle, comprenant instinctivement qu'il s'agissait d'un élément capital.

— Ce voyage pourrait ne pas être aussi paisible que les précédents, reprit Ashton. Lorsque j'ai évoqué la possibilité que quelqu'un ait volontairement arraché des pages du manusrit d'Argenta, tout à l'heure, ce n'était pas uniquement en raison de ma méfiance naturelle. Dans son journal, Argenta laisse entendre qu'une autre espèce extraterrestre serait nettement moins favorable à l'humanité. Elle indique qu'ils sont originaires de la constellation du Centaure, contrairement aux auteurs du jeu de piste qui proviennent des Pléiades. Ces Centauriens seraient dirigés par un certain Kentar dont l'animosité envers la Terre et ses habitants serait un fait avéré…

— Pourquoi ne pas en avoir parlé auparavant ? s'étonna Délia.

— Parce que nous manquons singulièrement de recul, répondit gravement Athéna. Tout ce que nous avons, pour le moment, c'est ce journal qui a probablement été rédigé par une habitante des Pléiades. Rien ne nous dit qu'elle s'est montrée réellement objective. Ce qui nous inquiète, en fait, c'est que Tyler et vous risquez fort de vous retrouver pris entre deux espèces dont nous ignorons tout, y compris les pouvoirs réels.

— C'est un jeu dangereux, renchérit Ashton. Notre seul véritable espoir, c'est que les fragments du sceau nous aident à mieux comprendre leur technologie et leurs véritables intentions. En attendant, vous devrez vous méfier de tout le monde.

— Et c'est pour cela que vous avez décidé de m'adjoindre Tyler ?

— Effectivement. Tout comme vous, c'est un combattant aguerri. Et vous avez déjà combattu côte à côte en Afghanistan.

— Que savons-nous de ces supposés ennemis, les Centauriens ?

— En un mot ? Rien. Nous ignorons dans quelle mesure ils connaissent le plan des habitants des

Pléiades, s'ils y sont opposés, s'ils ont tenté de subtiliser les fragments du sceau... Nous ne savons pas à quoi ils peuvent ressembler, quelle est leur psychologie, quels sont leurs pouvoirs ou leurs points faibles...

— Sont-ils les seuls dont nous ayons à nous méfier ? s'enquit Délia qui commençait à comprendre que la mission qui lui était confiée serait bien plus délicate qu'elle ne l'avait imaginé initialement.

— Nous l'ignorons, soupira Ashton. Ainsi que l'a souligné Athéna, l'*Ad Astra* a traversé les siècles et n'importe quelle personne assez patiente et méthodique aurait pu le déchiffrer. D'autre part, nous ignorons combien de fragments peuvent se trouver aux mains de puissances ou d'entreprises étrangères. Il est donc parfaitement possible que nous ne soyons pas les seuls à nous intéresser à ce sceau. Il vous faudra aussi tenir compte de ceux qui, dans le passé, ont pu convoiter les pouvoirs qui résidaient dans ses fragments.

— C'est l'une des raisons pour lesquelles nous ne pouvons nous permettre de perdre du temps, renchérit Athéna. Même si je ne suis pas aussi alarmiste que Beverly, force est de reconnaître que ses arguments sont cohérents. Et l'enjeu est bien trop important pour que nous laissions place au moindre doute.

— Comprenez-vous à présent pourquoi Jake Tyler est notre meilleur choix ? C'est un soldat aguerri, il est doté de pouvoirs psychiques et je suis convaincue qu'il ne travaille pour personne d'autre. Je n'ai ni le temps ni les moyens de trouver un autre volontaire aussi qualifié.

Délia hocha la tête à contrecœur.

— J'ai bien peur d'être d'accord avec vous, soupira-t-elle. Tyler est un mufle, mais j'imagine qu'il me faudra faire avec. Sous quelle couverture avez-vous prévu de nous envoyer ?

— Vous passerez pour deux mercenaires d'origine grecque, expliqua Athéna. Bien évidemment, en dehors de la trousse de secours habituelle, vous devrez vous contenter de l'équipement et de l'armement en usage à cette époque. Comme toujours, j'implanterai chez vous lors du saut spatio-temporel toutes les informations dont vous pourriez avoir besoin, y compris la maîtrise des langues qui pourraient vous être utiles, à savoir le latin et le grec anciens.

— Avez-vous d'autres questions, Délia ? s'enquit alors Ashton.

— Non, madame.

— Croyez-vous pouvoir être capable de surmonter vos différends avec le capitaine Tyler ?

— Etant donné ce que vous venez de me dire, je n'ai pas vraiment le choix, reconnut Délia.

Mais, intérieurement, elle se demanda si elle serait réellement capable d'affronter cet homme qu'elle avait aimé plus que tout autre et qu'elle avait dû se résigner à quitter parce qu'il était incapable de lui rendre ses sentiments.

Si leur rupture avait failli la faire sombrer dans la dépression, quel effet pourraient bien avoir leurs retrouvailles en de telles circonstances ?

2

— Le capitaine Tyler vient d'arriver, déclara l'assistante d'Athéna qui venait de frapper à la porte de la salle de détente dans laquelle s'était installée Délia. Il a rejoint le professeur et le général dans la salle de conférences.

Délia soupira profondément, se demandant une fois de plus si elle était vraiment de taille à affronter cette rencontre.

— Merci, Josie, répondit-elle. Dis-leur que je les rejoindrai dans une minute.

Josie hocha la tête et referma la porte pour s'éloigner à grands pas. Délia s'efforça de chasser son trouble pour se concentrer sur le bruit familier de ses pas. Elle aurait voulu avoir un peu plus de temps pour se préparer à cette mission et intégrer toutes les informations que venait de lui transmettre Ashton.

Mais si celle-ci avait attendu le dernier moment pour le faire, ce n'était probablement pas par hasard. Délia savait pertinemment que, contrairement à la plupart des officiers, Ashton se fiait à l'intuition de ses hommes.

Elle était convaincue que la réalité était bien trop complexe pour être modélisée par de grands plans de bataille et considérait que la clé du succès résidait bien souvent dans l'initiative personnelle.

A plusieurs reprises, Délia avait pu constater la justesse de ces convictions et elle-même s'était découvert des talents et des capacités qu'elle n'aurait pas imaginés. Hélas ! aucun d'entre eux ne l'aiderait à faire face à Tyler. Le simple fait de penser à lui avait suffi à éveiller en elle un trouble qu'elle ne pouvait réduire à de la colère.

Certes, elle lui en voulait de s'être montré arrogant et insensible, de l'avoir forcée à prendre l'initiative de leur rupture alors que c'était elle qui était amoureuse, de ne jamais l'avoir rappelée depuis lors…

Mais cela n'expliquait pas complètement sa réaction. Elle avait conscience du fait qu'elle n'était pas complètement guérie des sentiments que lui avait inspirés Tyler, et qu'elle lui en voulait moins aujourd'hui. Malheureusement, elle était loin d'avoir tourné la page.

En cet instant même, elle sentait un étrange fourmillement courir sur sa peau à l'idée de le revoir. Il avait toujours exercé sur elle une attirance physique presque animale, une sorte de magnétisme naturel auquel elle avait beaucoup de mal à résister.

C'était comme s'ils étaient faits l'un pour l'autre. Leurs corps paraissaient se compléter naturellement, ce qui rendait leurs étreintes plus intenses que toutes celles qu'elle avait connues jusqu'alors. Cette alchimie avait perduré même dans les derniers temps, alors qu'elle pensait déjà à le quitter.

Saurait-elle en faire abstraction aujourd'hui ? Rien n'était moins sûr. Hélas ! elle ne pouvait se permettre de retarder indéfiniment le moment où ils devraient se revoir. Elle finit donc par se lever, quitta la salle de détente et s'engagea dans le couloir qui conduisait à la salle de conférences.

Pour s'accorder un délai supplémentaire, elle décida de faire un détour par le laboratoire. Ce dernier était entièrement aménagé autour de l'énorme tube de verre renforcé dans lequel s'installaient ceux qui devaient s'élancer à travers le temps. Aux yeux de Délia qui l'avait utilisé plus souvent que n'importe quel autre volontaire, il était devenu presque aussi familier que sa propre maison.

Devant le tube se trouvait le pupitre derrière lequel s'installait Athéna. En face du fauteuil en cuir craquelé de la physicienne, on voyait une boîte de verre à l'intérieur de laquelle était placé le diadème métallique qui lui permettait de manipuler l'espace-temps, celui-là même qui avait été apporté des profondeurs de l'espace par les extraterrestres qui s'étaient écrasés à Roswell, en 1947.

Délia avait toujours été fascinée par cet objet dont l'apparence était si délicate et les pouvoirs si immenses. Elle s'en approcha respectueusement et contempla les délicats entrelacs de métal et de cristal que formait cette étrange couronne. Comme souvent, les cristaux luisaient doucement.

Mais ce que Délia admirait le plus, c'était l'aura incroyablement élaborée qui émanait de cet objet. Des dizaines de rayons colorés se croisaient, se rencontraient, se mêlaient en une pulsation lente et régulière, comme le battement d'un cœur.

L'extraordinaire complexité de cette aura reflétait celle de l'objet lui-même et prouvait s'il en était besoin le mélange d'intelligence et de puissance psychique dont était dotée Athéna, la seule personne qui soit parvenue jusqu'à présent à dompter le diadème.

Car il ne s'agissait pas seulement de comprendre les équations mathématiques qui réglaient son fonctionnement : il fallait aussi être capable d'utiliser sa propre force mentale pour pouvoir l'activer. Athéna était d'ailleurs anxieuse de trouver au plus vite une apprentie capable de reprendre le flambeau au cas où il lui arriverait quelque chose. C'était une condition impérieuse pour assurer la pérennité du projet Anasazi.

Délia finit par s'arracher à la contemplation de l'aura du diadème et rejoignit la salle de conférences. A travers la porte entrouverte, elle pouvait entendre la voix de Jake et ce simple son éveilla en elle un frisson de délice et d'angoisse mêlés.

Sans même s'en rendre compte, elle serra convulsivement le dossier de la mission contre son cœur comme pour se protéger d'une nouvelle déception. Prenant une profonde inspiration, elle poussa résolument le battant et pénétra d'un pas décidé dans la pièce.

Instantanément, son regard s'arrêta sur Jake et elle put constater qu'il était toujours aussi séduisant qu'au temps où tous deux sortaient ensemble. Ses cheveux noirs coupés court encadraient son visage aux traits virils, empreint d'un irrésistible mélange d'intelligence et de volonté.

Le polo bleu marine qu'il portait révélait une silhouette athlétique, trahissant les heures qu'il passait à s'entraîner. Tout comme elle, Tyler était un fervent pratiquant des arts martiaux et il l'avait beaucoup aidée à progresser dans ce domaine.

Levant les yeux, Délia avala sa salive et plongea son regard dans le sien. Elle savait qu'il risquait de lire dans ses pensées et érigea autour de son esprit une barrière mentale qu'elle espérait impénétrable. Ce réflexe arracha à Tyler un sourire amusé.

— Salut, Del, dit-il. Ça fait un bail…

Elle se contenta de répondre par un léger hochement de tête avant de se tourner vers Athéna et Ashton. Tout comme elle, les deux femmes ne paraissaient pas indifférentes au charme qui émanait de Jake Tyler.

Mais comment en aurait-il été autrement ? Il avait le don de se rendre irrésistible et elle n'osait imaginer combien de maîtresses s'étaient succédé dans son lit depuis qu'elle l'avait déserté.

Ecartant ces amères réflexions, Délia alla s'asseoir à la grande table de réunion qu'elle plaça délibérément entre Tyler et elle. De là, elle put l'observer à la dérobée tandis qu'il s'entretenait avec Ashton. Mais il dut le sentir et lui jeta aussitôt un coup d'œil qui parut la transpercer de part en part. Heureusement, songea-t-elle, il ne cherchait pas à lire dans ses pensées. Sans doute aurait-il été surpris de voir la scène qui se répétait en boucle dans son esprit : leur tout dernier baiser dont le souvenir s'était à jamais fixé en elle avec la précision presque chirurgicale que lui conférait le désespoir.

— Que deviens-tu depuis tout ce temps, Del ? lui demanda-t-il sur le ton de la conversation. Tu as bonne mine…

C'était un euphémisme, songea Jake en sentant son cœur se serrer dans sa poitrine. Délia lui paraissait plus belle encore que dans son souvenir si une telle chose était réellement possible.

Elle avait laissé pousser ses cheveux depuis qu'elle avait quitté l'armée et ils tombaient de part et d'autre de son visages en vagues d'un noir de jais qui devaient être plus douces que la soie. Ses yeux bruns avaient toujours cet éclat doré qui l'avait toujours fasciné et dans lequel il s'était si souvent perdu avec délices.

— Merci, lui répondit-elle sèchement, visiblement décidée à ne pas lui faciliter la tâche.

Cela ne le surprenait pas outre mesure. Il savait que leur rupture avait été difficile pour elle. Elle était partie alors qu'elle tenait encore à lui et il avait feint de ne pas le comprendre, de trouver absurdes les reproches dont elle l'accablait. Mais, au fond de lui, il connaissait parfaitement la nature de ses griefs. Après tout, elle n'avait pas été la première à les lui faire…

Mais ce qu'elle ignorait sans doute, c'est que lui aussi avait très mal vécu cette séparation qu'il n'avait pas choisie. Jamais il n'avait connu de relation aussi épanouissante que la leur. La complicité physique et mentale qui existait alors entre eux était unique, transformant chacune de leurs étreintes en véritable feu d'artifice de sensations plus intenses les unes que les autres.

Ce simple souvenir suffit d'ailleurs à éveiller en lui un désir qu'il s'efforça de refouler.

Délia lut distinctement dans le regard de Tyler l'envie qu'il avait d'elle. C'était une expression bien trop familière pour qu'elle l'ait oubliée. Et elle alluma au creux de son ventre une sensation de chaleur qui commença à se répandre en elle comme un brasier.

Délia serra très fort les poings de façon à ce que

ses ongles s'enfoncent cruellement dans la chair de sa paume. La douleur l'aida un peu à se ressaisir et elle se concentra résolument sur les paroles d'Ashton et d'Athéna, qui finissaient d'expliquer à Tyler les grandes lignes de leur mission.

— Votre faculté extrasensorielle vous sera très précieuse, conclut enfin Ashton. Athéna fera en sorte de vous renvoyer le 20 février en 44 avant Jésus-Christ. Vous devriez vous trouver à proximité de Servilia et votre première priorité sera de l'identifier et de prendre contact avec elle. Gagnez sa confiance et essayez de savoir où elle cache le fragment du sceau.

Ashton referma le dossier qui se trouvait devant elle et croisa les doigts.

— Durant cette mission, c'est vous, capitaine Sebastian, qui mènerez les opérations. Cette décision a été prise au vu de votre ancienneté au sein de ce laboratoire et des nombreux sauts dans le temps que vous avez déjà effectués.

Délia hocha la tête, soulagée. Cet avantage l'aiderait peut-être à remettre Tyler à sa place s'il s'avisait de se montrer trop entreprenant. Et, dans le pire des cas, elle pourrait toujours lui donner l'ordre de rentrer et continuer seule.

— Je suppose que vous savez déjà comment fonctionne la lecture de pensées du capitaine Tyler, reprit Ashton. Pour être réellement efficace, il a besoin de se concentrer. Chaque fois qu'il vous paraîtra utile de recourir à ses talents, ce sera donc à vous de veiller à ce qu'il ne soit pas dérangé. Vous lui servirez de guide et de gardien durant tout le temps que durera ce sondage mental.

— C'est compris, acquiesça Délia.

— N'oubliez pas non plus que plus le capitaine Tyler connaîtra sa cible et plus il lui sera facile de percevoir ses pensées. Il doit également se trouver à proximité de la personne, de préférence à moins de cinq mètres d'elle de façon à optimiser la lecture. Au-delà, les ondes psychiques deviennent plus difficilement discernables.

Délia ne s'inquiétait pas trop à ce sujet : elle était convaincue qu'une fois que Servilia aurait posé les yeux sur Tyler, elle ferait en sorte de l'avoir à ses côtés aussi souvent que possible.

— Je vous rappelle votre couverture : vous êtes frère et sœur, reprit Ashton. Vous venez de Grèce et vous travaillez comme mercenaires. Au moment où vous rencontrerez Servilia, vous serez censés vous diriger vers Rome pour y chercher un nouveau contrat…

— Un Romain ne trouvera-t-il pas curieux qu'une femme puisse servir comme mercenaire ? s'enquit Délia. Il ne devait pas y avoir beaucoup de guerrières à Rome.

— Détrompez-vous. Certaines femmes se battaient comme des hommes : c'était notamment le cas des Celtes. Il y avait aussi des gladiateurs femmes dans les arènes. La société romaine était bien plus diversifiée et tolérante qu'on ne le croit généralement. Athéna et moi ne pensons pas que votre métier puisse éveiller le moindre doute, surtout une fois que vous aurez prouvé vos talents de guerrière.

— Que savons-nous sur Servilia, au juste ? s'enquit alors Tyler.

— Peu de chose, reconnut Ashton. Elle est la maîtresse de César depuis très longtemps et lui est restée fidèle malgré ses remariages successifs. Mais cette fois-ci, elle a affaire à une rivale bien plus redoutable : la reine Cléopâtre, qui a mis au monde le fils de Jules César, Ptolémée Césarion, un an plus tôt. Cléopâtre s'est même installée chez Marius où Jules César a élu domicile en ce moment. Il est probable que cet état de fait ne réjouisse guère Servilia.

— Pourrait-elle être suffisamment jalouse pour avoir organisé l'attentat des Ides de mars ? s'enquit Tyler, curieux.

— Nul ne le sait, répondit Athéna. Mais c'est effectivement le 15 mars que Marcus Brutus, fils de Servilia, assassinera César. Vous allez donc vous retrouver projetés au milieu d'un nœud d'intrigues et de complots. Tâchez surtout de ne pas vous retrouver directement impliqués. Si par malheur vous changiez l'histoire, les conséquences pourraient s'avérer désastreuses. Bien sûr, il sera toujours possible de corriger une éventuelle erreur de votre part, mais c'est toujours un processus long, complexe et dangereux que je préférerais éviter autant que possible.

— En d'autres termes, restez vigilants mais intervenez le moins possible, renchérit Ashton. La seule chose qui importe est de retrouver le fragment du sceau et de vous éclipser ensuite.

— On dirait que nous nous apprêtons à plonger dans la fosse aux lions, remarqua Délia.

Tyler hocha la tête.

— Telle est bien mon impression, acquiesça-t-il. Si mes souvenirs sont bons, Brutus a été le fidèle second de Jules César durant près de vingt ans. Il se trouvait à ses côtés lorsqu'il a conquis la Gaule et la Bretagne. D'après ce que l'on sait, c'est un grand général et un puissant guerrier. Le fait que ce soit lui l'assassin tendrait à indiquer que sa mère est au courant du complot. Après tout, elle a des raisons d'en vouloir à César qui la délaisse pour s'afficher avec une reine âgée d'à peine vingt et un ans.

— Mais est-elle vraiment assez en colère pour tuer l'homme qu'elle aime ? s'interrogea Délia.

— Vous ne devez pas oublier que vous n'avez pas affaire à des Américains du XXIe siècle mais à des Romains vivant en 44 avant Jésus-Christ, objecta Athéna. Leur sens de la morale est résolument différent du nôtre. De plus, Servilia est une femme de pouvoir. Mais si César l'oublie, elle risque fort de perdre une partie de son influence et de sa fortune. Qui sait jusqu'où elle serait prête à aller pour éviter une telle chose ?

— Il faut aussi tenir compte de l'état d'esprit de César, remarqua Ashton. Nous ignorons ce qu'il éprouve à l'égard de Servilia, aujourd'hui. Serait-il prêt à se débarrasser d'une ancienne maîtresse devenue gênante ? Et Cléopâtre ? Craint-elle un retour en grâce de Servilia auprès de César ? La tuerait-elle pour prévenir une telle éventualité ?

Ashton secoua doucement la tête.

— L'histoire nous apprend que Servilia a survécu à son fils Brutus. Après le meurtre de César, Cléopâtre a préféré fuir Rome pour protéger Ptolémée Césarion du chaos qui s'en est suivi. Malheureusement pour elle, cela n'a pas empêché Octave, le futur empereur Auguste, de faire assassiner Césarion en Egypte. Cléopâtre, quant à elle, s'est donné la mort en se laissant mordre par un serpent venimeux.

— Brutus est mort l'année suivante sur le champ

de bataille, poursuivit Athéna. Et c'est ainsi que Servilia a survécu à tous les protagonistes de cette histoire. Cette femme est une intrigante de tout premier ordre et vous ne devrez jamais la sous-estimer. A sa façon, elle est une politicienne fine et retorse. On dit même qu'elle est en partie à l'origine de la stratégie qui a permis à César de conquérir la Gaule. Pour la remercier, il lui a même offert une perle noire d'une valeur inestimable.

— Le pouvoir derrière le trône, en quelque sorte, commenta Délia, songeuse.

— En effet, approuva Ashton.

Athéna consulta sa montre et hocha la tête.

— Nous allons procéder au saut dans une heure, déclara-t-elle. Je ferai en sorte de synthétiser des armes et des habits en accord avec l'époque et de vous implanter la connaissance de la langue et des coutumes locales.

Elle sortit de la poche de sa blouse blanche un brassard métallique semblable à celui qu'elle avait remis à Délia et le tendit à Tyler, qui s'en saisit et le considéra avec curiosité.

— Ceci me permettra de vous localiser et de vous ramener une fois que vous aurez trouvé le fragment du sceau, expliqua Athéna. Il vous suffit de presser le cristal pour envoyer un signal que je capterai. Le temps de gagner le laboratoire et de me concentrer et vous serez de retour parmi nous.

— Evidemment, précisa Ashton, en cas de blessure ou de danger grave, vous pourriez être amenés à envoyer le signal. Ce bijou peut vous sauver la vie et vous ne devez le perdre sous aucun prétexte.

— Au pire, ajouta Athéna, si l'un d'entre vous

égare son brassard, vous n'aurez qu'à vous serrer l'un contre l'autre au moment de presser l'autre cristal et je vous ramènerai tous les deux. Mais cette possibilité n'est à utiliser qu'en dernier recours : je préfère éviter que l'un des brassards ne reste en arrière. Il pourrait être découvert au cours de l'histoire, ce qui pourrait causer de graves paradoxes temporels.

— Ne vous en séparez jamais, leur conseilla Ashton. Et faites en sorte qu'il ne tombe pas entre les mains de quelqu'un d'autre : si cette personne venait à presser le cristal, il serait ramené dans le présent, ce qui ne manquerait pas de poser des problèmes.

Délia ne put s'empêcher de sourire à cette idée.

— La pauvre victime penserait sans doute qu'elle a été enlevée par les dieux, commenta-t-elle.

— Nous prendrons soin des brassards, assura Tyler plus sérieusement. Je porterai le mien à mon bras, sous mes vêtements.

— C'est préférable en effet, acquiesça Athéna. Mieux vaut éviter de tenter les pickpockets.

— Très bien, conclut Ashton. Avez-vous la moindre question ?

Tyler secoua la tête, aussitôt imité par Délia. Il se leva et alla serrer la main d'Ashton en la remerciant de lui avoir offert cette opportunité hors du commun. Pendant ce temps, Délia s'entretenait avec le professeur. Une fois de plus, Tyler se prit à admirer la grâce qui émanait de la jeune femme.

Le pull-over rose qu'elle portait mettait en valeur sa silhouette à la fois athlétique et sensuelle. Son pantalon noir soulignait ses longues jambes qu'il avait si souvent couvertes de baisers. Il se rappelait encore chaque détail de son corps magnifique et, même à présent, il ne pouvait poser les yeux sur elle sans sentir monter en lui un incoercible accès de désir.

Il avait fait l'amour avec bien des femmes, mais aucune n'avait su lui apporter cette sensation de calme et de plénitude qu'il éprouvait après chacune de leurs étreintes. Et il comprit brusquement que le moment était peut-être venu de tenter de nouveau sa chance.

Qui sait ? Cette mission leur offrirait peut-être l'occasion de reprendre leur relation là où elle s'était arrêtée…

3

— Tyler ? appela Délia tandis que ce dernier remontait le couloir principal en direction du laboratoire. Il faut que nous parlions…

Il s'arrêta et attendit tandis qu'elle le rejoignait. Pourquoi fallait-il qu'il soit aussi beau ? se demanda-t-elle une fois de plus. Cela rendait la situation tellement plus compliquée…

— Tu pourrais tout de même m'appeler Jake, remarqua-t-il d'un air mi-amusé, mi-réprobateur. Il me semble que nous avons été suffisamment proches pour ne pas nous en tenir à nos noms de famille…

Le regard glacé qu'elle lui jeta ne la lui fit paraître que plus désirable, peut-être parce qu'elle lui semblait soudain plus intouchable que jamais.

— Arrête de jouer les charmeurs, lui dit-elle. Nous ne partons pas pour une promenade romantique, mais pour une mission dangereuse. Et je tenais à ce que certaines choses soient claires entre nous : tout d'abord, c'est moi qui suis à la tête de cette opération et j'espère que tu sauras t'en souvenir. Jusqu'à présent, j'ai toujours travaillé seule dans le cadre du projet Anasazi et, s'il ne tenait qu'à moi, ce serait encore le cas aujourd'hui. Mais je n'ai pas le choix. Alors j'espère que tu sauras faire preuve de plus de respect et de sens des responsabilités que lorsque nous étions en Afghanistan.

Jake leva les mains en un geste qui se voulait apaisant.

— Je ne suis pas ton ennemi, Délia, lui dit-il.

— Je n'en crois pas un mot. J'ai bien vu ton petit sourire satisfait lorsque nous étions en salle de réunion. Tu ne me prends pas au sérieux. Mais tu devrais savoir que je ne plaisante jamais lorsqu'on me confie une mission de ce genre. Contrairement à toi, j'ai parfaitement conscience des enjeux et des risques que nous prendrons, une fois sur le terrain. Et je ne laisserai pas ton arrogance nous mettre en danger. Est-ce que je me suis clairement fait comprendre ?

L'intensité de son regard et l'énergie qui émanait d'elle en cet instant le fascinaient. Malgré lui, il ne pouvait s'empêcher de se rappeler leurs étreintes passionnées en Afghanistan et la violence avec laquelle elle réagissait à chacune de ses caresses.

— Je te reçois cinq sur cinq, mon ange, répondit-il d'un air malicieux.

Délia serra les dents et se fit violence pour résister à son envie de le gifler. Jamais elle n'avait rencontré d'homme plus sûr de lui que Jake Tyler. Rien ni personne ne paraissait capable d'entamer l'image qu'il avait de lui-même.

— Ne t'avise plus de m'appeler de cette façon. Cela fait bien longtemps que tu as renoncé à ce droit.

— Je te rappelle que c'est toi qui as renoncé à nous, objecta-t-il. Mais la question n'est pas là. Tu peux me faire confiance, Del : je suis un professionnel et, tant que nous serons en mission, je suivrai tes instructions au doigt et à l'œil. Quant à toi, contente-toi de me ménager suffisamment de temps et d'espace pour que je puisse lire dans l'esprit de cette femme et localiser notre cible. Je n'attends rien de plus de ta part.

Il s'agissait là du plus éhonté des mensonges : en réalité, il espérait beaucoup de ces retrouvailles inespérées, plus sans doute que Délia n'était prête à lui donner. Mais il se promit qu'avec le temps, il parviendrait à lui rappeler ce qu'ils avaient partagé autrefois.

Délia avisa le regard songeur de Jake et se demanda ce qu'il pouvait bien être en train de penser. La remarque qu'il venait de faire aurait probablement dû la rassurer, mais, curieusement, il n'en était rien. Elle réveillait au contraire un tiraillement familier au niveau de son cœur.

Deux ans s'étaient écoulés depuis leur rupture, mais la tristesse et la souffrance qu'elle lui inspirait étaient presque aussi vives qu'à l'époque.

— Ne t'en fais pas, répondit-elle enfin. Je veillerai à ce que tu aies tout le temps et l'espace pour mener ta petite enquête…

— Bien, acquiesça-t-il en souriant. Je suis vraiment ravi que nous ayons l'occasion de repartir en mission tous les deux, Del.

— Tel n'est pas mon cas. De tous les gens que je connais, tu es vraiment la dernière personne avec laquelle je voulais partir. J'ai même essayé de dissuader Ashton, mais elle n'a rien voulu entendre.

— C'est étrange, objecta Tyler, je crois au contraire que tu es la seule personne avec qui j'accepterais de partir si je devais me retrouver seul sur une île déserte. Mais peut-être n'est-ce pas si surprenant, ajouta-t-il d'un ton pensif, après tout j'ai toujours pensé que tout nous opposait, toi et moi. C'est sans doute pour cela que nous nous attirons tant, d'ailleurs…

Délia le fusilla de nouveau du regard et il éclata de rire, ravi d'être encore capable de la faire réagir de cette façon. Ce qu'il avait le plus craint en apprenant qu'ils partiraient ensemble, c'était de découvrir qu'elle était devenue indifférente à son égard.

— Tu es incorrigible, Tyler, lui dit-elle. J'ai toujours cru que ton narcissisme finirait par causer ta perte. Mais si tu n'y vois pas d'inconvénient, je préférerais que tu ne m'entraînes pas dans ta chute. Tout ce qui m'importe, c'est que nous mettions la main sur ce fragment de sceau et que nous rentrions ici au plus vite. Et j'aimerais être certaine que c'est également ta priorité.

Il y avait dans la voix de Délia une pointe de tension qui n'échappa pas à Jake. Il comprit alors que, s'il allait trop loin, elle risquait de demander un autre partenaire ou de refuser la mission qu'on lui avait confiée. Et c'était un risque qu'il ne pouvait courir.

Il effaça donc le sourire malicieux qui se dessinait toujours sur ses lèvres et hocha gravement la tête.

— Très bien, Del, lui dit-il. Cette fois, je suis sérieux : je t'assure que je me comporterai de façon parfaitement professionnelle. Tu peux compter sur moi, je te le promets.

Elle ne parut guère convaincue.

— Je te connais, Tyler, insista-t-elle. Je sais que tôt ou tard, tu te persuaderas que j'ai pris une mauvaise décision et que tu es plus apte que moi à faire le bon choix. Mais au moment où tu désobéiras à mes ordres, je presserai ton brassard et te renverrai directement à la maison. C'est compris ?

— Tu ne ferais pas une chose pareille ? s'exclama-t-il.

— Sans la moindre hésitation, je t'assure. Je te l'ai dit : j'aurais préféré mener cette mission sans toi. Je profiterai donc du moindre prétexte pour me débarrasser de ta présence.

Jake savait que Carswell pourrait alors le renvoyer dans le temps, mais il soupçonnait Délia de s'être assurée qu'elle n'en ferait rien. S'il revenait avant la fin de la mission, Ashton et elle exigeraient sans doute des explications.

Mais ce n'était pas ce qui l'inquiétait le plus. En réalité, il était bien décidé à protéger Délia. S'il lui donnait la moindre excuse pour se défaire de lui, elle se retrouverait seule au milieu d'un nid d'intrigues et de complots.

— Ecoute-moi, lui dit-il gravement. Et je t'en prie, contrairement à ce que tu fais d'habitude, tâche de ne pas m'interrompre. Nous formons une équipe, Del, et, crois-moi, je ne mettrai jamais en danger ni ma vie ni la tienne.

— Si tu le dis, répliqua-t-elle d'un ton peu convaincu. Je te rappelle pourtant qu'à plusieurs reprises, en Afghanistan, tu as désobéi aux ordres de tes supérieurs et pris des risques inutiles. Tu n'as jamais su travailler en équipe et c'est bien la raison pour laquelle je ne parvenais pas à croire qu'Athéna et Ashton aient pu te choisir pour cette mission. Ton profil psychologique indique clairement que tu es incapable de partager le pouvoir et je ne vois pas pourquoi tu aurais subitement décidé de t'amender.

Je te tiendrai donc à l'œil et, à la première incartade, je te renverrai à la case départ.

Jake s'aperçut soudain que quelque chose avait changé en elle. Il y avait dans son regard et dans sa voix une dureté qu'il ne lui connaissait pas et il se demanda avec une pointe de culpabilité s'il n'en était pas responsable. D'un autre côté, songea-t-il, cette réaction prouvait qu'il ne lui était pas indifférent et il décida de s'en assurer.

Alors qu'elle était sur le point de se détourner pour s'éloigner, il posa les mains sur ses épaules et l'attira vers lui. Profitant de la stupeur qui se lisait dans ses yeux, il se pencha vers elle et l'embrassa.

Au contact de ses lèvres, Délia sentit sa colère grandir encore puis disparaître brusquement, remplacée par un sentiment de panique. Elle tenta de se dégager, mais Tyler ne la laissa pas faire, la plaquant au contraire contre lui. Instantanément, son corps tout entier s'embrasa et elle fut tentée de s'abandonner au désir fulgurant qui montait en elle.

Jake sentit Délia se détendre et cesser de lutter. Il n'était pas dupe et savait qu'il ne s'agissait pas réellement d'une victoire. S'il voulait avoir une chance de transformer cet essai, il allait lui falloir changer la résignation de Délia en consentement et lui prouver qu'elle avait autant à gagner que lui.

Ses gestes se firent donc plus doux, plus précautionneux. Et il sentit ses lèvres céder enfin et s'entrouvrir. Il ne put alors retenir un grognement de pur désir et la sentit frissonner contre lui. Enfin, les bras de Délia se nouèrent autour de son cou.

Plongeant les doigts dans ses cheveux soyeux, il inclina légèrement sa tête pour mieux offrir sa bouche à ses baisers. Inconsciemment, elle se pressa contre lui, ce qui aviva encore la flamme qui brûlait en lui et menaçait de le dévorer. Mais il savait qu'ils ne pouvaient courir le risque de se faire surprendre de cette façon.

Au prix d'un effort considérable, il s'arracha donc à ses lèvres et rouvrit les yeux.

— Comme au bon vieux temps…, murmura-t-il d'une voix très rauque.

Délia ne répondit pas. Son esprit était en déroute. Sans doute aurait-elle dû le gifler ou aller trouver Ashton pour lui dire qu'elle ne pouvait plus partir avec Tyler. Mais une autre partie d'elle-même se prenait à rêver d'un avenir possible pour eux.

Si seulement elle avait pu le convaincre de baisser sa garde, de ne plus se protéger continuellement de tout ce qui était susceptible de l'atteindre et de le toucher. Tyler avait fait de lui-même une forteresse imprenable dans laquelle personne ne pouvait pénétrer.

Et c'est précisément ce qui avait sonné le glas de leur relation. Un jour, Délia avait compris qu'ils ne seraient jamais plus que deux amants passionnés. Tyler ne leur laisserait aucune chance d'aller plus loin. De son propre aveu, il n'avait pas l'étoffe d'un mari et moins encore celle d'un père. Or Délia attendait plus de l'homme avec lequel elle vivait que quelques étreintes mémorables et de francs éclats de rire…

— Je te déteste, Tyler, lui dit-elle enfin.

— Je n'en crois pas un mot, répondit-il avec son éternelle assurance. D'ailleurs, tu avais autant envie de ce baiser que moi.

Elle ne répondit pas, sachant que son silence était

un aveu. Certes, elle avait envie de lui. Mais cela n'avait rien d'étonnant : elle l'avait toujours désiré. Pourtant, elle refusait de céder à la tentation. Car au bout de quelques nuits d'extase, elle serait bien forcée de se résoudre au fait qu'il n'avait pas changé et que leur relation n'avait aucun avenir.

Une fois de plus, elle devrait rompre. Et elle n'était pas certaine d'en être capable.

— Détends-toi, lui dit-il. Je t'ai promis que je serais sage pendant toute la durée de la mission…

Délia était loin d'en être persuadée. Mais elle n'était pas assez sûre de ses propres intentions pour lui répondre.

— Nous ferions mieux de rejoindre le laboratoire, murmura-t-elle. Athéna nous attend.

— Est-ce que vous êtes prêts ? s'enquit Athéna Carswell en plaçant délicatement le diadème sur sa tête.

Dans le cylindre vitré qui lui faisait face, Délia et Tyler étaient installés dans leurs fauteuils, s'efforçant de se détendre.

— Prête, déclara Délia, toujours sous le coup du baiser qu'ils avaient échangé quelques minutes auparavant.

— Moi aussi, ajouta Tyler en tendant la main vers elle.

Leurs doigts se mêlèrent comme autrefois, lorsqu'ils attendaient de sauter de l'hélicoptère qui les transportait sur un de leurs théâtres d'opérations afghans.

— Très bien, acquiesça Athéna en s'adossant à son confortable fauteuil de cuir.

Elle jeta un coup d'œil à Ashton et à son assistante qui se trouvaient sur sa gauche et leur adressa un petit signe de tête. Toutes deux veilleraient désormais à ce que rien ne vienne altérer sa concentration.

Car la moindre hésitation pouvait avoir des conséquences désastreuses : au mieux, les voyageurs se retrouveraient projetés dans une autre époque que celle où ils étaient censés arriver. Au pire, l'endroit où ils arriveraient se révélerait mortel. En cas d'erreur de calcul, ils pouvaient ainsi se matérialiser dans un mur ou au beau milieu d'un volcan.

— Fermez les yeux, conseilla-t-elle à Délia et à Jake.

Elle fit de même, sentant déjà l'énergie qui émanait des cristaux du diadème. Se renversant complètement en arrière, elle se força à réguler sa respiration, ainsi que le faisaient les adeptes du yoga. Elle se concentra tout d'abord sur chacune de ses inspirations et de ses expirations, se laissant glisser dans un état d'autohypnose toujours plus profonde.

Elle distinguait à présent parfaitement les champs d'énergie générés par les cristaux et s'émerveilla une fois de plus de cette vision. La plupart des physiciens passaient leur vie à étudier des phénomènes qu'eux-mêmes étaient incapables de percevoir. Mais depuis qu'elle avait découvert le diadème, elle se retrouvait régulièrement projetée dans ce monde qu'elle avait jusqu'alors dû se contenter de théoriser.

Résistant à la fascination qui s'emparait d'elle, elle tourna son esprit vers les deux personnes qui se trouvaient dans la cage de verre. Elle n'aurait su expliquer clairement comment elle procédait pour les projeter en un autre temps, un autre lieu. Il lui semblait parfois qu'en agissant de la sorte, elle parvenait à un niveau de perception et de compréhension supérieur.

Les personnes qu'elle faisait voyager perdaient leur individualité pour devenir de simples phénomènes physiques, union complexe de matière et d'énergie qu'elle était capable dans une certaine mesure de façonner. Elle les transformait en nuages de particules capables de défier les lois de la physique newtonienne et de traverser les époques.

Athéna n'avait plus alors qu'à les guider vers l'endroit où ils devaient se rendre, les attirant en un point précis de l'espace et du temps qu'elle était capable de visualiser sur cette vaste carte tridimensionnelle que constituait la réalité.

Le cœur battant à tout rompre, Jake attendait que se produise l'improbable prodige qu'Athéna Carswell prétendait pouvoir réaliser. En cet instant, l'idée de voyager dans le temps lui paraissait absurde et il se demandait comment il avait bien pu se laisser abuser par les discours d'Ashton. De toute évidence, celle-ci était aussi folle que sa protégée…

Puis il songea que, s'il était novice en la matière, tel n'était pas le cas de Délia qui avait voyagé de cette façon à de nombreuses reprises. Il se força dont à se détendre et à chasser les idées parasites qui envahissaient son esprit.

Et comme il tentait de faire le vide, il eut soudain l'impression que son corps tout entier se désagrégeait. Il aurait voulu hurler, mais il n'avait plus de bouche pour le faire. Et, avant même qu'il ne soit remis de sa terreur, il se sentit emporté à une vitesse fabuleuse à travers les couloirs de l'espace et du temps.

Un instant plus tard, il s'immobilisa et sentit les milliards de particules qui le constituaient se réunir de nouveau. Il savait que c'était le moment que Délia utilisait pour effectuer quelques changements, qu'il s'agisse de leur insuffler des connaissances nouvelles ou de transformer leurs vêtements et leur matériel.

Cette faculté était peut-être ce qui avait le plus fasciné Jake lorsqu'il avait entendu parler du processus pour la première fois. A ses yeux, le pouvoir dont Athéna faisait preuve était proche du divin.

Comme il reprenait progressivement conscience de lui-même et de son environnement, il s'efforça de digérer la multitude de données nouvelles. Délia et lui se tenaient toujours par la main, mais la température était devenue glaciale.

Il était allongé sur une surface dure et froide. L'étoffe du vêtement qu'il portait était totalement différente de celle du polo dont il était vêtu quelques instants auparavant. Quant à son esprit, il était envahi de connaissances nouvelles au sujet de la vie à Rome et en Grèce à cette époque.

Lentement, Jake rouvrit les yeux et constata qu'il était étendu au côté de Délia sur une route de pierre qui, d'après ce que leur avait dit Athéna, devait être la Via Appia qui reliait Rome au port de Brundisium au sud. Sur leur droite, parallèlement à la route, courait un imposant viaduc qui ravitaillait la capitale en eau douce.

Lâchant la main de Délia, Jake se redressa. Malgré la violence de ce qui venait de lui arriver, il se sentait frais et reposé, plus en forme encore qu'auparavant.

Il baissa les yeux et constata qu'il était vêtu d'un pantalon de laine et d'une cuirasse en cuir bouilli renforcé de pièces de métal. Sur sa tête se trouvait un casque orné d'une plume bleue.

— Tout va bien ? lui demanda Délia en latin.

Surpris de la comprendre, il se tourna vers elle et constata qu'elle était habillée de façon assez semblable. Comme lui, elle portait un glaive à la ceinture et un petit bouclier attaché dans le dos. Ils étaient également munis d'une dague et d'un sac qui contenait leur matériel.

— C'est incroyable, murmura Jake d'une voix mal assurée.

Délia hocha la tête.

— Ça fait toujours un drôle d'effet, reconnut-elle.

— Nous sommes vraiment des mercenaires grecs en route pour Rome, reprit-il en observant la forêt enneigée dans laquelle ils se trouvaient.

Les arbres dénudés qui bordaient la route avaient un aspect légèrement inquiétant.

— Nous sommes à trente kilomètres de notre objectif, constata Délia en désignant la borne qui se trouvait au bord du chemin.

Jake hocha la tête et reprit son inspection des environs.

— C'est curieux, constata-t-il. Athéna nous a dit qu'elle nous conduirait à proximité de Servilia. Alors pourquoi nous avoir déposés au beau milieu de nulle part ?

— Excellente question, concéda Délia. Ce qui est également très curieux, c'est que nous n'entendions et ne voyions personne. La Via Appia est un axe très fréquenté et l'on devrait voir des caravanes, des messagers et des soldats romains…

— Se pourrait-il qu'Athéna se soit trompée ? s'enquit Jake.

— J'ai entendu le ping, objecta Délia.

— Le ping ? répéta Jake, étonné.

— Un petit son émis chaque fois que le transfert se déroule sans problème, expliqua-t-elle. Tu ne l'as pas entendu ?

— J'étais probablement trop occupé à me désintégrer et à me rematérialiser, ironisa-t-il.

— Quoi qu'il en soit, Athéna ne se trompe jamais. Si elle nous a déposés ici, je suis prête à parier qu'il y a une bonne raison pour cela.

— En tout cas, je n'imaginais pas l'Italie aussi froide, remarqua Jake.

— Encore aujourd'hui, il arrive qu'il neige sur la péninsule en hiver, objecta Délia. Et, à l'époque, il faisait globalement plus froid qu'aujourd'hui.

Un corbeau fit entendre un croassement et vint se poser non loin d'eux.

— Nous ferions sans doute mieux de nous mettre en route, suggéra Délia. Qui sait ? Servilia voyage peut-être sur cette route.

Jake hocha la tête et ils commencèrent à marcher d'un bon pas en direction de Rome.

— J'espère qu'il y a des vendeurs ambulants sur cette route ou qu'Athéna a pensé à nous fournir des provisions. Je meurs de faim.

— Tu as toujours faim, Tyler, objecta-t-elle avec un sourire moqueur.

— Philippe, lui rappela-t-il. Je te rappelle que je suis ton frère.

— C'est juste, concéda Délia. C'est drôle que tu aies choisi ce nom, je trouve qu'il ne te va pas très bien…

— Si tu crois que tu m'inspires des pensées fraternelles !

Délia ne put s'empêcher de rougir. Mais comme elle s'apprêtait à lui répondre, un hurlement de femme se fit entendre. Sans même réfléchir, Délia détacha son bouclier et le glissa à son avant-bras gauche avant de dégainer son glaive. Jake avait fait de même.

— Crois-tu que ce soit elle ? lui demanda-t-il, curieux.

— Qui que ce soit, elle a des problèmes et nous ferions bien d'aller voir si nous pouvons nous rendre utiles.

Sur ce, Délia s'élança.

4

— A l'aide! hurla de nouveau la femme aux cheveux gris qui courait de toutes ses forces pour échapper à ses deux poursuivants.

Jake comprit instinctivement qu'il devait s'agir de Servilia. Elle portait une robe de mousseline vert foncé et une très belle écharpe orange qui volait derrière elle tandis qu'elle pressait encore l'allure pour s'éloigner du chariot près duquel se battaient plusieurs hommes.

Il y avait apparemment huit assaillants en tout : deux qui poursuivaient Servilia et six qui se chargeaient de son escorte. Ils étaient bien armés et équipés et avaient déjà eu raison de la moitié des gardes.

— C'est elle! s'exclama Jake à l'intention de Délia. Occupe-toi de ceux qui sont près du chariot, je me charge de ceux qui la poursuivent.

— Compte sur moi, dit-elle avant d'infléchir sa course pour se diriger vers le véhicule bâché.

Jake, quant à lui, courut vers Servilia qui venait de perdre une sandale de cuir décorée de joyaux, mais ne s'était pas arrêtée. Il ne tarda pas à arriver au niveau de l'un de ses poursuivants, un homme massif aux longs cheveux et à la barbe noirs. Il brandissait une épée et paraissait bien décidé à abattre Servilia.

Mais Jake ne lui en laissa pas le temps. Il se jeta sur le brigand qui parut passablement étonné par cette intervention inattendue. De toute évidence, il n'avait pas imaginé que ses victimes puissent obtenir des renforts.

Profitant de l'effet de surprise, Jake abattit son arme sur son adversaire et la lame mordit cruellement son épaule à travers l'épais manteau de loup qu'il portait. Il émit un grognement et lâcha son épée avant de rester quelques instants immobile, vacillant sur lui-même. Puis, brusquement, il s'écroula.

Jake se tourna aussitôt vers son compagnon qui s'était arrêté, laissant Servilia disparaître hors de vue. L'homme jeta un coup d'œil dans la direction où elle s'était éloignée et haussa les épaules. Puis il fit volte-face et s'éloigna en courant.

Estimant qu'il était inutile de le poursuivre, Jake jeta un coup d'œil en direction du chariot. Apparemment, l'intervention de Délia avait redonné du courage aux serviteurs de Servilia. La jeune femme avait tué deux des brigands et trois autres avaient été abattus par les gardes. Le seul survivant avait jugé préférable de s'éclipser à vive allure.

Délia, quant à elle, avait posé son sac et son bouclier, ne gardant que son épée, et elle s'était lancée à la poursuite de Servilia. Elle ne tarda pas à l'apercevoir, assise au bord de la route, le visage entre ses mains.

D'après les informations dont ils disposaient, Jules César devait être âgé d'environ cinquante-cinq ans et Servilia d'une cinquantaine d'années. Etant donné l'espérance de vie de l'époque, c'était indubitablement une femme très bien conservée. Toujours mince et alerte, elle aurait aisément pu prétendre avoir dix ans de moins.

Délia constata que Jake l'avait rejointe. Tous deux rengainèrent leurs glaives et se dirigèrent vers Servilia qui tremblait convulsivement. En les entendant approcher, elle releva la tête et serra son étole autour de ses épaules.

— Domina, lui dit Délia, je suis Délia de l'île de Délos en Grèce, et voici mon frère Philippe. Nous étions en route pour la ville de Rome lorsque nous t'avons entendue crier. Nous avons donc décidé de nous porter à ton secours. Tout va bien, à présent : les brigands sont tous morts ou en fuite. Comment te sens-tu ?

Tout en parlant, Délia avait ôté son casque pour prouver que, malgré la tenue qu'elle portait, elle était bien une femme.

— Par la déesse Diane, soyez bénis, tous les deux, leur dit Servilia. Je suis convaincue que vous m'avez été envoyés par Apollon lui-même puisqu'il est né sur l'île de Délos. Votre intervention est un véritable miracle et vous m'avez sauvé la vie. Je ne sais comment vous remercier. Savez-vous qui je suis ?

— Non, domina, lui répondit Jake. A qui avons-nous l'honneur ?

— A Servilia Caepionis, la maîtresse de Jules César.

Le ton qu'elle avait employé trahissait un mélange de fierté et de hauteur, ce qui semblait indiquer que Servilia était déjà en train de se remettre de ses émotions et de retrouver sa maîtrise de soi. Cela ne faisait que confirmer ce que leur avaient laissé entendre Athéna et Ashton : ils avaient affaire à une véritable maîtresse femme.

Jouant le jeu, Jake s'inclina respectueusement devant elle.

— Dans ce cas, lui dit-il, ma sœur et moi sommes doublement honorés par cette rencontre fortuite. Nous faisons profession de mercenaires et nous admirons profondément le stratège et le guerrier qui a su réduire la Gaule et la Bretagne.

Servilia les étudia attentivement.

— Si vous cherchez un emploi, je suis sûre que César pourra vous aider. Il vous sera très reconnaissant de ce que vous avez fait pour moi aujourd'hui.

— En attendant, nous devrions te reconduire jusqu'à ton chariot, domina, suggéra Jake. Certains de tes hommes sont blessés et nous devons leur porter secours.

— Certainement, acquiesça Servilia.

Elle se redressa et tous trois se dirigèrent vers le véhicule.

— Il y a une auberge à quatre kilomètres d'ici, indiqua-t-elle. Nous sommes passés devant, voici un peu moins d'une heure. Je me rendais dans ma villa de Pompéi, ajouta-t-elle. Mais, étant donné les circonstances, je ferais sans doute mieux de regagner ma maison de Rome. Là, mon chirurgien se chargera des blessés.

— Dans ce cas, laisse-nous t'escorter, suggéra Délia. De toute évidence, la route n'est pas sûre.

— Je vais faire mieux que cela, déclara Servilia. Je vous engage tous deux pour assurer ma protection. Vous serez généreusement payés, je vous le promets.

Délia s'inclina profondément.

— Ce serait un honneur pour nous que d'entrer à ton service, domina, répondit-elle.

Servilia hocha la tête et jeta un coup d'œil à la dérobée à Jake. Vêtu comme il l'était, ce dernier paraissait plus imposant encore. Mais Délia était convaincue qu'à quelque époque que ce soit, il n'aurait pas manqué de s'attirer l'admiration de la plupart des femmes.

Servilia ne paraissait d'ailleurs pas être indifférente à son charme et les regards qu'elle lui jetait se teintaient d'une franche admiration.

Lorsqu'ils revinrent auprès du chariot, ils découvrirent que le conducteur de l'attelage avait été blessé à la cuisse. Il avait déjà pris soin de découper un morceau de sa tunique pour bander sa plaie. Il se déclara parfaitement capable de ramener le véhicule et ses occupants jusqu'à Rome.

Deux des esclaves de Servilia avaient été touchés beaucoup plus gravement et elle ordonna qu'ils soient placés dans le chariot. Délia aida Jake à les hisser à bord et ils les allongèrent sur les bancs qui étaient recouverts de confortables coussins colorés et d'épaisses couvertures.

Le fait que Servilia abandonne ses quartiers à ses esclaves blessés renforça l'opinion favorable que Délia s'était faite d'elle.

— Philippe, tu resteras à l'intérieur du chariot avec eux pour panser leurs blessures et atténuer leurs souffrances, déclara Servilia. Je m'installerai à l'avant avec le cocher. Quant à toi, Délia, j'aimerais que tu prennes l'une des montures de mes gardes et que tu partes en avant.

Servilia ôta la bague ornée d'un rubis qu'elle portait à l'annulaire et la lui tendit.

— Prends cet anneau, ajouta-t-elle. Il devrait te

permettre de pénétrer dans la ville sans être inquiétée et de t'assurer la coopération des gardes qui savent qui me l'a offert. Rends-toi chez moi. Mon médecin, Alkaios le Grec, doit se trouver là. Raconte-lui ce qui s'est passé et demande-lui de préparer de quoi soigner mes esclaves. Il saura que faire.

Délia prit délicatement la bague et la glissa dans la bourse qui était attachée à sa ceinture.

— Tu peux compter sur moi, domina, lui assura-t-elle.

Elle vit le regard de Servilia s'attarder de nouveau sur Jake et ne put réprimer un petit pincement de jalousie. Car leur puissante maîtresse ne se contenterait peut-être pas de faire de lui son garde du corps. Hélas ! en rompant avec lui, elle avait perdu tout droit de regard sur sa vie sentimentale et, s'il se mettait en tête de sortir avec Servilia, elle n'y pourrait rien.

Elle se dirigea vers l'un des chevaux qui paissaient non loin du chariot et vérifia l'état de ses sabots ainsi que les lanières de la selle. Jake la rejoignit alors en essuyant à l'aide d'un linge ses mains maculées de sang.

— Je crois que tu as une admiratrice, remarqua-t-elle en s'efforçant de bannir l'amertume qui perçait dans sa voix. Servilia te dévore littéralement des yeux.

Jake lui lança un regard étonné et elle haussa les épaules avant de lui faire part des instructions qu'elle-même venait de recevoir.

— Dès que je me serai assurée que le médecin est prêt à recevoir les esclaves blessés, je chevaucherai à votre rencontre, conclut-elle.

— Très bien, acquiesça Jake avant de jeter un

coup d'œil à Servilia qui l'attendait. Alors, comme ça, j'ai du succès auprès des Romaines…

— Il faut croire que ton charme est intemporel, railla Délia. Quoi qu'il en soit, nous voilà embauchés, ce qui devrait nous permettre de localiser bien plus facilement le sceau.

— Exact, acquiesça Jake en étudiant avec attention le visage de Délia. Tu es sûre que ça va ? Tu sembles un peu pâle.

— Tu avais raison : nous avons besoin de nous restaurer. Mais je mangerai en chevauchant.

Il hocha la tête.

— En tout cas, remarqua-t-il, j'ai été bluffé par la façon dont tu t'es battue. Je ne te connaissais pas de tels talents à l'épée.

— Je suis une formation avec l'un des meilleurs maîtres d'escrime américains depuis que je travaille avec Ashton, expliqua-t-elle. Dans la plupart des époques qu'il m'a été donné de visiter, les armes blanches sont les seules disponibles.

— Je suis très impressionné.

— Ce serait vraiment la première fois, répliqua-t-elle en souriant.

Jake éclata de rire et, à ce son, elle sentit un délicieux frisson la parcourir.

— Au fait, lui dit-il de but en blanc, ne t'inquiète pas au sujet de Servilia : ce n'est pas elle mais toi que je compte séduire.

— Tu prends tes rêves pour des réalités, Tyler, répliqua-t-elle d'un ton bien moins convaincu qu'elle ne l'aurait voulu.

Le sourire séducteur qu'il lui décocha prouvait qu'il n'était absolument pas dupe de ses dénégations.

De toute évidence, il n'avait pas plus qu'elle oublié le baiser passionné qu'ils avaient échangé juste avant de voyager dans le temps.

Jake avait encore beaucoup de mal à croire qu'il se trouvait bel et bien dans la Rome antique, berceau d'une histoire si prestigieuse et de tant de mythes. Durant tout le trajet qui les avait menés des portes de la ville jusqu'à la demeure de Servilia, il avait dévoré des yeux cette cité tentaculaire, s'émerveillant intérieurement de découvrir intacts des bâtiments qu'il n'avait jamais vus qu'en l'état de ruines plus ou moins bien conservées.

Il était fasciné par la diversité des gens qui se pressaient dans les rues, par les odeurs qui flottaient dans l'air, par les vêtements que portaient les habitants, par le murmure incessant de la ville qui bruissait de milliers de cris, de rires et de discussions passionnées.

La rue où se trouvait la propriété de Servilia était très active. On y voyait des dizaines de commerces de taille et d'importance très variables. Les chariots se croisaient, créant parfois des embouteillages qui valaient aux cochers des échanges d'insultes bien senties.

La maison de Servilia était enceinte d'un mur d'une épaisseur avoisinant les deux mètres. Sur les doubles portes de bois étaient gravés des bas-reliefs figurant la déesse Diane, à laquelle elle paraissait vouer un culte tout particulier. Lorsqu'ils furent dans le jardin qui entourait la maison, Servilia descendit du chariot et se dirigea vers Jake et Délia, qui les avait rejoints alors qu'ils approchaient des murailles de la ville.

— Pendant votre séjour parmi nous, un appartement sera mis à votre disposition, leur indiqua-t-elle.

Elle leur fit signe de la suivre et ils traversèrent le vestibule pour atteindre l'atrium, cet espace muni d'un bassin qui occupait traditionnellement le centre des villas romaines. De là, on pouvait accéder aux différentes ailes de la maison.

Le chef des esclaves de Servilia venait d'émerger de la maison et il envoya des hommes chercher les blessés qui se trouvaient dans le chariot. Lorsque ce fut fait, il vint s'incliner respectueusement devant sa maîtresse. Après lui avoir présenté ses invités, celle-ci demanda à ce qu'un repas soit rapidement préparé.

Nepos s'inclina de nouveau et se dirigea à grands pas vers les cuisines. Délia les escorta ensuite dans une vaste pièce qui était décorée de fresques célébrant les hauts faits de la déesse Diane. Ici, on la voyait à la chasse, montée sur un coursier immaculé. Là, elle dansait avec ses servantes dans un bosquet de baies rouges.

Délia et Jake se défirent de leurs casques et les glissèrent sous leur bras.

— Je ne pourrai sans doute jamais vous remercier assez de m'avoir sauvé la vie, leur dit alors Servilia. Mais, ainsi que je vous l'ai dit, je peux vous fournir du travail. Je sais que vous êtes dignes de confiance. Après tout, vous avez pris mon parti alors que rien ne vous empêchait de vous allier à ses brutes ou de me dépouiller après les avoir défaits. A Rome, nous honorons toujours ceux qui font preuve de noblesse.

Vous êtes homme et femme libres et vous devez avoir reçu une bonne éducation, si j'en crois les différents langages que je vous ai entendus parler.

Délia jeta un coup d'œil attentif à Jake. Elle était convaincue que, durant le trajet de retour à Rome, Servilia l'avait interrogé au sujet de leurs origines et de leurs intentions. Visiblement, elle s'intéressait plus que jamais à Tyler, ce qui ne manqua pas de raviver la jalousie qui l'avait envahie un peu plus tôt dans la journée.

— Nous mourrons pour te protéger, domina, répondit gravement Jake. Jamais nous n'imaginions gagner un aureus par mois pour rétribution de nos services.

Servilia s'empara de la coupe en or remplie de vin que venait de lui apporter une jeune esclave.

— Tu découvriras que je suis une maîtresse très généreuse, Philippe, lui dit-elle d'un ton qui ne laissait aucun doute sur l'ambiguïté de sa remarque.

Elle avala une gorgée de vin avant de hocher la tête d'un air satisfait.

— Sers mes invités, Jura, dit-elle à la jeune esclave. Nous allons boire à cet accord mutuellement profitable.

Délia et Jake acceptèrent les gobelets d'argent que leur tendit Jura. Celle-ci, qui devait être d'origine britannique ou germanique, portait une longue tresse de cheveux roux.

La toge bleue qu'elle portait dénudait ses épaules sur lesquelles on pouvait voir les marques qu'y avait laissées le fouet. En avisant ce détail, Délia sentit son cœur se serrer. Qui sait ce que la jeune fille avait pu endurer au cours de sa courte existence ?

— Merci, fit-elle en prenant le gobelet des mains de Jura.

Celle-ci la considéra avec un mélange de stupeur et d'embarras : de toute évidence, elle n'était pas habituée à ce que les invités de sa maîtresse s'abaissent à lui adresser la parole.

Délia avala une gorgée de vin, appréciant son goût sucré et épicé à la fois. Le liquide la réchauffa et elle songea qu'elle commençait à se sentir fatiguée. Au-dehors, le ciel commençait déjà à s'assombrir, annonciateur de la nuit toute proche. Délia rêvait de prendre un bon bain, d'enfiler des vêtements propres et de s'accorder quelques heures de sommeil.

Elle demeura pourtant patiemment debout au côté de Philippe tandis que Servilia prenait place à la table de bois de cèdre. Un plat d'argent y était posé, qui contenait une motte de fromage et une miche de pain. Détournant les yeux, Délia observa les fresques qui, une fois de plus, représentaient la déesse Diane.

— Mon médecin m'a conseillé de prendre un verre de ce vin chaque fois que je suis angoissée, leur expliqua alors Servilia. Il aide à se détendre et procure des rêves agréables.

Une vieille femme se présenta à la porte de la salle à manger et s'inclina en silence.

— Je vous présente Geta, ma gouvernante, reprit Servilia. Geta, conduis mes nouveaux gardes à leurs appartements et veille à ce qu'ils ne manquent de rien. Demande à Nepos de faire préparer deux bains et prépare-leur un bon repas. Ne leur donne que ce qu'il y a de meilleur. Ils m'ont sauvé la vie, aujourd'hui.

Qu'on lave aussi leurs vêtements. En attendant, tu trouveras bien de quoi les vêtir dignement.

— Oui, domina, répondit Geta en souriant. Ce sera fait.

— Domina, s'écria Jake, nous te remercions du fond du cœur pour la générosité dont tu fais preuve à notre égard. Nous ne nous attendions pas à recevoir tant de présents.

Servilia lui sourit et, l'espace de quelques instants, elle parut rajeunie de vingt ans. De toute évidence, elle aimait être flattée et Jake décida d'utiliser cette faiblesse pour en apprendre un peu plus sur elle.

— Ce n'est pas de la générosité, Philippe de Délos, répondit-elle. Je vous dois la vie et une telle dette ne saurait être payée de si modestes cadeaux. Je me ferai par contre un plaisir de raconter à César votre acte de bravoure. Lui saura récompenser dignement mes protecteurs. En attendant, vous devez être fatigués après cette longue journée de voyage. Je vous souhaite donc une bonne nuit.

Comprenant qu'ils venaient d'être congédiés, ils s'inclinèrent une dernière fois et quittèrent la pièce à la suite de Geta. Celle-ci les conduisit jusqu'à leurs chambres qui se trouvaient sur l'arrière de la maison, non loin des cuisines.

Les pièces étaient simples et dépouillées mais confortables et pourvues de tout le nécessaire. Elles étaient également reliées par une porte qui permettait de passer directement de l'une à l'autre. Tyler ne tarda pas à rejoindre Délia qui était en train de se défaire de son armure de cuir.

Elle se retrouva bientôt vêtue d'une simple tunique et il admira la façon dont ce vêtement révélait ses longues jambes bronzées ainsi que la naissance de sa poitrine. En cet instant, il émanait d'elle une sensualité qui éveillait en lui une profonde émotion et il dut se faire violence pour résister à la tentation de la prendre dans ses bras et de la couvrir de baisers.

Se détournant, il s'absorba dans la contemplation de l'épaisse tapisserie qui était accrochée au mur et servait tout comme le tapis sous ses pieds à retenir la chaleur. Ils contribuaient également à rendre cette pièce très accueillante et Jake se prit à songer qu'il n'aurait pas été malheureux dans un endroit tel que celui-ci.

Délia rajusta sa tunique et passa la main dans ses cheveux pour leur redonner du volume. Elle jeta alors un coup d'œil à la dérobée à Jake qui était adossé au chambranle de la porte et admira les jambes musclées que révélaient les braies qu'il portait et son torse athlétique que laissait deviner sa tunique immaculée.

Leurs regards se croisèrent alors et elle rougit, frappée par le mélange de désir et de défi qu'elle lisait dans celui de Jake. Il se dégageait de lui une telle impression de puissance et de virilité qu'elle-même avait beaucoup de mal à résister à la fascination qu'il exerçait sur elle.

— Nous voilà dans la place, lui dit-il en anglais, de façon à ne pas être compris de ceux qui étaient éventuellement susceptibles de les écouter. Et je dois dire que je suis impressionné. La vie des riches Romains semble avoir été bien agréable…

— C'est vrai, reconnut Délia. Et cela confirme ce que nous soupçonnions : même le relatif désintérêt de César n'a pas suffi à priver Servilia de sa fortune et de son influence.

— D'après ce que savent les historiens, César a toujours été fidèle en amitié, objecta Jake. Peut-être n'a-t-il pas eu le cœur de reprendre ce qu'il avait si généreusement donné.

— C'est vrai, reconnut Délia. Mais dis-moi, est-ce que tu as eu l'occasion de lire dans les pensées de Servilia tandis que vous reveniez vers Rome ?

— Un peu, acquiesça-t-il.

— Vraiment ? Et qu'as-tu découvert ?

— Rien qui concerne le sceau. Par contre, il semble qu'elle soit absolument furieuse à cause de l'attaque dont elle a fait l'objet.

— Soupçonne-t-elle quelqu'un ?

— Oui. Elle est persuadée que c'est Cléopâtre qui est à l'origine de cette agression. De toute évidence, Servilia éprouve une jalousie viscérale à l'égard de la jeune reine d'Egypte, non seulement parce qu'elle est plus jeune et plus séduisante qu'elle, mais aussi parce qu'elle a eu un fils de César. Mais ce qui l'inquiète le plus dans cette histoire, c'est que son ancien amant ait pu approuver cette attaque.

— Crois-tu que ce soit possible ?

— Je n'en ai pas la moindre idée. Pourtant, une chose est sûre : elle va demander à César de venir lui rendre visite demain de façon à en avoir le cœur net.

— Incroyable, murmura Délia, impressionnée. Nous allons vraiment rencontrer Jules César. Si tu savais combien j'ai de questions à lui poser au sujet de la guerre des Gaules…

— Je te comprends, acquiesça Jake. C'est l'une

des campagnes militaires les plus passionnantes de tous les temps.

Il lui sourit, touché par l'excitation presque enfantine qui se lisait dans ses beaux yeux dorés. Une fois de plus, il fut terriblement tenté de l'enlacer.

— Je me demande si Servilia ira jusqu'à mettre directement en cause Cléopâtre, remarqua Délia.

— Ce serait une posture dangereuse : en attaquant sa rivale sans preuves, elle risque de provoquer la colère de César. Or elle ne peut se permettre de perdre complètement ses faveurs. Et elle espère toujours pouvoir se débarrasser de sa rivale.

— C'est probable, concéda Délia en observant attentivement le visage de Jake qui se découpait dans la pénombre de ce début de soirée.

La lueur de la lampe à huile qui brûlait non loin de lui soulignait les traits volontaires de son visage. Un début de barbe lui mangeait les joues, lui donnant ainsi une apparence à la fois sexy et dangereuse.

Il n'y avait rien d'étonnant à ce que Servilia se sente attirée par un tel homme. Et Délia ne pouvait se reprocher de ne pas être insensible à son charme.

— En effleurant les pensées de Servilia, j'ai obtenu une autre information, reprit-il. Elle compte se rendre au temple de Diane demain soir et elle va te proposer de l'accompagner. Apparemment, il s'agit d'assister à une cérémonie organisée par une sorte de société secrète constituée uniquement de femmes très influentes de la ville.

— Crois-tu qu'il puisse y avoir un rapport avec le sceau ? s'enquit Délia, curieuse.

— Je l'ignore. Mais il est évident que ce rituel

est très important aux yeux de Servilia, qui doit le superviser.

— Je me demande pourquoi elle veut m'emmener.

— Je crois qu'elle est réellement convaincue que nous avons été mis sur sa route par les dieux eux-mêmes.

— Pourvu que nous ne la décevions pas…

Jake hocha la tête et observa le beau visage de Délia, remarquant au passage les cernes qui se dessinaient sous ses yeux.

— Comment te sens-tu ? lui demanda-t-il d'une voix douce.

— Fatiguée, affamée… Et j'ai hâte de prendre ce bain que Servilia nous a promis.

Elle se sentait touchée par la sollicitude qui se lisait dans ses yeux. Et elle s'aperçut alors qu'en fin de compte, elle était heureuse qu'il se soit joint à elle. C'était la première fois qu'elle était chargée d'une mission d'infiltration. La plupart du temps, elle s'était contentée de localiser les volontaires qu'Athéna avait perdus à travers le temps, de prendre contact avec eux et de les rapatrier.

Ses contacts avec la population locale restaient donc limités au minimum. Aujourd'hui, il en allait tout autrement. Pour accomplir la tâche dont ils étaient chargés, ils devaient veiller à ne pas se trahir et procéder avec habileté et discrétion. Et elle était ravie de pouvoir compter sur Jake pour surveiller ses arrières.

Elle le vit alors se masser la main et lui jeta un coup d'œil interrogateur.

— Je n'ai pas l'habitude de me servir d'armes de

ce genre, expliqua-t-il en désignant le glaive qu'elle avait abandonné sur l'une des tables basses.

— Tu t'en es pourtant très bien sorti, lui assura-t-elle. Je ne me fais pas de souci pour toi, d'ailleurs : il est évident que tu n'as rien perdu de ta forme physique.

Un sourire ravi se dessina sur les lèvres de Jake et elle se morigéna intérieurement : il était déjà suffisamment content de lui comme cela et n'avait vraiment pas besoin de ce genre de compliments.

— Surtout, ne va pas t'imaginer qu'il s'agit d'une avance, lui dit-elle.

— Vraiment ? fit-il.

— Vraiment.

— Ce n'est pas grave, assura-t-il. Je suis content que tu me trouves toujours sexy.

— Je n'ai jamais prétendu le contraire et tu le sais parfaitement, objecta-t-elle. Mais ce qui existait entre nous est terminé, fini, mort et enterré.

Jake croisa les bras et lui jeta un regard plein d'ironie.

— Je crois que tu te mens à toi-même, lui dit-il. Mais ce n'est pas grave : je t'aime malgré ce petit défaut.

— Comment peux-tu être aussi imbu de ta personne ? s'exclama-t-elle avec agacement.

— A ce propos, sais-tu qu'en lisant dans les pensées de Servilia, j'ai vu qu'elle comptait m'inviter dans son lit ?

— Et maintenant, tu dois te croire à la hauteur du maître de Rome et de la reine d'Egypte, ironisa Délia. C'est pathétique…

— Tu es juste jalouse, répondit-il en haussant les épaules.

— Fiche le camp, Tyler. Je crois que je t'ai assez vu pour aujourd'hui.

— Tu ne voudrais pas me faire un petit bisou pour me souhaiter une bonne nuit ? suggéra-t-il.

— Au cas où tu l'aurais oublié, je te rappelle que nous sommes censés être frère et sœur, objecta-t-elle. Que diraient les gens s'ils nous voyaient en train de nous embrasser ?

Jake se fendit d'un sourire malicieux.

— J'ai cru comprendre que les Romains avaient les idées larges en matière de sexualité. A mon avis, cela ne choquerait pas grand monde.

— Je n'ai vraiment pas besoin de t'entendre pérorer sur la sexualité des Romains, soupira-t-elle. File !

— Tu es vraiment sûre ?

— Tyler…

— C'est bon, je m'en vais, lui dit-il. Mais je te préviens, Del, cette nuit, je ne rêverai que de toi.

— Comment peux-tu dire une chose pareille alors que tu t'apprêtes sans doute à coucher avec Servilia ?

La rancœur qui perçait dans sa voix disait mieux que les mots la jalousie qui la rongeait et Jake sentit renaître en lui un début d'espoir.

— La seule femme qui m'intéresse, c'est toi, Délia, lui dit-il. Ce baiser que nous avons échangé au laboratoire aurait pourtant dû t'en convaincre. Cela fait deux ans que nous sommes séparés, mais il m'a suffi de te voir pour que tout resurgisse.

Délia poussa un profond soupir, se sentant de plus en plus perdue.

— Je te mentirais en disant que ce n'est pas

également mon cas, avoua-t-elle gravement. Mais contrairement à toi, je ne peux pas me contenter de quelques nuits de passion partagée. J'ai besoin de savoir que, cette fois, tu seras prêt à t'engager réellement.

Elle se leva et s'avança vers lui de façon à le regarder droit dans les yeux.

— Ce que je veux, reprit-elle, c'est une véritable intimité, un vrai partage.

Elle le vit se rembrunir et se rappela toutes les fois où elle avait tenté de le faire sortir de sa réserve et se confier à elle. Mais à chacune de ces occasions, il s'était muré dans cette forteresse mentale imprenable, refusant de la laisser entrer.

— Je veux savoir ce qui se passe réellement au fond de toi, lui dit-elle en effleurant du bout des doigts sa joue que son début de barbe rendait légèrement râpeuse. Je veux que nous puissions partager tout ce que nous sommes et pas seulement le plaisir de faire l'amour ensemble.

Il ouvrit les bras et elle se nicha contre lui, incapable de résister à l'appel qui se lisait dans ses yeux. Ils échangèrent un long baiser qui trahissait à la fois leur envie brûlante et la conscience qu'ils avaient de tout ce qui les séparait encore.

L'espace de quelques instants, Délia s'abandonna aux sensations délicieuses qu'il savait éveiller en elle. Puis, au prix d'un effort de volonté surhumain, elle parvint à s'arracher à lui et recula d'un pas.

— Penses-tu en être capable, Jake ? lui demanda-t-elle gravement.

— Je ne sais pas, reconnut-il d'une voix très rauque. Je ne sais pas, Del…

Elle hocha la tête.

— Dans ce cas, mieux vaut en rester là, lui dit-elle.

Il fit mine de protester mais se ravisa.

— Tu as sans doute raison, articula-t-il enfin. Nous ne pouvons pas nous permettre de laisser nos problèmes personnels compromettre notre mission.

Sur ce, il se détourna et quitta la pièce, refermant doucement la porte derrière lui.

5

Constellation du Centaure

— Seigneur Kentar, fit le Centaurien en charge du poste de commandement central, nous avons détecté certaines variations anormales dans le continuum spatio-temporel du quatrième quadrant de notre galaxie.

Kentar se tenait face au réseau de cristaux semi-conscients qui servait de système informatique à ceux de son espèce.

— Je vois, murmura-t-il en se concentrant sur les images mentales que lui envoyait le contrôleur.

Durant des milliers d'années, les Centauriens avaient cultivé leurs prodigieux pouvoirs mentaux. Ils formaient la seule espèce du cosmos à détenir le pouvoir de manipuler la trame de l'espace-temps, ce qui leur conférait un monopole total sur le voyage spatial à longue distance et leur permettait également de voyager dans le temps.

Kentar consulta la base de données qui compilait la liste des navigateurs centauriens en poste à travers la galaxie. Aucun n'était censé se trouver dans cette région du quatrième quadrant.

— De quel système proviennent ces irrégularités ? s'enquit-il.

— De la section 504.2, seigneur. Il s'agit d'un système formé d'une étoile jaune et de neuf planètes. La déformation du continuum a pour origine la troisième de ces planètes en partant du Soleil. D'après les notes dont nous disposons, elle est habitée par une espèce d'humanoïdes primitifs.

Un frisson parcourut l'échine de Kentar. Depuis des siècles, les commandeurs centauriens redoutaient cet événement qu'ils avaient vainement tenté de prévenir avant que l'assemblée galactique ne prenne conscience de leurs agissements.

— La Terre…, murmura Kentar.

— C'est ainsi qu'ils appellent leur monde, reconnut le contrôleur avec étonnement.

— Je savais que cela finirait par arriver lorsque nous avons perdu ce diadème de pilotage.

Le contrôleur dut consulter la base de données avant de tourner vers son chef un regard empreint de respect médusé. Kentar se massa pensivement la mâchoire et fit craquer les muscles de ses épaules.

— Quelqu'un utilise ce diadème, donc.

— C'est impossible, objecta le contrôleur.

— Tu te trompes, malheureusement, soupira Kentar. Si cette planète et ses habitants figurent dans notre base de données, c'est parce que nous les surveillons depuis longtemps.

— Mais pourquoi ? s'étonna le contrôleur, sidéré. Ils ne sont pas beaucoup plus évolués que des animaux…

— Certes, mais une partie non négligeable d'entre eux possède la conformation génétique qui nous permet de manipuler l'espace-temps. Lorsque nos ancêtres l'ont découvert, ils ont tenté de les éradiquer, mais l'assemblée a eu vent de cette tentative et a placé la planète sous sa protection. Depuis, nous savons qu'un jour viendra où le monopole des navigateurs se trouvera remis en question. Et l'on dirait bien que ce moment est arrivé…

Le contrôleur était livide, mais Kentar ne pouvait guère lui en vouloir : ce qu'il venait de lui révéler avait dû faire vaciller ses convictions les mieux ancrées. Mais il n'était plus temps de se voiler la face : dans quelques heures, tous les siens sauraient que leur espèce avait un nouvel ennemi. Un ennemi fragile et faible, mais qui possédait sans le savoir le don le plus précieux de l'univers.

— Apparemment, ce n'est pas la première fois que de telles distorsions se manifestent, reprit le contrôleur qui paraissait avoir recouvré un semblant de calme. Mais jusqu'à présent, elles étaient si faibles que nous les prenions pour de simples anomalies.

— Je vois que l'utilisateur a créé une déchirure pour projeter une ou plusieurs personnes dans le passé.

— C'est exact, seigneur. Et si nous parvenons à les localiser, ils nous conduiront tout droit au voleur du diadème.

— Exactement.

— Voulez-vous que j'envoie l'un de nos tueurs sur Terre pour tenter de récupérer le fragment du sceau, commandeur ?

— Envoie Torbar Alhawa du clan du désert. Il a déjà eu l'occasion d'aller sur Terre auparavant. Dis-lui de se rendre dans le passé, à l'endroit où s'est ouverte la déchirure. Là, il devra identifier les voyageurs humains et les suivre jusqu'à leur point d'origine. Lorsqu'il aura retrouvé le diadème, il n'aura qu'à nous contacter et nous interviendrons directement.

Kentar était bien décidé à récupérer lui-même cet objet qui avait été perdu lors d'une mission de surveillance qu'il avait lui-même commanditée. Et l'idée qu'il puisse être indirectement responsable de l'émergence de navigateurs non centauriens lui était insupportable.

— Ce sera fait, seigneur.

Le contrôleur quitta la pièce à grands pas et Kentar alla se poster devant la fenêtre pour contempler les deux lunes qui venaient de se lever sur l'étincelante cité de Pegasus. Il commença par chasser le trouble qui l'avait envahi, mélange de colère et de frustration qui ne le mènerait nulle part.

Puis, lorsqu'il eut recouvré un parfait contrôle de soi, il regagna son bureau et se connecta au réseau par l'intermédiaire des cristaux. Avec attention, il relut l'histoire des relations entre la Terre et Alpha du Centaure.

Tout avait commencé par une banale mission de reconnaissance effectuée par un navigateur dans le quatrième quadrant, cinquante mille ans auparavant. Il avait rapidement découvert que certaines femelles de l'espèce humaine étaient dotées du gène de la navigation.

Curieux, il avait capturé cinquante spécimens qu'il avait ramenés dans le système Alpha du Centaure. Là, les chercheurs centauriens n'avaient pas tardé à s'apercevoir que les femelles en question étaient bien trop primitives pour présenter le moindre danger.

Il avait cependant été décidé de suivre l'évolution de la planète et de ses habitants.

La seconde expédition d'importance avait eu lieu en 400 avant Jésus-Christ. Cette fois, une centaine de spécimens avaient été prélevés et soumis à la batterie de tests habituelle. Avec une certaine angoisse, les Centauriens avaient découvert combien les humains avaient évolué depuis le dernier contact.

Puis les femelles s'étaient révoltées, refusant de se soumettre aux expérimentations et clamant qu'elles avaient le droit d'être libres. Après avoir vainement tenté de les remettre au pas, les Centauriens les avaient toutes éliminées.

Hélas, c'est précisément cela qui avait attiré l'attention de l'assemblée galactique. Les Centauriens avaient été sévèrement réprimandés et la Terre avait été placée sous mandat galactique. Cela signifiait que la planète était désormais considérée comme une zone protégée que nul n'avait le droit de visiter tant qu'elle n'aurait pas atteint un stade de technologie suffisamment avancé.

Evidemment, cela n'avait pas empêché les Centauriens de continuer à surveiller ces humains dont le capital génétique pouvait saper leur mainmise sur la navigation intergalactique. Bien sûr, ce n'était pas la première fois qu'ils découvraient des êtres possédant de telles facultés. Mais jusqu'à présent, il s'était toujours agi d'individus isolés.

Dans ces cas-là, les Centauriens leur proposaient d'être formés dans l'une de leurs académies et de devenir des navigateurs à part entière. Ceux qui acceptaient jouissaient de tous les privilèges associés à cette fonction. Ceux qui refusaient, en revanche, disparaissaient généralement au cours de malencontreux accidents.

Mais il paraissait nettement plus difficile de recruter ou d'éliminer toutes les humaines de la planète Terre…

Kentar soupira et se massa les tempes.

Grâce aux Centauriens, des trajets qui auraient pris des années à l'aide d'une propulsion classique étaient devenus instantanés.

Dans chacun des vaisseaux de la confédération galactique, on trouvait un navigateur centaurien capable de manipuler l'espace-temps de façon à pouvoir le traverser en un seul instant. Ils se servaient pour cela de diadèmes semblables à celui qui avait été récemment perdu sur Terre et qui jouaient le rôle d'amplificateurs psychiques.

Et Kentar ne pouvait accepter qu'après des millénaires, son espèce perde le monopole qui avait fait d'elle l'une des plus puissantes de la confédération.

Comme il se faisait cette réflexion, il vit entrer son second, Charl, un jeune étalon de quarante ans qui avait encore beaucoup à apprendre, mais dont il espérait faire un jour son successeur.

Comme tous les commandeurs qui l'avaient précédé, les pouvoirs mentaux de Kentar lui conféraient une quasi-immortalité. Lorsqu'il se sentirait prêt, il désignerait celui qui serait amené à le remplacer et procéderait au rite de l'extinction qui lui permettrait de traverser le voile pour pénétrer dans l'au-delà.

En attendant, il était le chef incontesté des Centauriens, celui à qui ils devaient une obéissance totale et absolue.

— Qu'y a-t-il, Charl ? demanda-t-il.

— Seigneur, je viens d'apprendre que vous aviez retrouvé le fragment manquant et que vous comptiez envoyer Torbar à sa recherche. Ne serait-il pas plus sûr d'y aller vous-même ?

Kentar avait déjà réfléchi à cette possibilité qui lui permettrait à bon compte d'améliorer encore son prestige aux yeux de la population. Pensivement, il caressa la légère crête qui courait de son front à son coccyx, suivant la ligne de sa colonne vertébrale.

Les lointains ancêtres des Centauriens étaient des quadrupèdes qui avaient évolué, se transformant en centaures puis en bipèdes. Leur crinière et leur queue avaient depuis longtemps disparu, mais cette crête de chair était un lointain héritage de ce moment de leur évolution. C'est même ce qui les distinguait de la plupart des espèces humanoïdes peuplant la galaxie.

— Tu as peut-être raison, Charl, déclara-t-il enfin. Suis de près les agissements de Torbar. S'il échoue, je me chargerai moi-même de ces humains.

Son assistant s'inclina légèrement et se dirigea vers l'assemblage de cristaux qu'il entreprit de paramétrer de façon à pouvoir suivre les faits et gestes de leur assassin. Déjà, Kentar s'était replongé dans ses pensées, méditant sur les différents scénarios possibles de façon à ne pas être pris au dépourvu lorsque le moment viendrait de passer à l'action.

Torbar Alhawa finit par trouver précisément ce qu'il cherchait : un scribe du nom de Kapaneus qui se trouvait être l'adjoint du vieux Seuso, le chef scribe du général Marcus Brutus. Lorsqu'il pénétra dans la pièce, Torbar se projeta vers lui.

L'homme n'était pas de taille à résister à un navigateur muni d'un amplificateur et Torbar prit possession de son corps et de son esprit. Il passa rapidement en revue les informations dont il estimait avoir besoin et se dirigea vers le bureau de Seuso.

Le vieil homme était assis à son bureau, plongé dans la lecture d'une tablette de cire. Il devait être un peu sourd car il n'entendit pas Torbar approcher. Sur la pointe des pieds, ce dernier se glissa derrière lui et, d'un geste assuré, il lui brisa la nuque.

Seuso s'effondra en avant sans même avoir eu le temps de pousser un cri. Sans attendre, Torbar étendit le scribe sur le sol de façon à ce que ceux qui retrouveraient le corps puissent croire à un malheureux accident.

Satisfait de son œuvre, Torbar projeta son esprit, effleurant les pensées de ceux qui se trouvaient dans les environs. Il avisa aussitôt à quelques mètres de là la présence de deux gardes prétoriens qui étaient chargés d'assurer la protection de César et de ses proches.

Torbar sortit alors de la pièce en appelant à l'aide. Instantanément, les deux hommes le rejoignirent en courant. Leurs armures étaient faites de cuir durci et renforcé et leurs casques étaient ornés d'une crête de crin de cheval teint en rouge. Ils brandissaient leurs glaives, prêts à s'en servir en cas de besoin.

— Il est mort ! s'exclama Torbar d'une voix brisée. Je suis entré et je l'ai trouvé mort !

Les gardes s'engouffrèrent en courant dans la pièce qu'il venait de quitter. Satisfait de la tournure que prenaient les événements, Torbar se dirigea vers les appartements de Kapaneus.

Tout en marchant, il gardait son esprit ouvert, à l'affût. Il effleura ainsi les pensées des gardes qui venaient de trouver le corps de Seuso et celles de quelques esclaves qui se pressaient dans les couloirs du palais. Ce n'était probablement pas parmi eux qu'il retrouverait la trace des voyageurs spatio-temporels qu'il cherchait.

Torbar se félicita d'avoir choisi Kapaneus comme hôte. Car même si le scribe était trop maigre et qu'il manquait désespérément d'exercice, il bénéficiait du soutien sans faille de Brutus et pourrait se rendre n'importe où sous prétexte d'être en mission pour le compte du général.

Lorsque Torbar abandonnerait finalement son corps, Kapaneus ne conserverait aucun souvenir d'avoir été contrôlé de la sorte. C'était d'ailleurs ce qui rendait ce pouvoir si utile : il permettait aux Centauriens de se déplacer en toute discrétion sur des planètes différentes de la leur.

Torbar s'assit tranquillement près de la cheminée. Il savait déjà ce qui allait se passer : les prétoriens appelleraient le médecin du général, qui confirmerait la mort de Seuso. Puis, dans les heures qui suivraient, Brutus le désignerait comme successeur de l'homme qu'il venait d'assassiner.

Il ne lui restait donc plus qu'à attendre patiemment son heure.

— Par les dieux ! Voilà une bien fâcheuse nouvelle, s'exclama le général Brutus.

Il regrettait amèrement la perte de Seuso qui, en plus d'être un scribe très habile, était également un conseiller sage et avisé qui l'avait toujours servi fidèlement. Eusebios, son médecin, hocha tristement la tête.

— J'ai bien peur que Seuso n'ait été victime de son grand âge. Il s'était déjà plaint de vertiges à plusieurs reprises. Cette fois, il a dû mal tomber et se briser le cou. Je suis désolé, général.

Brutus tapota nerveusement la surface de la table à laquelle il s'était installé pour avaler un petit déjeuner composé de lait de brebis, d'olives, de fromage de chèvre et de pain. Il se tourna ensuite vers Kapaneus qui se trouvait dans un coin de la pièce, prêt à consigner tout ce qui lui paraîtrait nécessaire.

— Kapaneus ?

— Oui, général ? répondit Torbar en s'inclinant respectueusement.

— Tu seras désormais mon chef scribe.

— Il en sera fait selon ta volonté, général.

— Laisse-nous, ordonna Brutus au médecin.

Ce dernier s'exécuta et Torbar attendit patiemment les ordres de son maître.

— Kapaneus, envoie une tablette à ma mère pour lui indiquer que je participerai au banquet qu'elle organise.

Il se rembrunit et secoua doucement la tête.

— A mon avis, ajouta-t-il, ce ne sera pas très gai. Servilia est furieuse contre la reine Cléopâtre. Mais elle commet là une lourde erreur. César n'a jamais caché qu'il désirait un héritier mâle et aucune des femmes qu'il a fréquentées n'a pu lui en donner un. Il était prévisible que la naissance de son premier fils prenne le pas sur toute autre considération. Je ne sais vraiment pas pourquoi ma mère ne le comprend pas.

— Qui sait ce qui peut se passer dans la tête d'une femme, général ? répondit Torbar tout en rédigeant la tablette que Brutus venait de lui demander.

Ce dernier se fendit d'un sourire entendu.

— De fait, Kapaneus… Dès qu'on leur en laisse la possibilité, les femmes ont une fâcheuse tendance à nous dicter leurs désirs. Lorsque nous étions en Espagne, ma mère était si sûre d'elle qu'elle se permettait d'expliquer à César comment gérer son armée et sa campagne. Il est franchement regrettable que toutes les femmes ne naissent pas muettes.

Torbar se fendit d'un sourire onctueux.

— Je ne saurais dire, général, répondit-il. Pour ma part, je préfère les jeunes éphèbes à ces harpies. J'ai toujours pensé que les hommes étaient des compagnons plus censés et moins caractériels…

Brutus hocha la tête d'un air approbateur.

— J'en viendrais presque à penser que c'est toi qui as raison, mon brave Kapaneus.

— Merci, général. Si tu n'as plus besoin de moi pour le moment, je vais aller porter cette tablette à ta mère.

— Très bonne idée. Je me suis également laissé dire que César devait se rendre chez elle, ce matin même ?

— Tout à fait, général. Il doit remercier deux mercenaires grecs qui lui ont évité de se faire dépouiller sur la Via Appia.

— C'est exact… Et j'avoue que la nouvelle me met mal à l'aise. Les brigands sont rarement aussi audacieux. En attaquant ma mère de cette façon, ils ont pris un risque énorme.

— Peut-être y étaient-ils poussés par la faim, suggéra Torbar en haussant les épaules.

— Peut-être, concéda Brutus. Ou peut-être étaient-ils en service commandé pour le compte de quelqu'un. Quoi qu'il en soit, je féliciterai moi-même ces deux valeureux mercenaires lors du banquet de demain soir.

— Pourrai-je t'accompagner, général ? s'enquit Torbar.

— Je ne savais pas que tu appréciais ce genre de mondanités, objecta Brutus, étonné. Rien ne t'oblige à y aller, tu sais. Je n'aurai pas besoin de tes services.

— Je pense que ce serait intéressant, insista Torbar. Cela me permettrait de faire la connaissance des gens de ton entourage, ce qui est toujours très utile pour un scribe.

En réalité, Torbar comptait sur ce dîner pour commencer l'enquête dont Kentar l'avait chargé.

— Je vois, commenta Brutus avec une pointe d'amusement. Tu comptes sans doute séduire l'un de ces éphèbes auxquels tu faisais allusion tout à l'heure…

— Si j'en ai le temps, répondit Torbar. Mais mon seul devoir est de te servir fidèlement, général. Je t'assure que c'est ce qui prime à mes yeux.

Brutus se redressa en souriant et rajusta le glaive et la dague qui étaient accrochés à sa ceinture.

— Je dois bien admettre que ta fidélité rend un peu moins pénible la mort de mon vieil ami Seuso. Merci, Kapaneus. Quant à ce que tu m'as demandé, je n'y vois aucun inconvénient, bien au contraire. Et tant que tu seras là, tâche d'observer attentivement les autres invités.

Torbar sourit intérieurement, ravi que cette mission corresponde à celle que lui-même s'était fixée. Il comptait notamment jeter un coup d'œil à ces fameux mercenaires grecs dont l'arrivée inopinée avait sauvé la vie de Servilia. Etaient-ils vraiment ce qu'ils prétendaient être ? S'agissait-il de menteurs ou de véritables soldats de fortune ?

Torbar entendait bien obtenir au plus vite les réponses à ces questions, Mais en attendant, il passerait la journée à étudier son nouvel environnement de façon à ne commettre aucune erreur lors de la réception.

6

Ce matin-là, Jake retrouva Délia dans le vestibule qui conduisait à leurs appartements. Elle avait enfilé une toge de laine teinte en bleu qui lui arrivait aux genoux. Ce n'était sans doute pas le plus gracieux des vêtements, mais, paradoxalement, sa simplicité et son dépouillement soulignaient la grâce naturelle avec laquelle elle se mouvait.

Jake avait passé une bonne partie de la nuit à rêver d'elle et de la façon dont ils faisaient l'amour autrefois. Evidemment, cela n'avait guère contribué à atténuer le trouble qu'il éprouvait depuis qu'ils s'étaient retrouvés.

Elle se tourna vers lui et il lui sourit, admirant la délicatesse de ses traits et la finesse de son cou que soulignaient ses longs cheveux noirs attachés en queue-de-cheval. La lumière du soleil matinal illuminait son visage dont la douceur avait quelque chose de presque poignant.

Soudain, Jake sentit quelqu'un approcher, quelqu'un dont il percevait les pensées. Comprenant ce qui était sur le point de se produire, il n'hésita qu'une seconde avant de prendre Délia par les épaules et de l'attirer contre lui. Sans prendre le temps de lui expliquer ce qu'il faisait, il glissa sa main derrière la nuque de la jeune femme et posa ses lèvres sur les siennes.

Aussitôt, elle tenta de se dégager et de le repousser. Mais il avait anticipé ce réflexe et la maintint plaquée contre lui.

— Arrête, lui souffla-t-il. Servilia arrive…

Délia aurait voulu répondre que c'était une raison supplémentaire pour s'abstenir de l'embrasser de la sorte. Mais la bouche de Jake s'était de nouveau posée sur la sienne et elle succomba une fois encore à l'alchimie qui existait entre eux. Incapable d'y résister, elle s'abandonna aux sensations délicieuses qui montaient en elle, faisant vaciller toutes ses bonnes résolutions.

Elle entendit alors un bruit de sandales sur le sol de mosaïque, bientôt suivi d'une petite exclamation de stupeur. Jake avait entendu lui aussi, elle en était certaine. Pourtant, loin de mettre fin à leur étreinte, il se fit plus ardent encore. La passion dont il faisait preuve la fit légèrement vaciller et elle dut se raccrocher à ses épaules.

Durant quelques instants, Servilia observa le baiser brûlant qu'échangeaient le frère et la sœur. Puis elle secoua doucement la tête avec un demi-sourire.

— Dommage…, murmura-t-elle.

Elle se détourna alors et s'éloigna du couple qui ne paraissait toujours pas avoir remarqué sa présence.

Dès qu'elle eut disparu à l'angle du couloir, Jake relâcha Délia à contrecœur. Celle-ci le considéra avec un mélange de stupeur et de reproche.

— Mais qu'est-ce qui t'a pris ? articula-t-elle enfin d'une voix que le désir rendait légèrement rauque.

Elle ne savait pas ce qui la rendait le plus furieuse :

le fait qu'il l'ait embrassée de cette façon ou qu'il ait arrêté de le faire. Une chose était pourtant certaine : cela faisait bien longtemps qu'elle ne s'était pas sentie aussi frustrée. Sa poitrine gorgée de désir se pressait contre le tissu de sa toge et elle éprouvait au creux de ses cuisses une atroce sensation de vide que seul Jake aurait pu combler.

— Pourquoi as-tu fait ça ? ajouta-t-elle avant de passer le revers de sa main sur ses lèvres que parcouraient de délicieux fourmillements. Je croyais que le plus important, c'était notre mission ?

Jake leva la main pour lui intimer le silence, puis se dirigea vers l'endroit où le couloir formait un coude pour s'assurer que personne ne les espionnait. Il revint alors vers Délia qui n'avait pas bougé et continuait à le contempler avec colère.

— Je suis désolé, lui dit-il, mais je n'avais pas le choix. Je venais de sentir la présence de Servilia et j'avais lu dans ses pensées qu'elle comptait me demander de partager sa couche.

— Et c'est pour cela que tu m'as embrassée ? lui demanda-t-elle d'une voix glaciale. Pour ne pas avoir à coucher avec une autre ?

Jake fronça les sourcils.

— Je savais que je l'intéressais, mais je ne pensais pas qu'elle entamerait aussi vite les préliminaires. Après tout, ce n'est guère le moment idéal, alors qu'elle cherche à reconquérir son ancien amant... Mais de toute évidence, je m'étais trompé. Et je savais qu'il me serait difficile de décliner ses avances sans la vexer...

Il haussa les épaules.

— Ce n'était peut-être pas très subtil, mais, sur le

moment, je n'ai rien trouvé de mieux. Ne me dis pas que c'était si désagréable que cela, tout de même !

Délia lui jeta un regard noir. Non seulement elle ne pouvait prétendre le contraire, mais, de plus, elle était secrètement ravie que Jake ait décidé de repousser les avances de Servilia. Malgré cela, elle lui en voulait de s'être servi d'elle une fois de plus.

— Tes méthodes sont dignes d'un homme de Neandertal ! s'exclama-t-elle. Comment as-tu pu penser que s'abriter derrière une femme pour en éviter une autre était une bonne idée ?

Jake ne répondit pas, mais elle comprit à son regard qu'il n'accordait pas le moindre crédit à ces vertueuses protestations. Délia secoua la tête avec agacement.

— Et maintenant qu'elle nous a vus nous embrasser, que va-t-elle penser ? ajouta-t-elle. Nous sommes censés être frère et sœur !

Une fois de plus, Jake se dit que Délia n'était jamais aussi séduisante que lorsqu'elle était en colère. Mais il se garda bien de formuler cette pensée qui lui aurait certainement valu un nouveau torrent de reproches.

— Je ne pense pas que Servilia s'en formalisera, déclara-t-il. Nous sommes à Rome où se croisent des étrangers venus de tout le monde connu. Chacun apporte avec lui ses croyances, ses interdits et ses étrangetés. Et les Romains sont réputés pour leur tolérance. D'ailleurs, au cas où tu l'ignorerais, sache que la belle Cléopâtre a épousé son propre frère. Et à la mort de ce dernier, César lui-même l'a encouragée à épouser un autre de ses frères pour mieux asseoir son pouvoir. Tu n'as donc pas à t'inquiéter au sujet de notre couverture. Par contre, je pense avoir démontré à Servilia de façon suffisamment convaincante que je ne m'intéressais qu'à toi seule. A présent, elle devrait cesser de me poursuivre de ses assiduités, ce qui me permettra de me concentrer pleinement sur la localisation et la récupération du fragment de sceau que nous cherchons. Est-ce que cela te semble toujours si absurde ?

Délia préféra ne pas répondre.

— Franchement, Del, reprit Jake, apparemment décidé à pousser sa chance, ne me dis pas que c'était si terrible ! Je sais bien que toi aussi, tu as envie de moi. Et je ne vois pas pourquoi je ne profiterais pas des occasions qui se présentent pour te rappeler combien nous étions bien ensemble. C'est de bonne guerre.

— Non, justement ! protesta-t-elle. C'est injuste et tu le sais parfaitement. Oui, je te désire. Oui, j'ai parfaitement conscience de ce que nous avons perdu. Mais, contrairement à toi, je n'ai pas oublié pourquoi je suis partie. Alors tâche d'accepter le fait que, tant que tu ne seras pas prêt à t'investir vraiment dans une relation, tu n'auras strictement rien à attendre de moi !

Délia aurait voulu être aussi sûre d'elle qu'elle le laissait paraître. En réalité, elle savait combien elle était sensible à ses regards, à ses baisers et à ses caresses. Le moindre d'entre eux pouvait la faire basculer et s'abandonner à lui corps et âme.

Aussi prenait-elle garde à protéger son esprit contre toute lecture de pensées. Chaque matin et chaque soir, elle méditait de façon à renforcer la barrière mentale qu'elle avait créée pour se protéger de toute intrusion. Par contre, cela ne lui permettait pas de cacher la réaction purement physique que lui inspirait Jake.

— Excusez-moi, appela alors un jeune esclave à la peau noire qui venait de déboucher au bout du couloir. Domina Servilia a demandé que vous la rejoigniez dans la salle à manger.

Jake se tourna vers l'adolescent et lui sourit.

— Merci. Dis-lui que nous arrivons tout de suite.

Le jeune homme hocha la tête et partit en courant transmettre le message.

— Crois-tu qu'elle va nous parler de ce qui vient de se passer ? s'enquit Délia, inquiète.

— Et que nous dirait-elle ?

— Je n'en sais rien, Jake, répliqua Délia en rajustant le fourreau de sa dague qui était attaché à sa ceinture. Mais Servilia est une femme puissante qui a l'habitude d'obtenir ce qu'elle veut. Que se passera-t-il si elle est jalouse ? Elle pourrait nous renvoyer ou pire…

— Nous sommes libres, objecta Jake. Même si elle le voulait, elle ne pourrait pas nous punir. D'ailleurs, je ne la crois pas aussi mesquine que tu sembles le penser. Et je ne me fais aucune illusion : ce n'est pas comme si elle était amoureuse de moi.

Délia secoua la tête et se dirigea vers la salle à manger.

— Cesse de te ronger les sangs, lui conseilla Jake.

— Je suis désolée de ne pas être aussi irresponsable que toi. Il me serait sans doute plus facile de prendre les choses à la légère comme tu le fais à longueur de temps. Malheureusement, j'ai parfaitement conscience du fait que tu viens de compromettre notre mission.

— Tu aurais préféré que je couche avec elle pour

obtenir quelques informations sur l'oreiller ? répliqua Jake avec une pointe d'agacement.

— Bien sûr que non, protesta Délia, choquée.

— Alors calme-toi et attendons de voir ce que nous veut Servilia, lui suggéra-t-il.

— J'ai organisé un banquet, demain soir, déclara Servilia lorsque Délia et Jake la rejoignirent dans la salle à manger.

Elle était assise dans un fauteuil taillé dans un bois précieux et en partie recouvert d'un tissu chamarré. A ses côtés se trouvaient deux jeunes esclaves nubiens qui veillaient à ce qu'elle ne manque de rien. Jamais Délia ne lui avait trouvé un aspect aussi royal qu'en cet instant.

— Veux-tu que nous assurions ta sécurité au cours de ce repas, domina ? demanda-t-elle.

Servilia fit un geste vague de la main.

— Contentez-vous de rester dans les parages, leur dit-elle. En réalité, ce banquet n'est qu'un prétexte pour faire venir à moi César et passer un peu de temps avec lui.

— Penses-tu qu'il puisse y avoir le moindre problème ? s'enquit Jake.

Servilia haussa les épaules.

— Il n'y en a jamais eu. Comme vous avez pu le constater, les murs de la propriété sont épais et nous préservent efficacement des brigands de tout acabit. Et les gardes qui sont postés à l'entrée me sont fidèles. Je doute que qui que ce soit puisse s'introduire ici sans mon autorisation.

Jake était loin d'en être aussi convaincu, mais il s'abstint de faire part de ses doutes.

— Dans ce cas, déclara-t-il, nous nous contenterons de nous mêler aux invités et de garder l'œil ouvert. Je demanderai également aux gardes de faire régulièrement le tour du jardin.

— Fais comme tu l'estimeras nécessaire, acquiesça Servilia.

Elle plongea la main dans le bol d'eau parfumée que lui tendait l'un de ses esclaves avant de sécher ses doigts à l'aide d'une serviette.

— Très honnêtement, ajouta-t-elle, le seul problème auquel nous nous soyons trouvés régulièrement confrontés en de telles circonstances provient de l'intérêt un peu trop marqué que certains sénateurs portent à mes esclaves, garçons ou filles…

— Je vois, acquiesça Jake en s'efforçant de ne pas trahir la répugnance que cette allusion faisait naître en lui.

Il plaignait du fond du cœur les esclaves qui ne pouvaient se permettre de repousser de telles avances et comprit que, malgré les charmes que présentait cette époque de l'histoire, il ne s'y sentirait jamais vraiment à l'aise. Ashton avait eu raison de les mettre en garde au sujet des différences de valeurs qui les opposaient à la Rome antique.

Fort heureusement, lui-même était un homme libre et ne se trouvait pas soumis aux caprices de ceux qui l'entouraient. Servilia ne paraissait d'ailleurs pas lui garder rancœur de la déconvenue qu'il lui avait infligée. Elle paraissait même assez amusée par la liaison qui existait entre Délia et lui.

— Tu peux nous laisser à présent, Philippe, lui

dit-elle. J'aimerais m'entretenir avec ta sœur seule à seule.

Il s'inclina profondément et quitta la pièce.

— Sache que je dois me rendre à une cérémonie au temple de Diane, ce soir, déclara alors Servilia. J'aimerais que tu m'y accompagnes.

— Je le ferai avec plaisir, domina. Je me suis engagée à protéger ta vie où que tu ailles.

— Ce n'est pas pour cette raison que j'aimerais te conduire là-bas, objecta Servilia. Viens t'asseoir un moment à mon côté.

Se demandant où elle voulait en venir, Délia prit place sur la chaise qui était installée à droite de sa maîtresse.

— Appartiens-tu à une quelconque société secrète, Délia ? lui demanda gravement Servilia.

— Non, domina.

— Bien. Et quelles sont tes croyances ?

Délia hésita, sachant que sa réponse pouvait avoir d'importantes répercussions. Car si les Romains étaient très ouverts en matière de religion, ils accordaient beaucoup de prix à ces croyances et considéraient qu'elles déterminaient une bonne partie de la personnalité de ceux à qui ils avaient affaire.

— Je suis née sur l'île de Délos, terre natale d'Apollon, déclara-t-elle enfin. Ma famille lui a toujours voué un culte et nous conservons précieusement une statue à son image dans notre péristyle.

— Et toi ? s'enquit Servilia. As-tu un dieu ou une déesse tutélaire dont tu te sens plus proche ?

— J'avoue que j'ai une admiration particulière pour Diane, répondit Délia qui savait combien Servilia affectionnait la déesse. Comme Minerve, elle sait se battre. Mais de toutes les déesses, elle est probablement la plus libre et la plus fière. Je me suis toujours efforcée de la prendre comme modèle.

— Voilà qui est de très bon augure, approuva Servilia avec un large sourire.

Elle fit signe à une esclave qui se trouvait à l'autre bout de la pièce.

— Murena, apporte-nous deux gobelets de vin de Setinum.

L'esclave disparut rapidement en direction des cuisines.

— As-tu déjà goûté du Setinum, Délia ?

— Je sais que c'est l'un des vins les plus fins qui soient produits à Rome, répondit-elle sans hésiter.

— C'est exact. Un vin très fort et très sucré qui provient des collines de Setia.

— Mais c'est un cru de prix, domina, ajouta Délia. Tu devrais le garder pour des hôtes qui en seront plus dignes que moi.

Servilia se pencha en avant pour lui tapoter affectueusement le bras.

— Ne te sous-estime pas, lui dit-elle. La noblesse d'une femme ne vient pas seulement de son sang et de son nom, mais également de ses actes.

Délia lui jeta un regard étonné. Ce n'était pas du tout le genre de discours qu'elle se serait attendue à entendre dans la bouche d'une patricienne distinguée comme Servilia.

— A ce propos, reprit celle-ci, que fait ton père ?

— Il est commerçant, répondit Délia. Il achète et revend de l'huile d'olive.

— Ses affaires le conduisent-elles parfois jusqu'en Italie ?

— Non, domina. La plupart de ses clients se trouvent en Grèce et en Anatolie.

Elles furent interrompues par Murena qui déposa devant elles deux gobelets emplis d'un liquide d'un rouge profond. Servilia leva son verre pour porter un toast.

— Aux femmes fortes et courageuses ! s'exclama-t-elle.

Toujours aussi étonnée, Délia trinqua avec elle et avala une gorgée de vin. Il lui parut encore meilleur que ne le laissait imaginer sa réputation. Etudiant attentivement l'aura de Servilia, elle constata alors que toute trace de contrariété avait disparu.

— Domina, y aurait-il aujourd'hui une fête particulière en l'honneur de Diane ? demanda-t-elle, curieuse.

— En quelque sorte, acquiesça Servilia. J'appartiens à une société secrète qui regroupe quelques-unes des femmes les plus influentes de Rome. Et nous nous retrouvons aujourd'hui. As-tu déjà entendu parler de la flèche de Diane ?

— Eh bien… Je sais que la déesse est un archer particulièrement habile et qu'elle est capable d'abattre un cerf d'un seul trait.

— C'est exact. Eh bien, sache que Diane nous a donné l'une de ses flèches magiques. Elle est dotée d'un pouvoir immense.

Délia sentit les battements de son cœur s'accélérer. Le fragment du sceau pouvait-il passer pour une pointe de flèche ? Cela ne semblait pas impossible.

— Est-ce la déesse en personne qui vous l'a donnée ? s'enquit Délia, curieuse.

— Non. C'est l'une de ses représentantes sur Terre, une femme qui vit à Pompéi et y célèbre son culte.

L'excitation qu'éprouvait Délia redoubla tandis qu'elle comprenait qu'il pouvait parfaitement s'agir d'Argenta, l'auteur de l'*Ad Astra* qu'Athéna soupçonnait justement d'être l'un des extraterrestres à l'origine de ce jeu de piste cosmique.

— Crois-tu que je pourrai voir cet objet sanctifié, domina ? s'enquit Délia.

— Bien sûr. C'est même la raison pour laquelle je tenais à ce que tu m'accompagnes. Je crois que tu es digne de rejoindre notre cercle, Délia.

— J'en serais très honorée, répondit celle-ci, qui avait bien du mal à dissimuler l'exaltation qui s'était emparée d'elle.

Jamais elle n'avait été aussi proche du but.

7

A la demande de Servilia, Délia avait momentanément renoncé à sa tenue guerrière pour revêtir une toge bleu clair qu'une broche ornée de lapis-lazulis retenait à l'épaule. Ses longs cheveux noirs avaient été coiffées et nattés par l'une des esclaves et cela faisait bien longtemps qu'elle ne s'était pas sentie aussi féminine.

Elle regrettait par contre de n'avoir pu conserver sur elle sa dague sans laquelle elle se sentait quelque peu exposée. Malheureusement, le vêtement qu'elle portait ne lui permettait pas de la cacher.

S'efforçant de dissimuler le mélange d'impatience et de nervosité qui l'habitait, Délia suivit donc sa maîtresse jusqu'au temple de Diane à l'intérieur duquel elles rejoignirent un petit groupe de femmes.

Celles-ci appartenaient pour la plupart à la haute société romaine, ainsi qu'en témoignaient la finesse de leurs habits et la richesse de leurs bijoux. Servilia échangea quelques salutations avec plusieurs d'entre elles, prenant soin chaque fois de présenter Délia.

Lorsque toutes les participantes furent arrivées, une prêtresse de Diane leur ouvrit une lourde porte en chêne qui permettait d'accéder à une petite chapelle. Contrairement au reste du temple, elle était décorée de façon très simple. Au centre se dressait un autel de pierre dépouillé sur lequel était posé un objet drapé dans un tissu de soie rouge.

Délia le contempla fixement, fascinée par sa puissance. Même de l'endroit où elle se trouvait, elle pouvait sentit les ondes d'énergie qui en émanaient. Et son aura argentée était si brillante qu'elle ne pouvait la regarder en face sans plisser les yeux.

Pourtant, elle n'eut pas le temps de poser la moindre question à Servilia. Déjà, les femmes qui se trouvaient là s'avançaient une par une pour se présenter, respectant en cela un rituel qui rappelait à Délia les groupes de parole du XXIe siècle.

Lorsque chacune des participantes eut décliné son nom et son statut, toutes se tournèrent vers Servilia qui paraissait jouir d'une certaine primauté en leur sein. Celle-ci posa alors doucement la main sur l'épaule de Délia.

— A présent, déclara-t-elle, je tiens à vous présenter Délia de l'île de Délos. Vous savez sans doute que son frère et elle m'ont sauvé la vie, très récemment. Leur lignée descend en droite ligne d'Apollon. Délia est la fille d'un marchand d'huile grec. Elle a accepté de nous rejoindre et de lutter à nos côtés pour reprendre aux hommes le pouvoir que nous partagions autrefois à égalité et qu'ils ont confisqué dans leur ambition et leur soif aveugle de puissance.

Comprenant que l'on attendait d'elle une confirmation, Délia s'inclina.

— Je serais très honorée d'être acceptée en votre sein, déclara-t-elle. Je ne vis que pour servir Diane et participer à l'accomplissement de ses desseins.

Des murmures approbateurs se firent entendre et Délia se tourna vers Servilia.

— Merci de m'avoir invitée à vous rejoindre, domina, lui dit-elle. Je te promets que tu ne le regretteras pas. En tant que femme et en tant que guerrière, je me suis toujours battue pour conserver ma liberté. Je refuse d'être la propriété d'un homme et de me soumettre à sa volonté. Et si je décide un jour de prendre un époux, ce sera à mes propres conditions.

Une salve d'applaudissements salua cette déclaration.

— Et si je porte un jour un enfant, reprit Délia, plaise à Diane que ce soit une fille !

Un concert d'acclamations s'ensuivit et Servilia se fendit d'un sourire approbateur.

— Ne vous avais-je pas dit que Délia de Délos avait toutes les qualités requises pour être l'une des nôtres, mes sœurs ? N'est-elle pas aussi directe que la flèche de Diane elle-même ?

Les membres de la société secrète approuvèrent avec enthousiasme et Délia sentit monter en elle un profond sentiment de camaraderie envers ces féministes d'un autre âge dont nul historien n'avait dû imaginer l'existence. Quant à elle, elle ne pouvait qu'apprécier le sens évident de la camaraderie qui unissait ces femmes par-delà les barrières sociales.

Jetant un coup d'œil à l'autel, Délia constata que l'objet qui y était posé réagissait lui aussi aux émotions de la petite assemblée. L'intensité de son aura avait encore augmenté et elle se répandait à présent dans l'ensemble de la pièce. Et cette énergie se communiquait à chacune d'entre elles, faisant briller leurs yeux d'un étrange enthousiasme.

Bientôt, tous les regards convergèrent vers l'autel.

— Notre cérémonie peut à présent commencer, déclara-t-elle d'une voix chargée d'émotion. Fermez la porte.

Celle qui se trouvait le plus près du seuil s'exécuta. Plusieurs autres allumèrent des bâtons d'encens qui dégagèrent une odeur de rose et de myrte et toutes se mirent à chanter une ode à Diane. Lorsqu'elles eurent terminé, Servilia leva les mains vers le ciel.

— Le moment de la révélation est venu, psalmodia-t-elle. Puisse la déesse nous accorder par l'entremise de sa flèche sacrée la force de mener à bien la mission qu'elle nous a confiée.

— Que la volonté de la déesse soit faite ! répondirent en chœur les participantes.

Servilia s'avança et déplia précautionneusement le tissu rouge qui entourait l'objet sacré. Délia, étonnée, constata qu'il était enfermé dans une boîte de bois. La puissance qu'il dégageait n'en paraissait que plus impressionnante. Servilia brandit le coffret vers le ciel.

— Diane, donne-nous ta magie ! s'exclama-t-elle.

— Que la volonté de la déesse soit faite ! répétèrent les femmes présentes.

Surprise, Délia s'aperçut qu'elle venait de mêler sa voix à celle des autres. Hermina, la grande prêtresse du temple, se tenait à présent au côté de Servilia. Sa robe blanche immaculée et sa longue chevelure argentée lui conféraient une grande prestance. Et bien qu'elle soit âgée d'une soixantaine d'années, il se dégageait d'elle un impressionnant mélange de volonté et d'assurance.

— Diane, guide-nous ! s'exclama Servilia en ouvrant la boîte pour en sortir un objet brillant qui paraissait taillé en forme de pointe.

— Que la volonté de la déesse soit faite !

Cette fois, Délia dut détourner les yeux tant le rayonnement de la flèche était éblouissant. Les autres femmes présentes ne paraissaient pas sensibles à son aura, mais semblaient aussi réceptives qu'elle à la puissance qui se dégageait de l'objet.

Servilia le tendit alors à Hermina qui le reçut au creux de sa paume et ferma les yeux. Au contact de sa peau, le rayonnement se fit soudain plus supportable.

— La lumière et l'énergie de Diane sont en moi, murmura-t-elle en fermant les yeux.

Son expression extatique en cet instant ne devait rien à l'autosuggestion. De là où elle se trouvait, Délia sentait les vagues d'énergie positive déferler sur elle, l'emplissant d'une joie si profonde qu'elle sentit sa gorge se nouer sous le coup de l'émotion.

Observant les femmes qui se trouvaient autour d'elle, elle vit que la plupart d'entre elles avaient les yeux clos et les mains posées sur le cœur. Elles paraissaient se nourrir de cette douce puissance et s'y abandonnaient entièrement. Après quelques secondes d'hésitation, Délia décida de les imiter.

Le bien-être qui l'envahit était si intense qu'elle ne tarda pas à perdre toute notion du temps et de l'espace. Elle n'existait plus que pour et par cette délicieuse sensation de communion totale avec le cosmos tout entier.

— A présent, reprit enfin Servilia d'une voix très

douce, il est temps d'accueillir parmi nous notre nouvelle sœur Délia de Délos.

Celle-ci rouvrit les yeux et dut faire un effort pour réintégrer la réalité.

— Voici ce que nous croyons : les femmes sont les égales des hommes, ils n'ont pas le droit de les abaisser comme ils l'ont fait jusqu'à ce jour, chacune d'entre nous doit contribuer à rendre aux autres la fierté, la dignité et le respect qui leur reviennent. En recevant la flèche de Diane, tu t'engages à lutter pour l'égalité de toutes les femmes.

Délia hocha la tête et tendit sa paume comme elle avait vu Hermina le faire. La prêtresse y plaça délicatement l'objet sacré. En le voyant de plus près, Délia ne pouvait plus douter du fait qu'il s'agissait bien du fragment du sceau qu'elle était venue chercher. Elle avisa même le réseau de points et de traits qui formaient une constellation au centre du morceau de métal de forme triangulaire.

Mais elle n'eut pas le temps de l'analyser plus longtemps, car une nouvelle vague d'énergie fut brusquement libérée, plus intense encore que les précédentes. Une exclamation collective d'étonnement mêlé de ravissement résonna alors dans la chapelle.

— Sentez-vous cela, mes sœurs ? s'exclama Servilia. Voyez-vous la joie avec laquelle notre déesse accueille Délia de Délos parmi nous ?

Un concert d'approbation se fit entendre, mais Délia ne put que rester immobile, les yeux rivés sur le fragment de métal dont la puissance dépassait ses rêves les plus fous. L'énergie qui déferlait en elle l'empêchait de réfléchir clairement et elle avait l'impression que son corps tout entier s'était soudain changé en un immense feu d'artifice.

L'expérience était si intense qu'elle craignait presque de défaillir. Son cœur battait à tout rompre sous l'effet d'une allégresse tellement immense qu'elle aurait été incapable de la communiquer à l'aide de simples mots. Jamais elle n'avait été confrontée à un tel phénomène qui défiait tout ce qu'elle avait tenu pour certain jusqu'à présent et elle en serait presque venue à croire à la déesse Diane.

Servilia lui reprit alors le fragment pour le replacer dans sa boîte.

— Tu es l'une des nôtres désormais, lui dit-elle gravement. Tu es sœur Délia, fille de Diane et défenderesse de toutes les femmes en ce monde.

Incapable d'articuler une réponse, Délia hocha la tête.

Servilia alla ensuite reprendre sa place auprès de la grande prêtresse et reprit le fragment du sceau pour le presser contre son cœur. Délia combattit l'accès de vertige qui l'avait envahie et l'observa attentivement.

Le visage de Servilia brillait à présent d'un feu intérieur, révélant une beauté trop souvent voilée par l'inquiétude et les soucis. En cet instant, il n'était pas difficile d'imaginer qu'elle avait pu séduire l'homme le plus puissant de Rome.

Elle semblait brusquement avoir rajeuni de plusieurs années. Les autres femmes avaient refermé les yeux et gardaient les mains pressées contre leur cœur. Et comme elle les imitait de nouveau, elle comprit la raison de ce geste symbolique.

Quelle que soit la nature de l'énergie qui émanait

de cet objet, elle éveillait chez chacune des assistantes un profond sentiment de paix et d'amour qui s'insinuait au plus profond d'elles-mêmes, leur permettant de considérer en toute sérénité les profondeurs les plus insondables de leur âme. Et comme elle-même sondait son propre cœur, elle fut saisie d'une révélation inattendue.

Comment avait-elle pu ne pas le comprendre auparavant ? Comment avait-elle pu se mentir pendant plus de deux longues années ?

Une chose était certaine : elle se sentait désormais incapable de nier l'éclatante évidence de ce sentiment qui vivait toujours en elle, qui avait su résister au passage du temps et à l'éloignement.

Elle aimait Jake.

Malgré tous ses défauts, toutes ses angoisses, et cette incapacité qu'il avait à s'ouvrir à elle, elle l'aimait toujours et ne cesserait jamais de le faire…

Le cœur battant à tout rompre, Délia constata que Servilia avait fait passer le fragment à sa voisine la plus proche.

— Alors ? s'enquit Jake en anglais et à voix basse lorsque Délia et lui se retrouvèrent seuls dans la chambre de la jeune femme. Qu'as-tu découvert ?

Elle venait de rentrer de la cérémonie à laquelle Servilia lui avait demandé d'assister et il avait aussitôt remarqué que quelque chose en elle avait changé. Elle dégageait un troublant mélange de calme et d'intensité, comme si elle était désormais habitée par l'expérience qu'elle venait de vivre.

— Beaucoup de choses, répondit-elle d'un ton empreint de mystère.

Portant la main à la petite bourse en cuir qui était suspendue à sa ceinture, elle l'ouvrit et en tira un morceau de papier qu'elle déplia et posa à côté d'elle sur le lit. Jake s'approcha et constata qu'il s'agissait d'un dessin du sceau qu'ils cherchaient. Délia l'étudia durant quelques instants en silence avant de hocher la tête.

— Gagné ! s'exclama-t-elle en désignant un bout du sceau. C'est bien cette partie que j'ai vue. Sept points en forme de cercle. Ce que ces femmes appellent la flèche de Diane est bel et bien un fragment du sceau.

— Tu l'as trouvé ? s'exclama Jake avec enthousiasme. Félicitations !

— Merci, répondit-elle, ravie. Mais tu n'es pas au bout de tes surprises…

Elle entreprit alors de lui raconter en détail le déroulement de la cérémonie à laquelle elle venait d'assister. Jake l'écouta avec attention pendant plusieurs minutes.

— Incroyable, murmura-t-il enfin. Et moi qui pensais qu'il ne s'agissait que d'un objet purement symbolique… Où crois-tu qu'ils le gardent en dehors des cérémonies ?

— Je ne sais pas. Je crois que c'est la grande prêtresse qui l'a apporté. Elle est entrée la première et repartie la dernière. Je ne pouvais pas me permettre de la suivre sans attirer l'attention.

— Mais d'après ce que tu as dit, le fragment émet un rayonnement considérable, même lorsqu'il est enfermé dans sa boîte. Cela te permettrait-il éventuellement de le localiser ?

— Sans doute, répondit Délia après réflexion. C'est un signal à la fois très puissant et très particulier.

— C'est ce que je vois, acquiesça Jake. Depuis que tu l'as manipulé, tu parais différente... C'est comme si tu n'étais pas vraiment là.

— Ce n'est pas faux, acquiesça-t-elle. J'ai un peu l'impression que mon âme est scindée en deux. Mais je serais incapable de dire où est passée la seconde partie.

Avisant l'expression inquiète qui se peignait sur le visage de Jake, elle lui décocha un sourire qui se voulait rassurant.

— Ne t'en fais pas, lui dit-elle. Ce n'est probablement qu'une impression passagère. Rien qu'une bonne nuit de sommeil ne pourra soigner.

— Je l'espère, soupira-t-il. Je ne voudrais pas que tu décides de rester à Rome pour te convertir au culte de Diane !

— J'avoue que j'étais presque tentée, lui avoua-t-elle. Si seulement tu avais vu l'expression de toutes ces femmes... Cette flèche leur donne une énergie qui confine à la magie ! Je me demande si chacune d'entre nous a été affectée de la même façon.

— Ce genre d'expérience est sans doute trop personnelle pour pouvoir être décrite de façon précise, remarqua Jake. Mais elle confirme que nous avons bien affaire à un objet hors du commun. Toute la question est de savoir comment nous allons bien pouvoir le dérober.

— Il nous faut un peu de temps, répondit Délia. Nous ne pourrons rien faire demain car nous devons assister au banquet que Servilia donne en l'honneur de Jules César. Nous passerons sans doute une partie de la journée à sécuriser les lieux et la soirée à veiller sur elle. Cela ne nous laissera pas le temps de découvrir où est gardé le fragment du sceau.

Délia se sentait à présent coupable à l'idée de dérober la relique qui avait une telle valeur symbolique aux yeux de ces femmes dont elle soutenait la cause. Elle s'était également attachée à Servilia et avait honte de trahir la confiance que celle-ci avait placée en elle.

Jake demeura longuement silencieux, considérant tous les plans d'action possibles à ce stade de leur enquête.

— Est-ce que les hommes sont admis dans l'enceinte du temple de Diane ? demanda-t-il enfin.

— Oui. J'ai vu plusieurs d'entre eux faire des offrandes à la déesse. Apparemment, tous ceux qui veulent lui rendre hommage sont les bienvenus.

— Curieux… Etant donné la cérémonie que tu m'as décrite, j'aurais imaginé que le culte était nettement plus féministe que cela.

— Je crois que Servilia et ses sœurs ne représentent qu'une infime minorité. A mon avis, elles sont très en avance sur leur temps. Et très franchement, je les admire beaucoup. Si leur entreprise avait réussi et si le culte s'était étendu, l'histoire du monde aurait peut-être été différente. Qui sait ? Nous aurions peut-être même échappé à de nombreuses guerres…

Délia se demanda si l'échec de la secte ne tenait pas justement au fait que Jake et elle s'apprêtaient à dérober la pierre angulaire sur laquelle était bâtie leur foi. Cette idée la mettait terriblement mal à l'aise.

— Je te rappelle qu'Athéna nous a mis en garde contre toute transformation de l'histoire. De plus, je ne pense pas qu'il suffise de quelques esprits éclairés pour changer le monde. Quoi qu'il en soit, et même si cela n'a pas changé sa destinée, je suis heureux que nous ayons sauvé Servilia. A sa façon, c'est quelqu'un de bien.

— Crois-tu que quelqu'un était censé la secourir à notre place ?

— Sans doute, répondit Jake en souriant. Mais j'avoue que je préfère ne pas entrer dans ce genre de débat. Lorsque j'ai évoqué la question des paradoxes temporels avec Athéna, j'ai bien cru que sa réponse allait me donner la pire migraine que j'aie jamais eue !

— Il m'est arrivé la même chose, avoua Délia. Je crois qu'elle ne se rend même pas compte que la plupart des humains ne comprennent rien à la physique quantique.

— Pour en revenir au sujet qui nous préoccupe, penses-tu qu'il vaudrait mieux dérober le sceau à l'aube ou au crépuscule ?

— Nous attirerons probablement moins l'attention en agissant au crépuscule, répondit-elle. La plupart des Romains travaillent toute la journée et vont présenter leurs offrandes le soir venu avant de rentrer chez eux.

— Très bien. Dans ce cas, nous agirons après-demain. Chacun de nous entrera dans le temple de son côté. Nous inspecterons le bâtiment de façon à pouvoir confronter nos impressions. Tu te serviras aussi de tes pouvoirs pour tenter de localiser cette fameuse flèche de Diane.

— Je pense que tu as plus de chances que moi d'y parvenir. Après tout, si tu parviens à te rapprocher de la grande prêtresse, tu n'auras qu'à lire dans ses pensées.

— Ce n'est malheureusement pas aussi simple, objecta-t-il. Pour que cela fonctionne, il faut que je me trouve à une distance de cinq mètres ou moins. De plus, rien ne nous dit que les légendes ne contenaient pas une part de vérité. Les prêtresses du passé étaient considérées comme de puissants médiums. Au vu des découvertes récentes de la fondation pour laquelle nous travaillons, il n'est pas impossible qu'elles aient disposé de pouvoirs psychiques semblables aux nôtres. Et que se passera-t-il si cette femme s'aperçoit soudain que je suis en train de farfouiller dans son esprit ?

— Tu as peut-être raison, reconnut Délia. Dans le doute, mieux vaut commencer par faire preuve de prudence. Au pire, nous reviendrons ultérieurement. Et, dans ce cas, je me chargerai de déconcentrer la prêtresse pendant que tu essaieras de lire dans ses pensées.

— Tout le monde pense que c'est facile, remarqua Jake. Mais ce n'est pas le cas, je t'assure. Si tu savais ce qu'il m'arrive de lire…

Il frissonna et secoua la tête.

— Quoi qu'il en soit, trouver l'information que je cherche peut prendre un certain temps si le sujet n'est pas en train d'y penser…

Il passa la main dans ses cheveux et soupira.

— Nous sommes tous deux très fatigués, conclut-il enfin. Je propose que nous nous accordions une bonne nuit de sommeil. Quelque chose me dit que la journée de demain sera longue.

— Je me demande si Servilia accepterait de discuter avec moi de ce qui s'est passé ce soir. Mais j'ignore si le sujet est tabou, en dehors des cérémonies proprement dites. Je ne connais pas la coutume en vigueur dans ce groupe. Il y a pourtant tant de choses que j'aimerais lui demander, des choses que j'ai besoin de savoir pour comprendre ce à quoi nous avons affaire exactement…

Jake s'approcha d'elle et se pencha pour déposer un chaste baiser sur son front.

— Tâche de dormir, mon ange, lui conseilla-t-il. Tu ne résoudras aucune énigme tant que tu n'auras pas pris un peu de repos. Bonne nuit, Del.

Avant même qu'elle ait eu le temps de lui répondre, il tourna les talons et quitta la chambre. Pensivement, elle effleura son front sur lequel son baiser avait laissé une douce impression de chaleur. Une fois de plus, elle se demanda si elle ne commettait pas une énorme erreur en repoussant cet homme qui savait si bien la comprendre.

Puis elle se rappela les mois qui avaient précédé leur rupture et le profond désarroi qu'elle avait éprouvé en comprenant qu'il était incapable de se livrer, de partager ses pensées les plus intimes, de lui faire confiance…

Car tout le problème était là : Jake n'avait réellement confiance qu'en lui-même et considérait tous ceux qui l'entouraient avec un mélange de suspicion et de doute. Craignant sans doute d'être déçu, il se gardait de s'investir dans la moindre relation et cultivait toujours une certaine distance.

Et aujourd'hui, si elle se laissait aller à la tentation, elle courrait au-devant des mêmes déconvenues. Mieux valait donc continuer à supporter le supplice de Tantale que représentait cette mission à ses côtés.

Qui sait ? A force de partager son quotidien, elle trouverait peut-être une façon de transformer l'amour qu'il lui inspirait en une profonde amitié…

8

Le lendemain matin, Jake et Délia décidèrent d'inspecter l'ensemble de la propriété de Servilia pour s'assurer qu'elle était aussi bien protégée que la maîtresse de maison paraissait le penser. Après avoir discuté longuement avec les gardes, ils firent le tour du jardin qui entourait la grande demeure.

— Est-ce que Cléopâtre est invitée au banquet ? s'enquit Jake.

— J'en doute fort, répondit Délia. Servilia serait bien trop tentée de se jeter sur elle pour l'étrangler !

— Tu as sans doute raison, acquiesça-t-il. C'est une femme passionnée…

Il s'arrêta devant le mur d'enceinte qu'ils venaient d'atteindre et prêta l'oreille aux bruits qui leur parvenaient de la rue située au-delà. On pouvait entendre le pas lent d'un cheval et le grincement des roues d'une charrette, ainsi que des bruits de voix, des rires et l'appel des marchands ambulants.

Réprimant un frisson, Délia ramena la capuche de son manteau sur ses cheveux pour se protéger du froid mordant qui régnait ce jour-là encore. Jamais elle n'aurait pensé que les hivers puissent être aussi froids dans la péninsule.

— Avons-nous la moindre idée des sentiments de César envers Servilia ? demanda-t-elle.

— Aucune pour le moment, répondit distraitement Jake.

Il observa les buissons et les oliviers qui poussaient au fond du jardin et ajouta :

— Il y a ici toutes les cachettes dont un éventuel voleur pourrait rêver.

— Exact, acquiesça Délia qui en avait déjà repéré quatre ou cinq. Je me demande comment cette maison ne s'est pas déjà fait cambrioler. Le mur n'a pourtant rien d'infranchissable…

— Dire que Rome était réputée pour être une ville très mal famée, renchérit Jake. Mais je crois qu'une fois encore, nous devons penser à ce que nous a dit Athéna : les gens de l'Antiquité ne réfléchissaient pas comme nous et il est tout à fait concevable que ce genre de cambriolage n'ait pas cours ici.

— En l'occurrence, ce n'est pas ce qui m'inquiète le plus, soupira Délia. Ma plus grande crainte, c'est que Servilia fasse l'objet d'une attaque semblable à celle de l'autre jour

— Tu ne crois donc plus qu'il puisse s'agir d'un acte de banditisme ? s'enquit Jake.

— Très honnêtement, non. Rappelle-toi ce qui s'est passé : comprenant que ses gens étaient en train d'essuyer une défaite, Servilia a fui sans demander son reste, abandonnant tous ses objets précieux dans le chariot. Et qu'ont fait les brigands ?

— Deux d'entre eux se sont lancés à sa poursuite au lieu de porter assistance à leurs camarades qui se battaient toujours, acquiesça Jake. L'idée m'avait effectivement traversé l'esprit.

— Cet acharnement ne peut s'expliquer par l'appât du gain, déclara Délia. Il ne s'agissait que d'un subterfuge pour dissimuler un assassinat.

— Si seulement nous avions capturé l'un de ces hommes, nous aurions pu en avoir le cœur net.

— En tout cas, Servilia a dû parvenir à la même conclusion que nous. C'est pour cela qu'elle est décidée à en parler à César. Toute la question est de savoir s'il voudra la croire lorsqu'elle accusera sa jeune et séduisante maîtresse...

— Très franchement, j'en doute, répondit Jake. César est amoureux et tout le monde sait que ce sentiment rend aveugle.

Le sourire irrésistible qu'il lui décocha la troubla plus qu'elle ne l'aurait voulu et elle s'efforça de repenser aux bonnes résolutions qu'elle avait prises la veille, juste avant de s'endormir. Mais l'aura de Jake se teintait de rose, trahissant les sentiments qu'il éprouvait à son égard.

Et lorsque ses yeux effleurèrent ses lèvres, elle ne put s'empêcher de frissonner de la tête aux pieds. Comment était-elle censée résister à un homme qui pouvait la faire vaciller d'un simple regard ? Et à quoi servait de résister, si la frustration qu'elle éprouvait était aussi forte que la déception qu'il ne manquerait pas de lui infliger ?

Incapable de répondre à ces questions, Délia se remit en marche.

Jake la suivit plus lentement, se demandant si elle avait conscience de la façon dont son regard la trahissait. Il savait qu'elle le désirait toujours. Alors pourquoi leur imposait-elle ce supplice ?

Il se sermonna intérieurement : au fond, il savait

précisément ce qu'elle lui reprochait. Mais il ne se sentait pas encore prêt à lui révéler ce secret qu'il gardait depuis si longtemps pour lui. Pour le moment, il ne pouvait se permettre de baisser la garde et de trahir la moindre faiblesse.

D'autant que son intuition lui soufflait que les choses tourneraient mal, ce soir-là.

Dans la belle demeure de Servilia où était organisé le banquet, Torbar suivait pas à pas le général Marcus Brutus. Ce dernier lui présentait quelques-uns des citoyens les plus influents de la ville, qui devisaient par petits groupes autour des buffets garnis de vins capiteux et de mets délicats. Pourtant, le Centaurien n'accordait que peu d'importance à ce festin, préférant tendre l'oreille dans l'espoir d'entendre parler du voyageur temporel qui avait fait intrusion dans cette époque.

Comme tous ses semblables, il possédait le don de clairvoyance et était capable de distinguer les auras de ceux qui l'entouraient. Parmi celles des primitifs qui se pressaient autour de lui, il finit par en remarquer deux qui lui semblèrent très différentes des autres.

Ces auras appartenaient aux deux mercenaires qui avaient sauvé la vie de Servilia. Elle était d'ailleurs en train de les présenter à son ancien amant, Jules César. Surpris, Torbar se concentra sur ces étranges guerriers.

La femme était vêtue d'une armure de style grec. Son visage trahissait un mélange de concentration et de vigilance extrême, tandis qu'elle inspectait régulièrement l'atrium où circulaient les invités. De toute évidence, il avait affaire à une guerrière accomplie.

Mais ce n'était pas ce qui éveillait sa curiosité. Le plus étonnant, en réalité, c'étaient les éclats argentés que présentait son aura. A l'exception de l'autre mercenaire présent, personne n'était doté d'une telle caractéristique. Or, à sa connaissance, cette couleur était associée à une certaine évolution technologique que les gens de cette époque étaient loin d'avoir atteinte.

De plus en plus curieux, Torbar projeta son esprit vers la jeune femme afin de sonder ses pensées. Il eut alors la surprise de voir son intrusion fermement repoussée par la barrière mentale que l'étrangère avait érigée autour d'elle. Cette contre-attaque fulgurante fit même naître en lui un début de migraine.

De toute évidence, cette femme était dotée de pouvoirs psychiques suffisamment développés pour pouvoir opposer une résistance très efficace, même à l'encontre d'un navigateur comme lui. Et cette idée ne lui disait vraiment rien de bon.

Se tournant vers le compagnon de la jeune femme, Torbar avisa les mêmes reflets argentés qui se mêlaient à son aura personnelle. De nouveau, il esquissa un sondage mental et fut repoussé sans ménagement. Son mal de tête s'aggrava encore un peu et il pesta intérieurement.

Depuis quand de simples humains étaient-ils capables de se protéger contre un navigateur centaurien ?

Passablement inquiet, Torbar décida de redoubler de prudence. Convaincu d'être le seul à disposer de pouvoirs psychiques, il avait commis l'erreur de ne pas masquer sa propre aura qui risquait de trahir le fait qu'il n'était pas humain.

Il corrigea instantanément cette erreur, mais constata alors que la femme l'observait à présent attentivement. Ses yeux se plissèrent comme si elle cherchait à percer le mystère qu'il représentait et il se demanda avec une pointe d'inquiétude s'il n'avait pas trop attendu pour cacher son aura.

Se décalant de quelques pas, il se plaça derrière le général Brutus. Le meilleur atout d'un navigateur en mission était sa capacité à prendre possession de quelqu'un et donc à évoluer en toute discrétion au milieu d'une espèce qui n'était pas la sienne. Or il venait peut-être de perdre cet avantage décisif en se montrant un peu trop sûr de lui.

Se massant doucement les tempes pour chasser la migraine qui ne cessait de croître, il spécula sur l'identité de ces soi-disant mercenaires. Pouvait-il s'agir d'éclaireurs de l'assemblée galactique, envoyés ici pour suivre la progression technologique et culturelle des humains ?

Kentar était convaincu que plusieurs d'entre eux avaient déjà effectué des séjours plus ou moins prolongés sur Terre. D'après lui, ils étaient notamment chargés de s'assurer que les Centauriens respectaient le devoir de non-ingérence auquel ils étaient tenus. Si tel était vraiment le cas, l'erreur que venait de commettre Torbar risquait d'avoir des répercussions diplomatiques dramatiques.

Mais il n'était pas convaincu par cette explication. Car l'aura des deux mercenaires ne correspondait ni à celle des habitants des Pléiades, les principaux adversaires politiques des Centauriens, ni à celle des divers humanoïdes que Torbar avait eu l'occasion de croiser au cours de ses nombreuses pérégrinations à travers la galaxie.

Pouvait-il s'agir d'une espèce inconnue ? Cela paraissait peu probable. En effet, malgré les différences d'aura qui existaient entre les deux mercenaires et les autres humains présents ce soir-là, il y avait aussi de très nombreuses similarités.

Torbar sentit l'esprit de la femme qui le cherchait dans la foule, scannant l'aura des invités. Avait-elle deviné ce qu'il avait tenté de faire ?

Au moins, il était à présent totalement indétectable. Caché derrière l'aura du scribe dont il habitait le corps, il passerait pour un humain comme les autres. Et cela lui permettrait peut-être d'étudier d'un peu plus près ces deux êtres qu'il soupçonnait d'être les voyageurs temporels que Kentar l'avait chargé d'espionner.

S'efforçant de dominer la panique qui montait en elle, Délia était parvenue à se protéger de l'attaque mentale que l'on venait de porter contre elle et à remonter la piste psychique jusqu'à l'auteur de cette agression délibérée. Elle aperçut un homme de petite taille, très maigre, aux yeux et aux cheveux bruns, qui portait sous son bras une petite écritoire.

Il se tenait juste à côté du général Brutus et paraissait aussi inoffensif qu'insignifiant. Mais Délia savait que l'on ne pouvait pas toujours se fier aux apparences et elle entreprit de sonder son aura. Et elle fut étonnée de découvrir une explosion de rouges qui ne ressemblait à rien de ce qu'elle avait pu croiser jusqu'alors.

Elle se tourna vers Jake pour lui désigner le petit homme, mais Servilia et César se trouvaient entre eux et elle ne pouvait espérer lui parler sans les interrompre. Se tournant vers le scribe, elle observa de nouveau son aura et découvrit avec une stupeur accrue que celle-ci avait complètement changé.

Celle qui lui apparaissait à présent était parfaitement banale et, en d'autres circonstances, elle se serait probablement convaincue qu'elle s'était trompée la première fois. Mais elle se rappelait parfaitement la tentative d'intrusion qu'elle avait ressentie et se convainquit que, d'une façon ou d'une autre, le scribe était parvenu à altérer volontairement sa propre aura.

Jamais elle n'avait entendu parler d'un tel pouvoir et jamais elle n'aurait cru une telle chose possible. Mais elle ne pouvait nier la réalité de ce qui venait de se produire. Cet homme était doté de pouvoirs psychiques aussi puissants que mystérieux, ce qui ne manquait pas de l'inquiéter.

Se tournant de nouveau vers Jake, elle constata qu'il avait relevé la tête et regardait autour de lui d'un air méfiant. Avait-il aussi été victime d'une attaque psychique ? Si tel était le cas, ses talents de télépathe lui avaient peut-être permis de capter quelques informations au sujet de leur agresseur.

Comme elle s'apprêtait à l'entraîner un peu à l'écart pour en discuter, Servilia prit César par la main.

— Viens, mon chéri, lui dit-elle. J'aimerais que nous allions au jardin pour discuter quelques minutes en toute intimité.

César hocha la tête, mais retira doucement sa main

de celle de son ex-maîtresse. Cela ne suffit pas à la décourager et elle lui décocha un sourire séducteur avant de glisser son bras sous le sien. Ils s'éloignèrent en direction de la porte qui donnait sur le jardin.

Ils n'avaient pas d'autre choix que de les suivre.

— Jake, murmura Délia tandis qu'ils se mettaient en route, quelqu'un vient d'essayer de sonder mon esprit.

— Il m'est arrivé la même chose, répondit-il. As-tu vu de qui il pouvait s'agir ?

— Oui, c'était le scribe qui accompagne le général Brutus. Lorsque j'ai essayé de lire son aura, il a réussi à la transformer.

— Je croyais que c'était impossible, objecta Jake.

— Moi aussi. C'est pourtant ce qu'il a fait. Mais j'ai eu le temps d'entrevoir sa véritable aura et elle ne ressemblait à rien de ce que j'ai pu voir jusqu'à présent. Elle comportait une quantité complètement anormale de rouge.

— Voilà qui est inquiétant, répondit Jake, l'air préoccupé.

Servilia et César avaient atteint une petite terrasse très légèrement surélevée qui donnait sur le jardin. Comprenant qu'ils avaient besoin d'intimité, Jake et Délia s'immobilisèrent à quelques mètres derrière eux.

— Qu'est-ce que tu en penses ? reprit Délia.

— Tout cela ne me dit rien qui vaille. Ashton nous a mis en garde contre d'éventuels ennemis.

— Tu crois qu'il pourrait s'agit de l'un des Centauriens dont elle parlait ?

— Possible…

Jake se tourna de nouveau vers le couple qu'ils

étaient chargés de protéger. Il vit Servilia passer un bras autour des épaules du dictateur romain et se demanda si elle espérait toujours le reconquérir.

Délia, quant à elle, paraissait nerveuse et ne cessait de jeter des regards méfiants aux alentours. Inconsciemment, elle fit jouer la lame de son glaive, vérifiant qu'il coulissait librement dans son fourreau.

— Pourrait-il s'agir d'un autre voyageur temporel ? demanda-t-elle soudain.

Jake lui jeta un coup d'œil étonné.

— Peut-être, concéda-t-il. Il pourrait venir de notre avenir... Mais cela n'expliquerait pas la couleur étrange de son aura.

— Tu as raison, soupira-t-elle. Si seulement Athéna était là, elle pourrait sans doute nous en dire plus...

— Je devrais peut-être aller parler à cet homme.

— Le problème, c'est que nous manquons cruellement d'informations. Peut-être n'est-il là qu'en tant qu'observateur. Si c'est le cas, mieux vaut éviter de nous en faire un ennemi. Je pense que nous devrions rester concentrés sur notre objectif initial : récupérer le fragment du sceau au plus vite et partir d'ici.

Jake hocha la tête et fit jouer ses épaules pour décontracter ses muscles noués. Sur la terrasse, Servilia fit mine d'embrasser César, mais ce dernier la repoussa avec un mélange de douceur et de fermeté. Elle lui jeta un coup d'œil chargé de reproche qu'il fit mine de ne pas remarquer.

— On dirait que l'amour ne devient pas beaucoup plus facile avec le temps, constata Jake.

Délia hocha tristement la tête.

— La pauvre Servilia se faisait une joie de revoir César, soupira-t-elle. Elle était tellement convaincue qu'elle regagnerait son cœur qu'elle n'a pas envisagé un seul instant qu'elle pouvait ne pas y parvenir...

— Il n'est pas évident de concurrencer une femme dont la beauté est encore célébrée vingt et un siècles plus tard, et qui a su donner à César ce dont il avait toujours rêvé : un fils. Je doute qu'il abandonne un jour tout ceci pour revenir vers une femme de cinquante ans...

Délia lui décocha un regard réprobateur.

— L'amour n'est pas une question d'âge, protesta-t-elle. Je sais que les hommes négligent bien souvent leurs compagnes pour des femmes plus jeunes. Mais ils ont tort car si la beauté purement physique s'use au fil du temps, celle de l'âme et du cœur ne cesse de croître et de s'enrichir.

— Je ne prétendrai pas le contraire, lui assura Jake avec un sourire séducteur. Regarde-toi ! Tu n'as plus dix-huit ans ! Tu approches même de la trentaine. Et pourtant, malgré cet âge vénérable, tu es toujours une très belle femme...

— Très drôle, répliqua-t-elle en s'efforçant de ne pas se laisser séduire par ces compliments. En tout cas, même à vingt-huit ans, je suis suffisamment mûre et expérimentée pour savoir que je ne voudrais pas d'un homme comme César qui passe son temps à courir après des femmes plus jeunes.

— Quant à moi, j'ai assez vécu pour savoir qu'il n'y a plus qu'une femme qui m'intéresse réellement...

— Je n'en crois pas un mot, rétorqua Délia, plus troublée par cette remarque qu'elle ne l'aurait voulu. Tu dis cela uniquement pour m'attirer de nouveau dans ton lit.

— Ce n'est pas vrai, objecta Jake d'un ton blessé.

Et je crois vraiment que nous devrions en parler sérieusement, toi et moi. Que dirais-tu de nous retrouver autour d'un verre de vin après le banquet ?

— Tout dépend à quelle heure il se termine, j'imagine, éluda Délia.

Elle s'interrompit brusquement en entendant un bruissement de feuilles au-delà de la balustrade de la terrasse. Il lui sembla alors aviser un mouvement dans le jardin, au-delà de l'espace illuminé par les torches que les esclaves avaient disposées sur leurs instructions.

Jake avait apparemment remarqué la même chose et tous deux s'avancèrent en tirant leurs épées. Jules César était en grande discussion avec Servilia, qu'il tenait par les épaules tandis qu'elle sanglotait convulsivement. Tous deux étaient tellement absorbés par leur échange qu'ils ne les virent même pas s'avancer.

Jake s'éclaircit la gorge.

— Il y a quelqu'un là-dehors, César, déclara-t-il. Vous devriez vous retirer tous les deux pendant que nous allons voir de quoi il retourne.

Servilia le regarda avec stupeur. Le kohl qui ornait le coin de ses paupières avait coulé sous l'effet de ses larmes et elle paraissait plus faible et plus désemparée qu'il ne l'aurait jamais cru possible. César lui prit le bras et l'entraîna à l'intérieur.

— Je vous envoie ma garde prétorienne ! s'exclama-t-il à l'intention des deux mercenaires.

Délia et Jake s'étaient déjà précipités en direction de la rambarde qu'ils franchirent d'un bond pour se retrouver dans le jardin. Le bruissement des feuilles se rapprocha et, soudain, un groupe de cinq hommes déboucha en pleine lumière.

Ils étaient habillés de la même façon que ceux qui avaient attaqué Servilia sur la Via Appia et Délia se demanda si c'était Cléopâtre qui les avait envoyés. Elle leva son bouclier et se mit en garde.

— Je m'occupe de ces trois-là, lui dit alors Jake en désignant le groupe qui se trouvait sur leur gauche.

Délia acquiesça et tous deux passèrent instantanément à l'action pour profiter de l'effet de surprise. Comme elle se ruait sur ses adversaires, elle remarqua que leurs armes et leur équipement étaient de bonne qualité et bien entretenus. De toute évidence, ils avaient affaire à des mercenaires professionnels bien entraînés.

Ses ennemis n'avaient d'ailleurs pas attendu de recevoir sa charge pour se jeter en avant et elle dut brandir son bouclier pour parer un furieux coup d'épée. La hâte qu'elle lut dans le regard du barbu qui venait de frapper lui indiqua qu'il comptait se débarrasser d'elle rapidement.

Simultanément, elle comprit qu'il n'était pas là pour tuer Servilia, mais bien pour assassiner Jules César lui-même. Et cette intuition avait la force d'une certitude. Mais Délia comptait bien décevoir ses attentes et elle contre-attaqua à une vitesse foudroyante, forçant son adversaire à rompre précipitamment.

Elle s'arrangea pour maintenir son adversaire entre elle et son compagnon qui voulait la prendre à revers et esquiva une feinte. Croyant à une maladresse, son ennemi frappa de nouveau. Mais cette fois, elle avait anticipé son geste et dévia sa lame qui glissa sur la sienne. D'un coup sec du poignet, elle la lui fit alors voler des mains.

L'homme resta un instant interdit, se demandant

visiblement ce qui venait de se produire. Mais Délia ne lui laissa pas le temps de le comprendre et lui trancha la gorge. Il plaqua la main sur son cou pour tenter de retenir le sang qui s'échappait à gros bouillons. Puis il bascula en arrière dans un dernier gargouillis étranglé.

Délia eut tout juste le temps de se remettre en garde avant que l'autre assaillant ne se jette sur elle. C'était un colosse barbu d'aspect particulièrement intimidant et il paraissait farouchement déterminé à la décapiter.

Levant son glaive, il l'abattit sur elle à une vitesse surprenante et elle eut tout juste le temps de lui opposer son bouclier qui lui fut violemment arraché et roula à terre. Délia comprit aussitôt qu'en tentant de le récupérer, elle se condamnerait à une mort certaine.

Non content d'être d'une force nettement supérieure à la sienne, le barbu était également un redoutable escrimeur et, face à lui, elle ne pouvait se permettre la moindre erreur. Comme pour le lui prouver, il attaqua de nouveau et leurs épées s'entrechoquèrent.

Délia tenta de renouveler la botte qu'elle venait de porter contre son compagnon, mais il ne se laissa pas duper et se désengagea à temps pour éviter de se faire désarmer. Comme elle réfléchissait à une nouvelle stratégie, elle entendit un hurlement déchirant sur sa droite et constata du coin de l'œil que Jake venait de se défaire de son premier adversaire.

Au même moment, elle se rendit compte qu'elle venait de commettre une énorme erreur en se laissant distraire de la sorte. Avant même d'avoir eu le temps de se reprendre, elle vit la lame de son ennemi filer droit vers sa tête. D'un geste réflexe, elle parvint à interposer son propre glaive à la toute dernière minute.

Déviée, l'arme de son adversaire ripa sur sa lame et lui mordit cruellement la cuisse, lui arrachant un cri de douleur. Avec une lucidité parfaite, elle comprit qu'il ne lui restait plus que quelques instants pour se débarrasser de son adversaire. Car la blessure qu'il venait de lui infliger lui donnait un désavantage qui la condamnait à mort à très court terme.

Sans hésiter, elle se jeta sur l'homme. Ainsi qu'elle l'avait prévu, il esquiva sans mal sa feinte au corps, mais, sans lui laisser le temps de reprendre son équilibre, elle pivota sur elle-même tout en ramenant sa lame d'avant en arrière. C'était un coup que lui avait enseigné Jake. Son exécution semblait bien trop aléatoire pour être tentée dans le cadre d'un combat réel, mais elle était acculée et ne pouvait s'en sortir qu'en surprenant son adversaire.

Aussi fut-elle étonnée elle-même quand sa lame, au lieu de trancher dans le vide comme elle s'y était attendue, s'enfonça en crissant entre les côtes de son ennemi. Surprise et déséquilibrée, Délia bascula sur le corps de l'homme à l'agonie.

Après cette improbable victoire, elle aurait désespérément voulu rester allongée là sans bouger, mais la force de son entraînement lui donna le courage de se redresser. Serrant les dents pour ravaler un gémissement, elle ramassa l'arme de son adversaire et se remit en garde.

Mais Jake venait de régler le compte de son deuxième adversaire. Quant au dernier homme, il avait jeté son arme en voyant accourir les gardes prétoriens, troupe d'élite spécialement chargée de la protection de César.

Jake se tourna alors vers elle et son sourire triomphant se mua instantanément en une expression de vive inquiétude.

— Ne t'en fais pas, lui dit-elle d'une voix rauque. Je crois que la blessure est superficielle.

Il ne parut guère convaincu et, baissant les yeux, elle s'aperçut que la jambe de son pantalon était gorgée de sang. Elle songea qu'elle avait peut-être quelque peu sous-estimé la gravité du coup qu'elle venait d'essuyer et s'appuya sur son épée pour se redresser.

— Laisse-moi te ramener à ta chambre, lui dit Jake en se rapprochant pour la prendre par les épaules.

Elle se laissa aller contre lui, reconnaissante.

— Capitaine, dit alors Jake au chef des prétoriens, tu devrais poster tes hommes et les gardes de Servilia aux abords de chaque entrée. Ces gens étaient des spadassins aguerris et rien ne dit qu'il n'y en a pas d'autres tapis dans le jardin.

— Ce sera fait, acquiesça le capitaine. Dès que tu auras fini de soigner ta compagne, viens me trouver. Je veux savoir ce qui s'est passé ici, exactement.

Jake hocha la tête et, d'un geste presque déconcertant de facilité, il souleva Délia dans ses bras. Celle-ci fut tentée de protester, mais elle se sentait vraiment très faible. Il l'emporta donc en direction de leurs chambres.

— J'espère que ce n'est pas aussi grave que ça en a l'air, soupira-t-elle. Ce serait vraiment trop frustrant de devoir interrompre la mission et te laisser continuer seul.

— A qui le dis-tu ! répondit Jake avec un sourire un peu contraint. Mais ne t'en fais pas. Je suis sûr que ce n'est rien.

Elle s'abstint de lui faire remarquer qu'il ne paraissait guère convaincu.

9

Les dernières minutes qui venaient de s'écouler comptaient certainement parmi les pires moments de l'existence de Jake Tyler. En voyant Délia couverte de sang, il avait soudain imaginé ce qu'il ressentirait au cas où elle viendrait à mourir. Et il avait eu l'impression que son cœur se déchirait en deux.

C'est donc avec un soulagement indicible qu'il avait découvert que la blessure qui entaillait la cuisse de la jeune femme n'avait pas atteint l'artère. Et malgré le saignement abondant, elle était bien moins profonde qu'il ne l'avait redouté.

Estimant qu'il était capable de la recoudre, il alla donc chercher la petite trousse de secours qui leur avait été fournie. C'était l'une des rares exceptions qu'imposait Athéna sur le transfert de technologie vers le passé.

A l'aide d'une compresse et de l'eau qu'il avait demandé à un esclave de faire bouillir, Jake commença donc par nettoyer la plaie qu'il saupoudra ensuite d'un antiseptique local.

— Avale un cachet d'antibiotiques pendant que je prépare ce dont j'ai besoin.

Pendant que Délia s'exécutait, il sortit de la trousse du fil et une aiguille.

— J'ai de la chance que la coupure soit horizontale, remarqua-t-elle.

Jake hocha la tête.

— Cela devrait effectivement éviter que les points de suture ne se déchirent à chaque effort.

— C'est ma faute, tu sais. Je me suis laissé déconcentrer comme une véritable débutante…

— Inutile de te faire le moindre reproche, Del. J'ai vu la façon dont ce type se battait. Franchement, tu as de la chance d'être encore en vie. Etant donné les circonstances, je trouve que nous nous en sommes bien tirés. Je regrette juste de ne pas avoir un sabre au lieu d'un de ces glaives…

— Cela n'a pas eu l'air de te gêner beaucoup, objecta-t-elle.

Il haussa modestement les épaules et entreprit de désinfecter l'aiguille chirurgicale.

— Passe-moi la lidocaïne, demanda-t-il enfin.

Elle s'exécuta et il ouvrit le paquet, puis couvrit généreusement la blessure de poudre. Délia avait découvert cet anesthésique local dans l'armée et savait que ses effets étaient aussi rapides que puissants. Elle bénit cette substance sans laquelle elle aurait probablement passé un très mauvais moment.

— Quel est ton diagnostic ? lui demanda-t-elle tandis que la douleur commençait à refluer.

— Ce qui est rassurant, c'est que la lame n'a pas entamé le muscle, déclara-t-il. Une fois que je t'aurai recousue, tu devras prendre des antibiotiques et changer régulièrement ton bandage pour éviter tout risque d'infection. Si tu évites de trop solliciter ta jambe, je devrais pouvoir enlever les points de suture d'ici quelques jours.

Soulagée par cette nouvelle, Délia se détendit quelque peu. Ce n'est qu'alors qu'elle prit conscience de la main de Jake qui était posée sur sa cuisse. Il n'y avait aucune ambiguïté dans ses gestes et il était sans doute à des lieues de penser à elle sur un plan autre que médical.

Malgré cela, la simple vue de ses doigts sur sa chair dénudée lui rappelait toutes ces fois où il l'avait touchée, éveillant lentement ses sens à force de subtils effleurements et de caresses audacieuses. Jake avait toujours été un amant formidable, à la fois prévenant et passionné, soucieux du plaisir de son partenaire et sûr de ce qu'il voulait. Et le souvenir de toutes les fois où ils avaient fait l'amour l'emplissait d'une profonde mélancolie.

— Ça va peut-être te faire un peu mal, murmura-t-il.

Elle sentit l'aiguille s'enfoncer dans sa peau. La lidocaïne engourdissait ses nerfs, bloquant la douleur mais pas complètement la sensation du toucher. Sans même s'en rendre compte, elle posa la main sur l'épaule de Jake. Elle avait suffisamment été au front pour savoir ce qui était en train de lui arriver.

L'adrénaline qui s'était répandue en elle au moment du combat commençait à refluer et elle comprit brusquement qu'elle avait failli mourir. Inspirant profondément, elle s'efforça de ravaler la sensation de vide et d'angoisse qui menaçait de l'envahir.

— C'est bien, lui dit Jake. Accroche-toi à moi et reste concentrée.

Tout en parlant, il n'avait pas levé les yeux de la blessure qu'il était en train de suturer et elle s'émerveilla de la façon dont, sans même la regarder, il avait deviné précisément ce qu'elle était en train d'éprouver.

— Tu as toujours été un roc dans la tourmente, lui dit-elle, profondément touchée par cette sensibilité qu'elle ne lui connaissait pas.

— Toi aussi, je t'assure, répondit-il en souriant. Chaque fois que je me trouvais en difficulté en Afghanistan, il me suffisait de penser au moment où je reviendrais vers toi après ma mission pour reprendre courage et repartir de l'avant. J'avais tellement besoin de toi, Délia…

Surprise, elle le contempla quelques instants en silence tandis qu'il continuait à la soigner.

— Mais pourquoi ne me l'as-tu jamais dit ? articula-t-elle enfin.

— Je ne sais pas, soupira-t-il. Peut-être parce que j'avais peur de m'exposer en te révélant mes sentiments…

— Et maintenant ?

Il hésita avant de répondre.

— Tout à l'heure, j'ai cru que j'allais te perdre, lui avoua-t-il enfin. A côté de cela, j'imagine que le reste n'a pas beaucoup d'importance. Je n'aurai jamais aussi peur qu'à l'instant où j'ai pensé que ton artère fémorale était atteinte…

Délia sentit une boule se former au creux de sa gorge, mais s'efforça de nouveau d'ignorer son émotion. Elle n'était pas en état de réfléchir et de faire la part des choses entre les révélations de Jake, ses propres sentiments et les conséquences physiologiques de sa blessure.

Jake acheva de suturer la plaie et la désinfecta une dernière fois avant de la bander. Ses gestes étaient doux et assurés et la précision dont il faisait preuve trahissait la formation paramédicale qu'il avait reçue.

— Est-ce que par hasard tu as pu capter les pensées de nos adversaires ? lui demanda-t-elle pour faire diversion. Sais-tu qui ils étaient et qui les a envoyés ?

— J'ai pu saisir quelques bribes d'informations, répondit-il en rajustant la tunique de Délia sur sa cuisse.

Il se redressa, s'arrachant à la main de la jeune femme qui était toujours posée sur son épaule.

— Servilia avait raison, déclara-t-il en se lavant les mains dans le broc à eau qui était posé sur la table. C'est bien Cléopâtre qui a envoyé ces hommes. La dernière pensée de l'un de ceux que j'ai tués a été pour l'argent que la reine lui avait offert et qui était déjà en route vers sa famille.

Délia se leva à son tour avec précaution et testa la résistance de sa jambe. Elle fut très étonnée de découvrir qu'elle n'avait quasiment plus mal et se sentait assez stable. Jake avait fait du bon travail et, si elle prenait garde à ne pas rouvrir sa blessure, elle ne tarderait pas à se remettre de ce duel qui avait bien failli lui coûter la vie.

— Si César l'apprenait, cela changerait peut-être l'opinion qu'il se fait de sa belle Egyptienne, remarqua-t-elle enfin. Crois-tu qu'il obtiendra des aveux du dernier survivant ?

— Je suis convaincu qu'il le fera torturer, mais j'ignore s'il parlera. Tout dépend de l'identité réelle de l'homme, j'imagine : si c'est un simple mercenaire, il finira par tout raconter. En revanche, si lui et ses compagnons faisaient partie d'une troupe d'élite de Cléopâtre, il ne dira rien.

Délia hocha la tête et fit prudemment quelques pas. Pour le moment, l'anesthésique faisait toujours son effet, mais, lorsqu'il commencerait à se dissiper, elle serait probablement obligée d'avaler un calmant pour atténuer la douleur.

— J'imagine que nous avons déjà la réponse à cette question, remarqua-t-elle.

— Que veux-tu dire ?

— Que si César apprenait ce qu'a fait Cléopâtre, il la chasserait sûrement. Or nous savons qu'historiquement, il n'en fera rien. J'en déduis qu'il ne saura jamais qui était derrière tout ça.

— C'est possible, reconnut Jake. Mais ce n'est plus notre problème, désormais. Tout ce qui compte, c'est que nous récupérions ce fragment au plus vite et que nous filions d'ici avant de nous faire tuer.

— Je suis d'accord, acquiesça Délia.

Jake se dirigea vers la porte

— Je vais aller trouver le capitaine des gardes, déclara-t-il. Quant à toi, reste ici et repose-toi, d'accord ?

— C'est promis. Ne t'en fais pas pour moi, Jake. Tout ira bien, à présent. Va faire ce que tu as à faire et, lorsque tu reviendras, nous discuterons de la meilleure façon d'explorer ce temple. Les choses se précipitent et je ne voudrais pas que nous laissions passer l'opportunité de conclure notre mission.

— Tu sembles oublier notre visiteur du soir, le mystérieux scribe, renchérit Jake. J'ignore ce qu'il vient faire dans cette histoire, mais quelque chose me dit que nous n'avons pas fini d'entendre parler de lui…

*
* *

Torbar attendait patiemment l'arrivée de Kentar. Une heure auparavant, il avait reçu un message télépathique lui annonçant que le commandeur souhaitait s'entretenir avec lui et il avait donné les coordonnées spatio-temporelles de la chambre que Kapaenus occupait chez le général Brutus.

A l'heure dite, une silhouette humanoïde apparut lentement au milieu de la pièce. Lorsque Kentar se fut entièrement matérialisé, Torbar s'inclina respectueusement devant lui.

— Bienvenue, seigneur, lui dit-il dans leur langue.

Kentar répondit par un sobre hochement de tête.

— Alors ? s'enquit-il sans tarder. Quelles sont les nouvelles ?

Torbar entreprit de lui raconter en détail sa rencontre avec les deux mercenaires grecs qui avaient sauvé la vie de Servilia.

— Je me suis renseigné, conclut-il. Personne ne les connaît. Je pense qu'il pourrait s'agir des voyageurs que vous cherchez.

— Et tu n'as pas réussi à lire dans leurs pensées, murmura Kentar, pensif.

— Tous deux étaient actifs psychiquement et savaient se protéger contre ce genre de sondage. Et je n'ai pas voulu forcer leurs défenses mentales, de peur de compromettre ma couverture.

Kentar alla se servir un verre de vin et prit le temps d'avaler quelques gorgées du liquide grenat avant de reprendre la parole.

— Cette histoire de psys humains ne me dit rien de bon, commenta-t-il enfin.

— Je partage cette opinion. Jusqu'à présent, nous étions toujours partis du principe que les humains n'étaient pas assez évolués pour maîtriser leurs pouvoirs.

— Il se peut malheureusement que les choses soient en train de changer, soupira Kentar. Il serait illusoire de penser que cette déchirure spatio-temporelle est uniquement le fruit du hasard…

Il tapota pensivement la table à laquelle il venait de prendre place.

— Une chose est certaine, déclara-t-il. S'ils ont réellement été projetés dans le temps par une tierce personne, ils ont sans doute un boîtier de rappel, quelque chose qui leur permet d'envoyer un signal pour demander à être rapatriés.

— Peut-être sont-ils capables de se déplacer par eux-mêmes, objecta Torbar.

— Cela ne correspond pas à l'empreinte de la déchirure que nous avons repérée. C'est d'ailleurs l'une des raisons pour lesquelles les précédentes tentatives de voyage dans le temps n'avaient pas été identifiées comme telles.

— Et à quoi ressemblerait ce boîtier ?

— Il doit s'agir de quelque chose qu'ils gardent continuellement sur eux. Ils ne peuvent se permettre de s'en séparer car, s'ils le perdaient, ils se retrouveraient bloqués dans le passé sans espoir de retour. Ce peut être un bijou, par exemple.

— Je pourrais engager une prostituée et l'envoyer séduire l'homme, suggéra Torbar. Elle pourrait alors s'assurer de l'existence d'un tel objet.

— Excellente idée, approuva Kentar. Mais n'oublie pas qu'il existe une chance, si infime soit-elle, que ces deux êtres ne soient pas des humains venus du futur mais des membres d'une espèce encore inconnue.

— Quelle attitude devrions-nous adopter, dans ce cas ?

— Une infinie prudence. S'ils sont affiliés de quelque façon que ce soit à l'assemblée galactique, nous ne pouvons nous permettre de leur faire savoir que les Centauriens sont toujours actifs sur la Terre. Et s'ils sont indépendants, nous devons absolument éviter qu'ils apprennent que les humains ont le potentiel génétique requis pour devenir des navigateurs.

Torbar pâlit à cette idée.

— Je comprends, acquiesça-t-il. Nous ne pouvons nous permettre de voir qui que ce soit former les habitants de la Terre pour faire obstacle au monopole centaurien…

— Je vois que nous nous comprenons, acquiesça Kentar. Alors nous ferions mieux de nous assurer au plus vite que ces gens sont bien des humains venus du futur. Ce serait déjà bien assez ennuyeux comme cela, crois-moi…

— Je vais engager cette prostituée dès aujourd'hui, acquiesça Torbar. Et aussitôt qu'elle m'aura informé de ce qu'il en est, je reprendrai contact avec vous.

— Parfait, approuva Kentar. Et si les choses sont bien telles que nous le supposons, nous n'aurons plus qu'à suivre ces deux individus jusqu'à leur base et à étouffer dans l'œuf cette ridicule tentative d'émancipation de l'espèce humaine.

Tullia pénétra dans l'atrium de Servilia, un bouquet de fleurs à la main. Un soleil radieux brillait dans le ciel d'azur, ce qui ne manquait pas de la réjouir. L'hiver avait été rude et elle aspirait plus que tout au retour du printemps, saison nettement plus favorable à l'exercice de sa profession.

De toutes les prostituées qui vivaient à Rome à cette époque, Tullia avait la réputation d'être la plus chère, la plus douée et surtout la plus raffinée. Certains allaient même jusqu'à dire qu'elle était l'incarnation de la déesse Vénus sur terre.

Presque tous les hommes la connaissaient de vue, même si la plupart d'entre eux n'avaient pas les moyens de s'offrir ses services. C'est d'ailleurs la raison pour laquelle les gardes l'avaient laissée entrer.

Sa tâche était d'une simplicité désarmante : le scribe Kapaneus l'avait chargée de séduire un mercenaire grec du nom de Philippe de Délos. Une fois qu'elle l'aurait soumis à l'influence de ses charmes, elle n'aurait qu'à recenser les bijoux qu'il portait toujours sur lui.

La demande était curieuse, mais il lui était arrivé bien souvent d'en satisfaire de plus étranges.

Jake venait tout juste de rentrer des thermes et il s'était allongé sur son lit pour s'accorder une courte sieste avant de rejoindre Délia, avec laquelle il était censé mettre au point un plan d'action. Il avait demandé à ne pas être dérangé, aussi fut-il très surpris en entendant la porte s'ouvrir doucement.

Se tournant dans cette direction, il avisa une femme d'une beauté confondante. La grâce de sa silhouette fluide, l'harmonie de ses mouvements et l'élégance de sa prestance n'avaient d'égales que la perfection de ses traits. Ses cheveux noirs paraissaient plus brillants et plus doux que la soie la plus pure.

Sur sa bouche se dessinaient la sensualité d'un sourire de femme et l'innocence charmante d'une moue d'enfant. Ses yeux étaient deux lacs de ténèbres dans lesquels tout homme se serait noyé avec reconnaissance. Sa peau pâle et délicate appelait aux baisers les plus passionnés.

De toutes les femmes qu'il lui avait été donné de contempler, elle était incontestablement la plus belle. Mais son charme n'expliquait pas ce qu'elle pouvait bien faire dans sa chambre.

— Philippe de Délos, lui dit-elle d'une voix qui évoquait celle d'un ruisseau roulant sur les galets. Mon nom est Tullia et j'ai été envoyée chez toi en guise de présent.

Elle s'avança vers lui d'un pas presque dansant. Passablement stupéfait par cette intrusion, il la contempla d'un œil interloqué.

— Un présent ? répéta-t-il.

Simultanément, il projeta son esprit vers elle, sondant son esprit sans grande délicatesse. Elle s'arrêta brusquement et grimaça avant de porter une main à sa tempe.

— Je... J'ai été envoyée pour te satisfaire, expliqua-t-elle.

Jake avait déjà découvert celui qui l'avait engagée. Par contre, il ne parvenait pas à distinguer la raison pour laquelle Kapaneus avait fait appel à elle. Sachant qu'il ne pouvait continuer indéfiniment à fouiller son esprit sans risquer de lui causer un mal de crâne abominable, Jake quitta ses pensées.

Le visage de Tullia était à présent blafard et elle porta la main à son front pour tenter d'atténuer la migraine atroce qui devait lui vriller le crâne. Elle tituba légèrement et s'appuya contre la table pour recouvrer son équilibre.

Jake ouvrit la bouche pour lui demander de quitter sa chambre, mais, avant même qu'il ait pu prononcer un mot, la porte de communication s'ouvrit sur Délia. Elle était vêtue d'une toge jaune et paraissait avoir tout juste émergé de son sommeil.

Elle s'arrêta brusquement en avisant Jake nu sur son lit et Tullia qui s'était rapprochée de lui.

— Laisse-nous, dit Jake à Tullia, craignant que Délia ne se méprenne sur ce qui s'était passé. Je ne veux rien de ce que tu as à m'offrir.

Tullia lui jeta un regard étonné, puis elle remarqua soudain la présence de Délia et hocha la tête d'un air entendu.

— Je vois, acquiesça-t-elle. Il semble que celui qui m'a envoyée se soit mépris sur ton compte.

Elle s'inclina alors légèrement et quitta la pièce d'un pas léger et aérien. Délia attendit que la porte se soit refermée sur elle avant de se tourner vers Jake.

— J'ai interrompu quelque chose, on dirait, remarqua-t-elle.

— Ce n'est pas ce que tu crois, objecta-t-il.

Il s'aperçut alors qu'il était toujours nu. Et le regard admiratif que Délia ne put s'empêcher de lui lancer éveilla en lui une réaction incontrôlable qui lui sembla quelque peu déplacée.

Il enfila donc la tunique qui se trouvait au pied du lit, avant de relever les yeux et d'aviser le sourire malicieux qui se peignait sur les lèvres de sa visiteuse.

— Je suis heureux que tu trouves ça drôle, lui dit-il d'un ton un peu sec.

— Tu fais bien, lui dit-elle. Parce qu'après tout

ce que tu m'as dit au cours de ces derniers jours, la présence de cette fille aurait pu me paraître assez vexante…

Délia boitilla jusqu'au canapé situé près de la fenêtre et s'assit.

— Qui était-ce exactement ? s'enquit-elle, curieuse.

Jake se redressa et entreprit d'enfiler le reste de ses vêtements.

— C'est Kapaneus, le scribe que nous avons remarqué l'autre soir, qui l'a envoyée. Elle se nomme Tullia et c'est une prostituée…

— Je ne savais pas que tu avais besoin de payer pour obtenir les faveurs d'une femme, remarqua Délia d'un ton moqueur.

Jake la fusilla du regard.

— Crois-tu vraiment que le moment soit bien choisi pour faire de l'esprit ? s'exclama-t-il avec humeur. J'ai lu ses pensées et j'ai découvert que Kapaneus l'avait payée pour me déshabiller et coucher avec moi.

— Cela n'a aucun sens, objecta-t-elle.

— C'est aussi ce que je pense. Mais pourquoi ce scribe m'offrirait-il une prostituée ?

— C'est peut-être une façon de rentrer dans tes bonnes grâces, suggéra-t-elle.

— Cela me semble douteux. Mais si c'est vraiment le cas, on ne peut pas dire que Kapaneus soit très psychologue. Je suis incapable de coucher avec une femme qui considère cela comme un travail !

— Ce que tu fais de ta vie maintenant que nous ne sommes plus ensemble ne me regarde pas, objecta maladroitement Délia.

— Comment peux-tu dire une chose pareille ?

protesta-t-il. N'as-tu rien écouté de ce que je t'ai expliqué ?

Au contraire, elle ne l'avait que trop bien entendu et savait que son propre cœur risquait une fois de plus de succomber aux doux arguments de cet homme qu'elle n'avait jamais cessé d'aimer.

— Au moins, Kapaneus a bon goût, déclara-t-elle pour faire diversion. Elle était vraiment jolie.

— C'est vrai, reconnut gravement Jake. Mais en la regardant, la seule chose que je me disais, c'est que la seule femme dont j'avais réellement besoin, c'était toi.

10

La déclaration de Jake fut suivie d'un silence lourd de non-dits. Délia ne se sentait toujours pas prête à renouer la relation à laquelle elle avait mis fin deux ans auparavant. Mais elle était également incapable de répondre à Jake que tout était fini entre eux et qu'il n'avait plus rien à espérer d'elle.

Elle avait besoin de temps pour réfléchir. Elle avait surtout besoin de se convaincre que Jake avait bel et bien changé et qu'il ne se murerait pas de nouveau dans sa tour d'ivoire dès leur première dispute.

Et cette mission n'était probablement pas le moment idéal pour prendre de telles décisions.

— Est-ce que vous avez obtenu des aveux du prisonnier qui a été capturé hier soir ? demanda-t-elle pour détourner la conversation. Je voulais attendre ton retour lorsque tu es parti rejoindre le capitaine des gardes, mais je n'ai pas pu résister très longtemps.

— Ce n'est pas étonnant, remarqua Jake. Tu étais épuisée et tu avais perdu beaucoup de sang. De toute façon, je suis rentré tard. Toute la maisonnée était en émoi et j'ai passé pas mal de temps à rassurer Servilia et à organiser des tours de garde pour la nuit.

— Et le prisonnier ? A-t-il dit quelque chose ?

— Non, il n'a pas parlé. Et pourtant, les prétoriens

ne l'ont pas ménagé. Mais il n'a rien dit, ce qui n'a pas manqué de provoquer la colère de César, qui ne sait même pas si l'attaque était dirigée contre Servilia ou contre lui.

— Il ne soupçonne toujours pas Cléopâtre ?

— Non. J'ai effleuré ses pensées, hier soir, et il m'a semblé réellement perdu. Il aime toujours Servilia, même s'il lui préfère sa belle reine égyptienne, et je crois qu'il ne peut pas imaginer que l'une d'elles soit capable de commanditer un meurtre. Du coup, il suppose que cet acte est probablement le fait d'un petit groupe de sénateurs attachés à la république qui désapprouvent le fait qu'il soit devenu dictateur et qu'il ambitionne d'accéder au titre d'empereur.

— Ce n'est pas impossible, cela dit, reconnut Délia. Après tout, c'est un groupe de sénateurs qui sera à l'origine de l'assassinat du 15 mars. De plus, Brutus se trouvait au banquet, hier soir. Ce n'est peut-être pas une simple coïncidence…

— César ne le soupçonne pas un seul instant. A ses yeux, Brutus est un ami et un allié fidèle.

— Ça paraît incroyable, remarqua Délia. Il y a quelques années, Brutus l'a déjà abandonné pour s'allier au sénateur Pompée et le combattre en Grèce afin de restaurer la république. Les autres généraux l'ont accusé d'être un traître, mais César n'a rien voulu entendre.

— C'est exact. Après la bataille de Pharsale où il a défait Pompée, César a accueilli Brutus comme si rien ne s'était passé.

— J'avoue que je n'arrive pas à le comprendre, soupira Délia. Comment a-t-il pu pardonner à un ami de toujours qui, non content de déserter, est entré en guerre contre lui ?

— Je les ai observés, hier soir, répondit Jake, pensif. Il existe entre eux une profonde complicité. Je crois que Brutus apprécie César et le respecte énormément. Mais il est tout aussi attaché à Rome et au devoir qu'il estime avoir envers la ville. Et il est probablement convaincu qu'elle doit être régie par une république et non par un homme. Brutus est un homme déchiré entre sa fidélité et sa conscience.

— Se pourrait-il que César lui ait pardonné sa trahison parce qu'il était le fils de Servilia, sa maîtresse ? suggéra Délia.

— Nous ne le saurons sans doute jamais. D'ailleurs, les historiens eux-mêmes hésitent à se prononcer sur cette question. Mais je suis au moins certain qu'il n'est pas responsable de l'attaque d'hier soir. Il était très inquiet au sujet de sa mère et je ne pense pas qu'il l'aurait mise en danger de cette façon.

— Si seulement l'homme que nous avons capturé avait parlé…

— Crois-moi, les prétoriens ont fait tout ce qu'ils pouvaient pour le faire craquer.

Jake s'abstint de commenter les méthodes qu'ils avaient utilisées pour torturer l'unique survivant de l'attaque de la villa. Le souvenir de son corps brisé l'avait poursuivi dans ses rêves durant une bonne partie de la nuit. Et il se sentait presque soulagé que l'homme soit mort durant la nuit. Cela lui épargnerait au moins un nouvel interrogatoire.

S'efforçant d'oublier cet épisode tragique, Jake alla se servir un verre d'eau qu'il vida d'une traite.

— Tu sembles bien nerveux, remarqua Délia qui

le connaissait trop pour ne pas percevoir le trouble qui l'habitait en cet instant.

— Je commence à penser que nous sommes assis sur un véritable baril de poudre : d'un côté, il y a ces attaques à répétition qui ne tarderont pas à se solder par l'assassinat de César. De l'autre, il y a ce scribe à l'aura étrange qui m'envoie des prostituées...

— Que comptes-tu faire, à ce sujet ?

— Je vais déjà commencer par interroger les gardes et les domestiques pour savoir comment elle est entrée ici.

— Je suis sûre qu'ils étaient autant sous le charme que toi, ironisa-t-elle. Ils n'ont probablement même pas osé lui parler.

— Je suis vraiment flatté de te voir si jalouse, tu sais, répliqua Jake avec un sourire moqueur.

Malgré elle, Délia ne put s'empêcher de rougir.

— Je ne suis pas jalouse, protesta-t-elle maladroitement.

— Bien sûr que si. Et c'est une excellente chose : cela prouve que, quoi que tu en dises, tu tiens toujours à moi. Prétendras-tu le contraire ?

— J'invoque le cinquième amendement, répondit Délia en souriant.

— Nous ne sommes pas aux Etats-Unis et la Constitution américaine ne sera pas rédigée avant un peu plus de mille huit cents ans.

— J'en appelle tout de même au cinquième amendement, insista-t-elle.

Jake éclata de rire.

— Au moins, tu n'as pas nié, remarqua-t-il.

— Ne te fais pas trop d'illusions à ce sujet, lui conseilla-t-elle en riant à son tour.

Elle secoua la tête d'un air étonné.

— Je ne sais pas comment tu parviens à me faire rire en de telles circonstances, lui dit-elle en lui prenant doucement la main. En tout cas, je t'en remercie.

— Il n'y a pas de quoi, répondit-il d'un ton légèrement embarrassé.

Il serra la main de Délia dans la sienne, rasséréné par ce simple contact qui faisait naître en lui une douce chaleur faite de tendresse et de désir mêlés.

— Comment va ta jambe ? lui demanda-t-il.

— Elle me fait un peu mal, mais cela n'a rien d'étonnant. J'ai repris des antibiotiques et je ne sens aucune inflammation inquiétante. Je crois que je vais passer la majeure partie de la journée à faire la sieste pour reprendre des forces.

— Il faudra changer le bandage dans la journée. On n'est jamais trop prudent.

Délia hocha la tête.

— Ça fait bien longtemps que personne ne s'est pas occupé de moi de cette façon, remarqua-t-elle.

— Tu n'avais qu'à pas me quitter, répondit-il avec un sourire malicieux.

Elle le regarda droit dans les yeux et secoua doucement la tête.

— Tu te trompes, lui dit-elle gravement. Tu ne t'occupais pas de moi de cette façon du temps où nous étions en couple.

L'expression de Jake trahit un mélange de gêne et de culpabilité.

— C'est vrai, reconnut-il. Je ne t'ai sans doute pas traitée aussi bien que je l'aurais dû. Et, comme tu me l'as souvent reproché à l'époque, je laissais rarement filtrer mes émotions. Mais si je maintenais cette distance entre nous, c'était seulement pour te protéger.

— Me protéger de qui ? lui demanda Délia avec une pointe d'étonnement.

— De moi, bien sûr, répondit-il en haussant les épaules. Du mal que je pouvais te faire…

Cette fois, elle ne put cacher sa stupeur.

— Mais c'est absurde ! s'exclama-t-elle. Pourquoi aurais-tu voulu me faire du mal ?

Jake détourna les yeux et poussa un profond soupir.

— Je ne t'ai jamais parlé de mes parents…

— Je croyais que tu ne les avais pas connus, remarqua-t-elle. N'as-tu pas été élevé par ton oncle et ta tante ?

— Si, acquiesça-t-il. A partir de l'âge de six ans…

Délia le contempla en silence et son regard était si intense en cet instant qu'il avait l'impression qu'il le traversait de part en part.

— Ils ne sont pas morts dans un accident de voiture comme j'ai coutume de le dire…

C'était la première fois qu'il parlait de cette période de sa vie. Ni la police ni son oncle et sa tante n'avaient pu le convaincre de raconter ce qui s'était passé cette nuit-là. Mais il sentait confusément que, s'il ne disait pas la vérité à Délia, il risquait de perdre toute chance de la reconquérir. Et cette idée lui était devenue insupportable.

— Mon père était un génie, reprit-il d'une voix hésitante. L'un des mathématiciens les plus brillants de son époque. Mais c'était aussi quelqu'un de très perturbé… Il alternait des périodes d'exaltation durant lesquelles il pouvait être le plus merveilleux des maris et des pères et des périodes d'abattement profond lors desquelles il avait l'impression que son existence était un véritable enfer. C'était aussi un homme très fier et il refusait de se soigner. Il disait qu'il n'avait pas besoin de béquilles, qu'il était capable de regarder le gouffre en face…

A présent qu'il avait commencé son récit, les mots lui venaient plus facilement, comme s'ils attendaient depuis longtemps de s'échapper.

— Peu de temps après mes cinq ans, les choses ont commencé à se gâter, poursuivit-il. Mon père avait de moins en moins de périodes exubérantes et de plus en plus de passages à vide. Il perdait pied et l'université où il enseignait a fini par lui imposer un congé sabbatique. C'est à ce moment qu'il a commencé à boire et cela n'a fait qu'aggraver la situation. Souvent, il se disputait avec ma mère qui devait trouver cette situation de plus en plus insupportable. Et puis il a commencé à la frapper…

— Mon Dieu…, murmura Délia, horrifiée.

— Ça a duré quelques mois et c'était de pire en pire. Je me souviens que j'étais terrifié. Je n'osais même plus lui adresser la parole de peur qu'il ne me frappe, moi aussi. Finalement, ma mère a estimé que cela ne pouvait plus durer et elle a quitté la maison en m'emmenant avec elle. Nous nous sommes installés chez l'une de ses amies qui était partie en Asie pour plusieurs mois.

Délia le contemplait avec un mélange de fascination et d'horreur, pressentant déjà la fin tragique de cette histoire.

— Mon père nous a retrouvés, reprit Jake. Il était ivre et furieux et il s'est mis à insulter ma mère, l'accusant d'avoir trahi leur amour, de lui avoir brisé le cœur, d'être celle qui l'avait acculé à la folie. Elle a commis l'erreur de le menacer d'appeler la police et il a perdu tout contrôle de lui-même. Il s'est mis à la frapper plus violemment qu'il ne l'avait jamais fait.

— Et tu l'as vu faire? lui demanda Délia d'une voix étranglée.

— Au début, oui... Puis je me suis enfui pour aller me cacher dans le grenier. Mais j'étais déjà télépathe, à l'époque, et je pouvais lire leurs pensées. Je n'essaierai même pas de te décrire ce que j'ai ressenti ce soir-là. Mais sais-tu ce qui m'a fait le plus mal?

Délia secoua la tête, visiblement incapable d'articuler un mot de plus. Ses grands yeux dorés étaient brouillés de larmes qui coulaient le long de ses joues sans même qu'elle s'en aperçoive.

— Ils s'aimaient, lui dit-il d'une voix brisée. Le plus absurde, le plus fou, c'est qu'ils s'aimaient toujours...

Il prit une profonde inspiration, luttant contre les sanglots qui menaçaient de le submerger.

— Que s'est-il passé ensuite?

— Mes parents avaient fait tant de bruit qu'un voisin a appelé la police. Lorsque les agents sont arrivés, ils m'ont retrouvé prostré dans le grenier. Mes parents étaient en bas, dans le salon. D'après le médecin légiste, mon père avait étranglé ma mère avant de s'ouvrir la gorge à l'aide d'un éclat de verre...

Sans un mot, Délia entoura Jake de ses bras et le serra contre elle de toutes ses forces.

— Je crois qu'après ce jour, j'ai décidé qu'il était trop dangereux d'aimer quelqu'un. Même l'amour de mes parents n'avait pas réussi à les sauver. Je me disais aussi que j'étais peut-être comme mon père, que j'avais peut-être hérité de sa folie…

— Mais tu n'es pas comme lui, protesta vivement Délia.

— Aujourd'hui, je le sais, acquiesça-t-il. Mais j'ai construit une bonne partie de ma vie et de mes relations avec ce doute… Plus je me sentais proche de quelqu'un, plus j'avais peur de lui faire du mal. Alors, je maintenais une forme de distance, une fausse nonchalance qui me permettait de me convaincre que jamais je ne revivrais ce qui s'était passé ce soir-là…

Durant ce qui lui parut une éternité, Délia demeura parfaitement immobile, se contentant de serrer Jake contre son cœur. Qu'aurait-elle pu répondre à ce qu'il venait de lui dire ? Les mots paraissaient bien futiles, bien vides de sens au regard de ce qu'elle venait d'apprendre.

Finalement, il s'arracha doucement à cette étreinte et la contempla avec tendresse.

— Je crois que tu as besoin d'un peu de temps pour digérer tout cela, lui dit-il. Mais je tiens à ce que tu saches que si je t'ai raconté cela, c'est parce que je ne veux plus être victime du passé. J'ai beaucoup réfléchi au cours de ces deux dernières années. Lorsque j'ai accepté le fait que je t'avais bel et bien perdue, j'ai compris que je ne pouvais pas continuer à laisser les événements de cette époque me dicter ma conduite.

Jake se leva et aida Délia à se redresser.

— Tu devrais aller te reposer, lui dit-il. Quant à moi, je vais aller interroger les gardes au sujet de cette mystérieuse Tullia…

Délia fut tentée de protester avant de comprendre qu'il avait raison : elle avait besoin de temps pour prendre la mesure des révélations qu'il venait de lui faire et comprendre quel sens elles avaient pour leur relation passée et à venir.

— Tullia ! s'exclama Torbar en voyant entrer la séduisante prostituée dans le petit bureau où il avait passé une bonne partie de la matinée à travailler pour le compte du général Brutus. Qu'as-tu découvert ?

Celle-ci s'avança vers lui avec la grâce consommée d'une danseuse ou d'une courtisane et prit place sur la chaise qui lui faisait face. Torbar n'avait aucun mal à comprendre pourquoi cette femme jouissait d'une telle réputation.

Tout en elle n'était que séduction : de ses traits délicats à ses membres longs et déliés en passant par ses longs cheveux noirs savamment parfumés ou la note légèrement rauque et sensuelle que l'on devinait dans sa voix.

— Ce Philippe de Délos est un homme exceptionnel, déclara-t-elle.

Torbar hocha la tête en s'efforçant de faire abstraction de la délicieuse odeur de cannelle qui émanait de Tullia. Elle portait une modeste toge rose et une étole rouge. Ses cheveux étaient attachés et retenus par une broche d'or en forme de cercle qui s'accordait parfaitement avec ses boucles d'oreilles. Torbar trouvait assez ironique que cette tenue soit celle d'une femme mariée parfaitement respectable.

Mais Tullia avait réellement des talents de caméléon et elle était capable de changer d'apparence, parvenant sans mal à s'adapter aux désirs de ses clients. Elle pouvait être esclave soumise et exposée à tous les regards, femme aimante et rassurante, étrangère distante et hautaine ou petite fille mutine...

Evidemment, un navigateur comme lui n'était pas aussi facile à abuser : après tout, il était capable de lire son aura, tout comme de sonder ses pensées les plus intimes.

— J'ai surpris Philippe totalement nu dans sa chambre, ce matin, reprit-elle.

— Eh bien, dis-moi, belle et plaisante Tullia. Notre homme portait-il un bijou ?

Elle se pencha en avant et posa délicatement sa main sur celle de Torbar, qui admira une fois de plus l'aisance avec laquelle cette séductrice savait ferrer ses proies.

Lui-même sentait monter au creux de son ventre un désir insidieux et il se promit que, dès qu'elle aurait terminé son compte rendu, il s'accorderait quelques minutes de récréation en sa compagnie.

— Effectivement, acquiesça-t-elle, il portait un bracelet finement ouvragé au bras droit.

Tullia était bien décidée à éviter de mentionner la façon dont Philippe l'avait éconduite. Après tout, elle avait accompli sa part du marché et Kapaneus n'avait pas besoin d'en savoir plus que cela.

— A quoi ressemblait ce bijou ? demanda-t-il.

— Il était en métal argenté, assez fin, avec une large pierre ovale en son centre.

— Peux-tu m'en dire plus sur cette pierre ?

— Elle était transparente, plate et très lisse.

— Est-ce que Philippe a ôté ce bracelet ?

— Non. Il l'a gardé tout le temps où j'étais là. Je

sais qu'il le portait aussi aux bains puisque c'est de là qu'il venait lorsque je l'ai rencontré.

— Intéressant… Et ce métal, à quoi ressemblait-il ?

— On aurait dit de l'argent, mais je ne crois pas que c'en était. Il était trop brillant pour cela.

— Et quelle était sa largeur ?

Tullia écarta deux doigts pour le lui montrer.

— T'a-t-il autorisée à le toucher ? lui demanda Torbar.

— Non. J'ai eu l'impression que c'était quelque chose de très personnel.

— Lui as-tu posé une question à ce sujet ?

— Oui, mentit Tullia, mais il n'a rien voulu m'en dire.

— As-tu vu la pierre changer de couleur ?

— Non.

— Et l'autre mercenaire, cette Délia, portait-elle un bijou semblable ?

Un sourire malicieux se dessina sur les lèvres sensuelles de Tullia.

— Tu m'as engagée pour séduire Philippe, lui rappela-t-elle. Mais si tu veux, je peux offrir mes services à cette fille. Ce ne serait pas la première fois et je t'assure qu'elle ne serait pas déçue…

Torbar éclata de rire.

— Rien ne dit qu'elle partage de telles inclinations, remarqua-t-il. Et pour le moment, je préfère m'en tenir à Philippe.

De toute façon, Torbar était convaincu que, si le bracelet en question était bien lié au voyage temporel, la femme devait posséder le même. Tous deux formaient visiblement une équipe et il était peu probable que l'homme l'ait engagée après son arrivée.

— Parfait, déclara-t-il. Tu as fait de l'excellent travail. Comme promis, ajouta-t-il en sortant une pièce d'or de sa bourse, voici un aureus pour prix de tes services. Et j'en ajouterai un second si tu acceptes de me consacrer un peu de ton précieux temps…

11

Sans prendre la peine de frapper, Servilia entra à grands pas dans la chambre de Délia qui somnolait sur son lit.

— Comment te sens-tu ? lui demanda-t-elle.

Délia ouvrit les yeux, s'arrachant à contrecœur à sa sieste, et elle se redressa péniblement sur son lit.

— Ne bouge pas ! protesta Servilia. Je suis désolée de t'avoir réveillée… Mais Philippe m'a dit que tu étais debout. Je sais que c'est lui qui t'a pansée, hier soir, et je me demandais si tu ne voulais pas voir un médecin par mesure de précaution.

Délia secoua doucement la tête.

— Ce n'est pas la peine, domina. Philippe est un excellent guérisseur, je t'assure.

— Je n'en doute pas. Il m'a dit que tu avais été touchée à la jambe ?

— Oui. Mais fort heureusement, la lame de mon adversaire ne s'est pas enfoncée profondément et la blessure n'est que superficielle. Je serai bientôt rétablie et prête à te servir de nouveau.

Servilia s'assit au bord du lit de Délia et posa doucement la main sur son épaule.

— Tu es vraiment héroïque, déclara-t-elle. Ton frère et toi avez probablement sauvé la vie de mon bien-aimé Julius. Je vous en serai éternellement reconnaissante.

— Nous n'avons fait que notre devoir, répondit Délia en haussant les épaules.

Ce simple geste lui arracha une grimace douloureuse.

— Est-ce que tu as mal ?

— Ne t'inquiète pas. Ce n'est pas grand-chose.

— Est-ce que tu peux marcher, au moins ?

— En boitant, oui. Il me faudra probablement quelques semaines pour retrouver le plein usage de ma jambe.

— Il y aurait peut-être un moyen d'accélérer les choses, murmura pensivement Servilia.

Elle jeta un coup d'œil autour d'elle, comme si elle avait peur que quelqu'un ne soit en train de les écouter.

— Délia, sais-tu que la flèche de Diane a des vertus curatives ? murmura-t-elle enfin.

Délia la considéra avec étonnement. Athéna Carswell n'avait jamais évoqué une telle possibilité.

— Non, répondit-elle, je l'ignorais.

Servilia hocha la tête.

— C'est pourtant la vérité. L'une des adeptes de notre société secrète l'a découvert par accident lors d'une cérémonie. Lollia avait fait une fausse couche et elle ne s'en était pas encore remise. Lorsqu'elle a pris la flèche, elle a senti une vague de chaleur se répandre au creux de son ventre et de ses cuisses. En rentrant chez elle, elle a constaté que le saignement s'était arrêté et qu'elle n'avait plus du tout mal. Depuis lors, elle n'a jamais eu le moindre problème...

— C'est un miracle.

— Oui, mais ce n'est pas le seul auquel nous ayons assisté depuis. Plusieurs d'entre nous ont été guéries de cette façon. Je pense que tu devrais essayer.

— Malheureusement, je ne pourrai jamais me rendre à pied jusqu'au temple, domina, objecta Délia. Je dois attendre au moins que la plaie ait cicatrisé.

— Nous pourrions peut-être demander à ton frère.

— Je ne comprends pas…

— Lui fais-tu confiance pour aller chercher la flèche sacrée et la rapporter jusqu'ici ?

Délia la considéra avec un mélange d'étonnement et de gratitude.

— Bien sûr, répondit-elle. Mon frère est le plus honorable des hommes. Et il voue également un culte à la déesse Diane qu'il admire beaucoup.

Servilia hocha la tête d'un air approbateur.

— Dans ce cas, c'est entendu, déclara-t-elle. J'irai avec lui jusqu'au temple et nous rapporterons la flèche de Diane. Avec lui à mes côtés, je ne craindrai pas une attaque comme celle dont nous avons été victimes hier soir.

— Mon frère n'hésiterait pas à se sacrifier pour te défendre. Mais je te rassure : je ne pense pas qu'il vous arrive quoi que ce soit. Vos ennemis ne prendraient pas le risque de frapper en plein jour au beau milieu de la ville. Cependant, étant donné ce qui s'est passé ces derniers temps, je comprends que tu te montres méfiante…

Tout en parlant, Délia se demandait si Jake aurait l'occasion de localiser l'endroit où était conservé le fragment. Car une telle information leur ferait gagner un temps précieux par la suite. De plus, si l'objet possédait réellement les pouvoirs dont Servilia le créditait, il leur permettrait de passer à l'action sans attendre que sa blessure soit complètement guérie.

D'un geste presque maternel, Servilia tapota de nouveau l'épaule de Délia.

— Tu es quelqu'un de très précieux, lui dit-elle. Et cela me rassure beaucoup de t'avoir comme garde du corps. Je tiens donc à ce que tu sois sur pied le plus vite possible.

— Merci, domina, répondit Délia.

Servilia lui sourit et se leva pour quitter la pièce. Tout en la suivant des yeux, Délia s'efforça de maîtriser le sentiment de culpabilité qui l'assaillait en cet instant. Elle aurait aimé pouvoir trouver une façon d'accomplir sa mission sans trahir la confiance et l'amitié que lui vouait Servilia. Hélas ! elle n'avait d'autre choix que de s'en tenir au plan initial. L'avenir de l'humanité était en jeu et, par comparaison, ses propres états d'âme paraissaient bien insignifiants.

Il était un peu plus de midi lorsque Jake frappa doucement à la porte de Délia.

— Entre ! appela-t-elle de l'intérieur.

Il s'exécuta et la trouva vêtue d'une belle toge blanche qui descendait jusqu'aux chevilles. Elle s'était lavée et coiffée et paraissait en bien meilleure forme que lorsqu'il l'avait vue en début de matinée.

Le sourire qu'elle lui décocha lui fit fondre le cœur. Cela faisait bien longtemps qu'elle ne l'avait pas regardé de cette façon, sans méfiance et sans retenue, avec la franchise et la simplicité qu'il lui avait connues tout au début de leur relation.

— Tu as raté Servilia de peu, remarqua-t-elle.

C'est elle qui m'a réveillée et j'ai juste eu le temps de faire un brin de toilette.

— Comment va ta jambe ?

— Un peu douloureuse, mais cela reste supportable.

— As-tu une sensation d'échauffement ? Ou l'impression qu'elle a enflé ?

— Non, répondit-elle. Rien de tout cela.

— Tant mieux. Je vais quand même changer ton pansement, d'accord ?

Délia hocha la tête et boitilla jusqu'au lit sur lequel elle s'assit. Là, elle remonta sa toge sur ses cuisses tandis que Jake s'agenouillait à son côté.

— Sais-tu que, au-delà de toute considération médicale, tu as les plus belles jambes qu'il m'ait jamais été donné de voir ? Je pourrais passer des heures entières à les admirer.

Délia rougit jusqu'à la racine des cheveux, ce qui ne la rendait que plus irrésistible à ses yeux. Contrairement à la plupart des jolies femmes qu'il connaissait, elle ne tenait pas sa beauté pour un acquis.

Si on lui avait posé la question, elle aurait même probablement dit qu'elle se trouvait tout à fait quelconque. Et de ce fait, elle dédaignait les artifices dont usaient celles qui jouaient de leur charme comme d'une arme.

Se penchant vers elle, il déposa un petit baiser sur son genou. Ce geste qui se voulait parfaitement innocent suffit à faire naître en lui un brusque élan de désir. Etait-ce à cause de la douceur satinée de sa peau ? De son odeur qui éveillait en lui une réaction presque animale ? Ou tout simplement de sa présence à ses côtés après deux interminables années de solitude ?

Il dut se faire violence pour maîtriser l'envie brûlante qu'il avait de la renverser sur le lit et de lui faire l'amour avec passion. Résister à cette tentation était d'autant plus difficile que l'expression de Délia disait mieux que des mots combien elle-même était troublée par ce simple contact.

Mais une fois de plus, il se répéta qu'elle avait besoin de temps pour accepter le fait qu'il avait réellement changé.

Il se contenta donc d'aller se laver les mains avant de revenir vers elle pour défaire précautionneusement son bandage. Il observa les points de suture qu'il avait faits la veille et exerça de légères pressions du bout des doigts tout autour de la plaie pour s'assurer qu'elle n'était pas infectée.

— Voilà qui est encourageant, conclut-il. Est-ce que tu as repris des antibiotiques, ce matin ?

— Bien sûr.

— Parfait. Je vais commencer par appliquer une nouvelle couche d'antiseptique local avant de refaire le pansement.

Délia hocha la tête et ouvrit la trousse de secours dont il avait pris soin de se munir pour y prendre une petite fiole. Il la déboucha et cueillit une noisette d'onguent qu'il entreprit d'étaler très délicatement sur la blessure de Délia.

Celle-ci avait de plus en plus de mal à résister à la sensualité de ce moment. Depuis que Jake lui avait avoué ce qui était arrivé à ses parents et la raison pour laquelle il avait décidé de lui en parler, elle avait compris qu'elle n'avait plus aucune raison de le repousser.

Cette conclusion aurait probablement dû l'emplir d'enthousiasme. Après tout, les deux années qu'elle avait vécues auprès de Jake constituaient incontestablement la période la plus excitante de son existence.

Mais elle avait peur. Elle qui avait exigé de lui plus d'engagement était désormais terrifiée à l'idée que sa vie s'apprêtait peut-être à basculer définitivement. C'était absurde, bien sûr, mais cette angoisse était plus forte qu'elle.

Pendant qu'elle prenait toute la mesure de ses propres contradictions, Jake était allé chercher le morceau de coton qu'il avait apporté. S'agenouillant de nouveau devant elle, il entreprit de lui bander la jambe avec l'efficacité caractéristique d'un infirmier habitué à travailler sur les champs de bataille. Pendant ce temps, Délia lui raconta la visite de Servilia et la proposition qu'elle lui avait faite.

Jake la considéra avec un mélange d'incrédulité et d'amusement.

— On dirait bien que les dieux romains sont avec nous, remarqua-t-il. Jamais je n'aurais imaginé que les choses puissent être aussi faciles.

— Moi non plus, répondit Délia qui se leva et fit quelques pas pour vérifier que son pansement était bien ajusté. C'est parfait, déclara-t-elle enfin.

Elle alla prendre place à la petite table sur laquelle l'une des esclaves de la maison avait déposé à son intention un bol de soupe, un gros morceau de pain et un pichet de vin clairet.

— Tu en veux ? proposa-t-elle à Jake.

— Non merci, lui dit-il. Mais ne te gêne surtout

pas pour moi, mange. Tu as besoin de reprendre des forces.

Délia hocha la tête et rompit un morceau de pain qu'elle plongea dans la soupe. Celle-ci était délicieuse et elle commença à manger avec appétit.

— Ainsi donc, ce fragment du sceau aurait des vertus curatives, murmura Jake, pensif. C'est incroyable.

— Je le croirai lorsque je le verrai, objecta Délia. J'ai suffisamment étudié la psychologie de groupe pour savoir que la plupart des guérisons miraculeuses ne sont rien d'autre que des phénomènes psychosomatiques générés par une hystérie collective.

— Je ne te savais pas si rationaliste, remarqua Jake en souriant. De la part de quelqu'un qui voyage dans le temps et lit l'aura des gens, c'est assez amusant.

— Je ne considère pas que ces pouvoirs relèvent de la magie, objecta-t-elle. Sauf si l'on considère que la magie n'est que la manifestation de phénomènes physiques encore inconnus. Nos pouvoirs psychiques et la faculté d'Athéna de nous projeter dans le temps paraîtront probablement aussi rationnels aux yeux de nos descendants que la gravité ou la poussée d'Archimède le sont aux nôtres.

— Ce pouvoir de guérison pourrait être un phénomène du même genre, remarqua Jake. Et s'il est réel, cela va nous faire gagner un temps précieux. Je me demande si tous les fragments du sceau possèdent un tel pouvoir.

— Je l'ignore, mais je serais prête à parier que chacun d'entre eux recèle une faculté différente.

— Crois-tu que ce scribe est au courant de l'existence de ce sceau ?

— C'est une excellente question. Cela pourrait expliquer sa présence, en tout cas. A moins qu'il ne s'agisse de l'un de ces Centauriens dont m'a parlé Athéna.

— Qui sont-ils, exactement ?

— Des extraterrestres. Mais contrairement aux habitants des Pléiades, ils ne semblent pas nous porter dans leur cœur.

— Sait-on pourquoi ?

— Non... Mais si Kapaneus vient bien d'une autre planète, cela explique peut-être pourquoi son aura m'a semblé si étrange.

— Tu m'as dit qu'elle était rouge, n'est-ce pas ?

Délia hocha la tête.

— A quoi correspondent généralement ces couleurs, chez les humains ?

— Les deux significations principales sont la colère ou le désir.

— Je me demande s'il y a du rouge dans mon aura, en ce moment, remarqua Jake d'un ton malicieux.

— Je ne sais pas, répondit-elle. Voir les auras n'est pas quelque chose d'automatique : comme dans le cas de ta télépathie, cela nécessite un minimum de concentration et d'investissement énergétique.

— Je comprends, acquiesça Jake.

— De plus, dans ton cas, je n'ai vraiment pas besoin de discerner ton aura pour répondre à ta question, ajouta-t-elle. Tu es un homme et, en tant que tel, ton aura est perpétuellement teintée de rouge. C'est votre instinct de chasseur qui vous pousse à vous jeter dans les bras de la première femme venue, comme Tullia par exemple.

— Ça, c'est vraiment un coup bas ! s'exclama-t-il en riant.

Délia haussa les épaules.

— Que veux-tu ? répliqua-t-elle. La vie est injuste.

A cet instant, quelqu'un frappa à la porte.

— Entrez ! s'exclama Délia.

L'une des esclaves de Servilia, une jeune femme d'origine hispanique, pénétra dans la pièce d'un pas hésitant.

— Maîtresse Servilia veut te voir, Philippe de Délos. Elle t'attend dans la salle à manger.

— Dis-lui que je la rejoins dans un instant, répondit-il. Merci.

Délia attendit qu'elle ait refermé la porte derrière elle avant de se tourner vers Jake.

— Bonne chance, lui dit-elle. J'espère qu'on te conduira directement à l'endroit où est gardée la relique.

— Quant à moi, j'espère surtout qu'elle te permettra de guérir rapidement. A tout à l'heure, mon ange.

Elle fut brusquement tentée de lui dire qu'elle l'aimait, mais il ne lui en laissa pas le temps et sortit à son tour. Réprimant un soupir de frustration, elle tenta de se convaincre que c'était une bonne chose et qu'ils auraient tout le temps de s'avouer leurs sentiments une fois rentrés sains et saufs de mission.

Torbar contemplait Tullia d'un air appréciatif tandis qu'elle se rhabillait après une heure passée en sa compagnie. Il remarqua quelques ecchymoses qui se dessinaient sur la peau de la belle prostituée.

Comme la plupart des Centauriens, Torbar traitait

ses femelles sans grand ménagement, généralement pour leur plus grand plaisir. Tullia avait d'ailleurs été surprise de découvrir quel amant passionné il était.

— Je vais encore avoir besoin de tes services aujourd'hui, lui dit-il en se redressant sur le lit pour prendre le verre d'eau qui était posé sur la table de nuit.

Il avala quelques gorgées de liquide tandis que Tullia finissait d'ajuster les plis de sa toge avant de tourner vers lui un regard interrogateur. Sa lèvre était légèrement tuméfiée, ce qui la faisait paraître à ses yeux plus désirable encore.

La prostitution n'existait pas chez les Centauriens qui gardaient jalousement leurs femelles. Aussi Torbar était-il ravi de pouvoir en profiter sur la Terre.

— Serais-tu prête à travailler de nouveau pour moi, cet après-midi ? lui demanda-t-il.

— Moyennant paiement, bien sûr, répondit Tullia sans hésiter.

Torbar sortit un nouvel aureus qu'il fit voler vers elle d'une chiquenaude. Elle l'attrapa habilement et la glissa dans la bourse qui était accrochée à sa ceinture.

— Je t'écoute, généreux scribe.

— Tu vas m'accompagner jusqu'à la demeure de Servilia. Là, tu déroberas à Philippe son bracelet.

— Il ne me laissera jamais faire, protesta vivement Tullia.

— Oh, je t'assure que si, répondit Torbar avec un sourire machiavélique.

Tullia lui jeta un coup d'œil à la fois curieux et inquiet et il éclata de rire. Ni elle ni Philippe n'avaient la moindre idée du pouvoir dont disposait un navigateur centaurien. Lorsqu'il cesserait de jouer avec eux, il lui suffirait d'une pensée pour les soumettre tous deux à sa volonté.

Et c'est précisément ce qu'il comptait faire, le moment venu…

12

Servilia pénétra dans la chambre de Délia, bientôt suivie de Jake.

— J'ai une excellente nouvelle pour toi, dit-elle à la jeune femme. La grande prêtresse du temple a accepté de me prêter la sainte relique de façon à ce qu'elle puisse t'apporter la guérison !

Délia s'était réveillée peu de temps auparavant et s'était installée à sa table pour lire le rouleau de parchemin que Servilia lui avait prêté. Il s'agissait du « De bello gallico » dans lequel Jules César racontait sa campagne en Gaule. S'arrachant presque à contrecœur à cette lecture passionnante, elle se tourna vers Servilia qui posa devant elle une petite boîte de bois précieux décorée de ferrures en or.

— Merci, domina, lui dit-elle gravement. Je te serai éternellement reconnaissante de tout ce que tu fais pour moi.

— La prêtresse a conseillé de presser la flèche de Diane contre ta blessure. Elle a précisé que cela pourrait prendre quelques minutes, mais que tu serais forcément guérie.

— C'est incroyable, commenta Délia en jetant un coup d'œil à Jake qui se tenait toujours près de la porte de sa chambre.

Elle regretta de ne pas être douée de facultés télépathiques qui lui auraient permis de savoir s'il avait localisé le sanctuaire où était conservé le sceau.

— Tu devrais essayer dès à présent, l'encouragea Servilia. J'ai promis à la prêtresse que nous lui rapporterions la relique au plus vite.

Délia hocha la tête et ouvrit le petit coffret. Comme la première fois qu'elle l'avait vu, le fragment du sceau était enveloppé dans un morceau de tissu qui ne suffisait pas cependant à dissimuler l'aura extraordinaire de cet objet.

L'extrémité des doigts de Délia, suspendus au-dessus de la boîte, commençait à fourmiller doucement comme si elle se trouvait en présence d'une grande quantité d'électricité statique.

Ainsi que Servilia le lui avait conseillé, elle s'empara délicatement de la relique et la posa sur le pansement que Jake avait changé le matin même. Elle ferma les yeux pour tenter de visualiser psychiquement tout phénomène qui serait susceptible de se produire.

Instantanément, une sensation de chaleur se répandit à l'intérieur de sa cuisse, la faisant violemment sursauter. Elle s'abstint pourtant d'écarter le fragment qu'elle pressa même un peu plus contre elle.

Dans son esprit, elle vit alors apparaître une vision vertigineuse : celle d'un bras de la galaxie constitué d'une myriade d'étoiles. C'était probablement le panorama le plus bouleversant qu'elle ait jamais contemplé.

Elle avait l'impression de flotter au milieu de l'espace, seule face à cette immensité. Et brusquement, il lui sembla que son esprit était aspiré vers l'avant à une vitesse défiant l'imagination. Incapable de lutter contre le pouvoir qui l'attirait, elle se laissa aller à cette translation. Par comparaison, les sauts quantiques qu'elle avait effectués dans le temps lui paraissaient presque insignifiants.

Au bout d'un temps indéterminé, elle arriva en vue d'une constellation qui correspondait parfaitement à celle que l'on voyait sur la flèche de Diane. Il s'agissait de sept étoiles très brillantes dont elle se rapprochait très rapidement.

Faisant appel à de vagues souvenirs, elle identifia l'amas des Pléiades. Toujours entraînée par une force inconnue, elle ne tarda pas à pénétrer dans la constellation elle-même et se dirigea vers l'une de ces étoiles, puis vers l'une des planètes qui gravitaient autour.

Lorsqu'elle se posa enfin très doucement à sa surface, elle ne savait plus si elle avait voyagé physiquement jusque-là ou si le corps qu'elle possédait n'était qu'une création de son propre esprit. Par contre, curieusement, il ne lui vint pas à l'idée de douter de la réalité de l'expérience.

Observant le paysage qui l'entourait, elle constata qu'elle se trouvait au pied d'une colline couverte d'une herbe couleur rouille, au bord d'un petit lac turquoise. De nombreuses fleurs d'espèces inconnues poussaient aux alentours. On voyait aussi d'étranges oiseaux à la peau écailleuse qui lui faisaient penser à de minuscules dinosaures.

Mais ce qui la frappait surtout, c'était moins l'étrangeté de certains détails que l'étonnante familiarité de l'ensemble. De toute évidence, la vie n'avait pas pris ici des chemins si différents que sur sa propre planète. Et le petit bâtiment qui se dressait au sommet de la colline ressemblait étrangement au temple de Diane qu'elle avait visité quelques jours auparavant.

— Soyez la bienvenue, Délia, fit une voix derrière elle.

Surprise, elle se retourna et se retrouva face à une très belle femme aux cheveux noirs et aux yeux gris qui portait une robe blanche dont l'étoffe paraissait accrocher la lumière et la rediffuser doucement, donnant l'impression qu'elle brillait de l'intérieur.

— Qui êtes-vous ? parvint à articuler Délia. Et comment connaissez-vous mon nom ?

— Je suis Adonia du conseil des Pléiades. Nous savions que tôt ou tard, quelqu'un de votre planète trouverait les indices que nous y avons laissés et viendrait nous rendre visite.

La femme tendit le bras vers une sorte de petit banc qui surplombait le lac et toutes deux y prirent place. Une fois de plus, Délia s'étonna de trouver tout ceci si naturel et se demanda si Adonia n'était pas en train d'utiliser ses pouvoirs mentaux pour calmer la panique qui aurait certainement dû la submerger en cet instant.

— Où sommes-nous ? demanda-t-elle enfin.

— Dans la constellation des Pléiades, répondit Adonia. Plus précisément sur la quatrième planète de l'étoile que vous nommez Mérope.

— Je vois, murmura Délia, luttant contre une brusque sensation de vertige. Et je suppose que c'est le fragment du sceau qui m'a amenée jusqu'ici.

— En effet, acquiesça Adonia. Et vous ne resterez pas longtemps parmi nous. Je vais donc m'efforcer de vous transmettre rapidement toutes les informations dont vous pourriez avoir besoin. Le sceau dont vous possédez à présent une fraction a été disséminé par l'assemblée galactique en différents lieux et à différentes époques de votre planète. Chaque partie contient un certain nombre d'informations, qu'il s'agisse de données technologiques, historiques ou philosophiques. Chacune indique également la localisation de la suivante. Lorsque vous aurez récupéré l'ensemble du sceau, nous vous enverrons des émissaires qui discuteront avec les autorités de la Terre pour définir un protocole d'affiliation à l'assemblée galactique. Bien évidemment, le processus sera plus ou moins long selon que les conditions psychologiques et sociétales seront réunies ou non.

— C'est effectivement la conclusion à laquelle nous étions parvenus en déchiffrant l'*Ad Astra* que vous avez laissé sur Terre. Par contre, ce journal mentionnait également l'existence d'une autre faction, les Centauriens…

— Les Centauriens ne constituent pas à proprement parler une autre faction, objecta Adonia. Ils appartiennent tout comme nous à l'assemblée galactique et, dans la majorité des cas, ils se plient à ses lois. Mais ils ont beaucoup à perdre si les humains rallient notre confédération. Ce sont eux, en effet, qui assurent l'intégralité des déplacements à travers la galaxie. Ils utilisent pour cela ce que vous appelleriez un pouvoir psychique particulier qui leur permet de créer des distorsions dans l'espace-temps. Jusqu'à présent, seuls les Centauriens de sexe masculin possédaient le gène nécessaire. C'est la raison pour laquelle ils ont créé une société autoritaire fondée sur la préservation de leur capital génétique. Tous les autres peuples sont ainsi forcés de faire appel à des navigateurs centauriens pour déplacer leurs flottes de vaisseaux.

— Mais quel est le rapport avec la Terre ? s'enquit Délia, curieuse.

— Ce sont les Centauriens qui ont découvert votre planète, au temps où vos ancêtres vivaient encore à l'âge de pierre, expliqua Adonia. En étudiant votre patrimoine génétique, ils ont établi que certains humains, et plus particulièrement des femmes, possédaient le même gène que leurs navigateurs. A terme, cela risquait de compromettre leur monopole absolu sur la navigation spatiale. Et nul ne sait ce qu'ils auraient fait de vos ancêtres si l'un des agents des Pléiades n'avait pas eu vent de toute l'histoire.

— Croyez-vous qu'ils auraient été jusqu'à nous exterminer ? s'enquit Délia, troublée.

— Vous ne pouvez vous représenter l'importance de l'enjeu : il s'agit de l'ensemble des transactions commerciales et des conflits armés de la galaxie ! Par comparaison, la vie de quelques primitifs paraissait bien négligeable…

— Mais l'assemblée galactique est intervenue pour nous défendre.

— Exactement. Je ne vous cacherai pas que ses raisons n'étaient pas complètement désintéressées : la perspective d'échapper au monopole centaurien a joué pour beaucoup. Evidemment, les négociations qui ont eu lieu à ce moment-là entre les Centauriens et les autres membres de l'assemblée ont pris des proportions inquiétantes. Fort heureusement, notre agent a pu prouver que les Centauriens avaient enlevé des centaines d'humaines afin de réaliser sur elles des expériences génétiques et qu'ils les avaient tuées après coup. Cela nous a permis d'obtenir l'autorisation de cacher sur votre planète le sceau dont vous venez de trouver le premier fragment.

— Qu'en ont pensé les Centauriens ?

— Sur le moment, je pense qu'ils étaient juste soulagés : votre espèce n'était pas très évoluée et ils étaient convaincus qu'il s'écoulerait des centaines de milliers d'années avant que les humains ne parviennent à maîtriser leurs pouvoirs psychiques et à se déplacer dans le temps. De toute évidence, ils se sont trompés : moins de cinquante mille ans plus tard, vous voilà capables de manipuler l'espace-temps.

Délia s'abstint de préciser que les humains ne devaient cette faculté qu'au crash d'un vaisseau extraterrestre et au diadème qu'ils avaient trouvé à l'intérieur. Mais l'ironie de la chose ne lui échappa pas : car cette couronne de navigation ne pouvait logiquement venir que des Centauriens.

— Et que se passera-t-il si nous sommes admis au sein de l'assemblée galactique ? s'enquit-elle.

— Nous pourrions commencer par former ceux d'entre vous qui possèdent le gène de navigation. Cela nous permettrait de nous débarrasser une fois pour toutes du joug que les Centauriens font peser sur nous. Et cela offrirait à votre peuple une place privilégiée au sein de l'assemblée, ainsi qu'une source de revenus non négligeable. Une nouvelle ère commencerait : pour le moment, quatre-vingts pour cent des systèmes solaires sont enclavés parce que leurs habitants n'ont pas les moyens de s'offrir les services d'un navigateur. L'arrivée des humains leur permettrait de s'ouvrir sur l'extérieur et de commercer avec le reste du cosmos.

— Mais les Centauriens ne nous le pardonneraient pas, objecta Délia. Et nous n'aurions pas la technologie nécessaire pour leur résister s'ils décidaient de nous détruire ou de nous coloniser.

— Vous n'avez rien à craindre à ce sujet : l'assemblée galactique fera tout pour vous protéger.

— Je ne comprends pas, reprit Délia. Si l'arrivée des humains au sein de l'assemblée était si importante, pourquoi ne nous avez-vous pas contactés directement ? Vous auriez pu gagner un temps précieux.

— Il y a plusieurs raisons à cela. Tout d'abord, en agissant de cette façon, nous aurions créé un véritable *casus belli* vis-à-vis des Centauriens. Mais, surtout, nous avons appris avec le temps qu'il pouvait s'avérer dangereux d'intégrer à marche forcée une planète qui n'était pas prête à nous rejoindre.

— Pensez-vous que les Centauriens savent que nous avons trouvé la première partie du sceau ?

— Peut-être pas encore, mais ils ne tarderont pas à l'apprendre. Et il est probable qu'ils enverront sur Terre des navigateurs chargés d'entraver vos recherches ultérieures. Nous les surveillons, bien sûr, et nous nous efforcerons de les en empêcher. Mais ils sont dotés de pouvoirs mentaux bien supérieurs à ceux des autres espèces, ce qui leur permet souvent de tromper notre vigilance.

— D'autant que vous êtes vous-mêmes incapables de voyager dans le temps, remarqua Délia.

— Exact. Nous pouvons seulement essayer de prévenir toute ingérence dans les affaires terriennes.

— Et nous ? Avons-nous au moins la possibilité de reconnaître un espion centaurien lorsque nous avons affaire à lui ?

— Non. Ils sont capables de prendre possession de corps étrangers, de dissimuler leur aura, de masquer leurs pensées... En d'autres termes, vous ne pouvez les reconnaître qu'à leurs actes. Rappelez-vous qu'ils peuvent vous frapper aussi bien dans le présent que dans le passé : chaque fois que vous retrouverez l'un des fragments du sceau, il vous faudra le mettre à l'abri le temps que tous soient localisés.

— Tout cela n'est guère rassurant, commenta Délia en fronçant les sourcils.

— C'est vrai, reconnut Adonia. Vous devrez redoubler de prudence et rester continuellement sur vos gardes. Mais j'ai confiance en vous. En quelques millénaires, vous avez été capables de réaliser des progrès prodigieux. Si les humains ont prouvé quelque chose, c'est bien qu'ils étaient dotés de capacités d'adaptation presque infinies.

— Espérons que cela suffira, répliqua Délia. Mais je me demande s'il n'est pas absurde de respecter les règles lorsque nos ennemis trichent sans états d'âme.

— Malheureusement, ces ennemis détiennent pour le moment une puissance infiniment supérieure à la nôtre, soupira Adonia. L'équilibre que nous parvenons à préserver est fragile. Et il n'y a que les humains qui puissent changer les choses...

Comme elle prononçait ces mots, Délia sentit l'étrange chaleur qu'elle avait ressentie précédemment l'envahir de nouveau.

— J'aimerais avoir plus de temps pour discuter avec vous, conclut Adonia à regret. Mais c'est tout ce que nous avons pu obtenir. Adieu, donc, Délia.

— Au revoir, répondit celle-ci. J'essaierai de

me montrer digne du message dont vous m'avez chargée…

Elle se sentit de nouveau happée par la force qui l'avait entraînée jusque-là. Quelques secondes plus tard, elle voyait s'éloigner l'étoile géante Mérope. Puis tout s'accéléra une fois de plus…

13

Lorsque Délia rouvrit les yeux, elle était bien trop choquée par ce qui venait de lui arriver pour prononcer le moindre mot.

— Est-ce que tu te sens mieux ? lui demanda Servilia qui était assise au bord de son lit.

Elle se contenta de hocher la tête tandis que Jake, agenouillé devant elle, entreprenait de défaire son bandage. Lorsqu'il écarta enfin le dernier pan, il ne put retenir une exclamation de stupeur. Car il n'y avait plus aucune trace de blessure là où s'était trouvée sa plaie quelques minutes auparavant. Il n'y avait pas même de cicatrice.

— C'est impossible, articula-t-il d'une voix blanche.

— Je vous l'avais bien dit ! s'exclama Servilia, ravie. C'est exactement ce qui est arrivé à tous ceux qui ont été guéris par la flèche. Si vous doutiez le moins du monde du pouvoir de la déesse, ceci devrait vous en convaincre !

— Je n'ai jamais douté, domina, répondit enfin Délia.

Elle n'avait qu'une envie, en cet instant : se retrouver seule avec Jake pour partager avec lui l'expérience qu'elle venait de vivre.

— Je crois que je ferais mieux de m'allonger et de dormir un moment, reprit-elle. Je suis épuisée.

Servilia hocha la tête.

— Bien sûr, lui dit-elle. Tu devrais prendre le reste de la journée pour te reposer et récupérer des forces. D'ici demain, je suis sûre que tu te sentiras assez en forme pour te remettre au travail.

Sur ce, elle prit la relique qu'elle replaça respectueusement dans son coffret.

— Viens, Philippe. Nous retournons directement au temple. La prêtresse nous attend.

Jake aurait préféré rester, bien sûr, mais il savait qu'étant donné les circonstances, c'était parfaitement impossible. Il adressa donc à Délia un regard désolé et se redressa.

— Je reviens dès que nous aurons terminé, lui dit-il.

Elle acquiesça et, en avisant le regard qu'elle lui lança à ce moment-là, il comprit qu'elle avait bien des choses à lui dire.

Délia eut l'impression qu'il s'était écoulé une éternité entre le moment où Jake avait quitté sa chambre et celui où il frappa à sa porte à son retour du temple de Diane. Dans l'intervalle, elle n'avait cessé de rejouer dans sa tête le déroulement de sa rencontre avec Adonia.

— Comment te sens-tu ? lui demanda-t-il en pénétrant dans la pièce.

— Un peu déconnectée, répondit-elle. La relique m'a fait faire un étrange voyage et j'ai beaucoup de mal à reprendre pied dans la réalité. Est-ce que tu voudrais bien me prendre par la main ?

Jake la considéra avec étonnement.

— Bien sûr, lui dit-il en s'asseyant à son côté.

Il prit ses doigts entre les siens et les serra affectueusement.

— Est-ce que je dois m'inquiéter ? lui demanda-t-il.

— Non. Laisse-moi juste quelques instants…

Le contact de Jake la rassérénait beaucoup, chassant la sensation de vertige qu'elle ressentait depuis qu'elle avait réintégré son corps. Elle ne doutait plus à présent de la réalité de son expérience et savait qu'elle avait bel et bien effectué un voyage astral qui l'avait conduite très loin de la Terre, vers un autre système solaire.

— Je me sens mieux, à présent, dit-elle enfin sans lui lâcher la main.

— Que s'est-il passé, au juste ? s'enquit-il sans paraître particulièrement rassuré.

Délia entreprit de lui raconter la façon dont elle s'était rendue dans la constellation des Pléiades et la discussion très instructive qu'elle avait eue avec Adonia. Jake l'écouta en silence, se gardant bien de l'interrompre. La stupeur qu'elle lisait dans ses yeux prouvait qu'il ne mettait pas en doute un seul instant ce qu'elle était en train de lui raconter.

Lorsqu'elle eut terminé, il poussa un profond soupir et secoua doucement la tête.

— Voilà qui explique beaucoup de choses, déclara-t-il.

— Ce qui est rassurant, en tout cas, c'est que je préfère nous voir alliés aux habitants des Pléiades plutôt qu'aux Centauriens.

— Moi aussi, acquiesça Jake. Mais j'avoue que je préférerais que cette assemblée galactique adopte une politique plus interventionniste. S'ils savent que les Centauriens sont prêts à tout pour sauvegarder leur monopole, pourquoi ne nous aident-ils pas plus activement que cela ?

— Parce que les Centauriens ont toutes les cartes en main, répondit Délia. Ils peuvent voyager à leur guise, interdire aux autres de le faire, se cacher dans des corps d'emprunt et utiliser leurs pouvoirs psychiques bien mieux que ne le feraient de simples humains.

Jake réfléchit quelques instants avant de secouer la tête.

— Si ça se trouve, les Centauriens ont passé ces derniers siècles à tenter de nous manipuler pour éviter que nous n'accédions à la maîtrise de nos pouvoirs, dit-il. Cela expliquerait par exemple pourquoi la plupart des cultures préhistoriques vénéraient des déesses de la fertilité féminines alors que tous les peuples se sont ensuite ralliés à des dieux masculins.

— Rien ne dit que les Centauriens sont responsables, objecta Délia. Je ne suis pas sûre qu'il y ait besoin d'une cause extraterrestre pour expliquer le sexisme humain.

— Il ne s'agit pas de sexisme, objecta Jake. Adonia t'a dit que le gène de navigation était plus courant chez les femmes. En s'assurant qu'elles étaient sous la coupe des hommes, les Centauriens veillaient à ce qu'elles ne puissent s'en servir.

— Ils pourraient être ces fameux anges déchus dont parle la Bible, suggéra Délia. Ceux qui seraient venus du ciel pour enseigner au hommes leurs secrets…

— Leur présence pourrait également expliquer les chasses aux sorcières du Moyen Age. Peut-être s'agissait-il d'exterminer les femmes dotées de pouvoirs psychiques et susceptibles de transmettre le gène de la navigation…

— Ils sont peut-être aussi à l'origine de la façon dont on a rejeté l'existence des extraterrestres au XXe siècle en ne présentant que les aspects les plus loufoques du phénomène. Moi-même, j'étais convaincue que Roswell n'était qu'un canular avant de rencontrer Athéna Carswell…

— Evidemment, rien ne prouve que tout ceci soit vrai, conclut Jake. Mais il est facile de relire notre histoire à l'aune de ces nouvelles informations.

— Ce qui est certain, en tout cas, c'est qu'Athéna possède le fameux gène. C'est grâce à lui qu'elle est capable de manipuler le diadème des Centauriens.

— Exact. Mais j'irais même plus loin : je pense que nous le possédons aussi, toi et moi. C'est pour cette raison que nous disposons de pouvoirs psychiques, qu'il nous est si facile de voyager dans le temps et que tu as pu effectuer ce voyage astral vers les Pléiades.

— Dans ce cas, Ashton et Carswell sont sur la bonne voie en fondant cet institut de recherche sur le psychisme. Qui sait ? Athéna pourrait peut-être analyser le fragment du sceau et découvrir les coordonnées spatio-temporelles de la planète d'Adonia. Il y a tant de choses qu'Adonia et les siens pourraient encore nous apprendre…

— J'ai peur qu'ils ne refusent de nous revoir tant

que nous n'aurons pas récupéré l'ensemble du sceau. Il va donc falloir nous débrouiller seuls.

— Pas tout à fait, objecta Délia. D'après Adonia, le sceau contient de très nombreuses informations concernant de multiples domaines. Qui sait ce qu'Athéna en tirera ?

— Je lui fais confiance : quel que soit le code utilisé, elle finira par le percer. Ce qui me préoccupe plus, par contre, ce sont ces espions centauriens et leurs pouvoirs psychiques. Je me demande s'ils ont déjà compris que nous avions localisé l'un des fragments du sceau.

— Dans le doute, nous devrions supposer que c'est le cas, déclara Délia.

— Cela expliquerait peut-être l'étrange attitude de Kapaneus qui, après avoir essayé de lire dans nos pensées, m'a envoyé cette prostituée…

Délia considéra ce qu'il venait de dire et hocha la tête.

— Je dois dire que s'il y a bien un espion dans les parages, le scribe de Brutus fait figure de principal suspect. L'aura que j'ai entrevue le soir où nous l'avons rencontré était peut-être celle d'un Centaurien.

Délia se leva et se mit à faire les cent pas sans même s'en apercevoir. Jake la suivit des yeux, prenant plaisir à admirer la grâce de chacun de ses mouvements.

— Heureusement que nos esprits étaient protégés contre toute indiscrétion, ce soir-là, remarqua-t-il enfin. Il aurait gagné un temps précieux en découvrant qui nous étions et ce que nous étions venus faire ici…

— Cela prouve également que ces Centauriens ne sont pas complètement infaillibles, s'exclama

Délia avec enthousiasme. Malgré la puissance de ses pouvoirs psychiques, nous avons réussi à le repousser.

— Ne crions pas victoire trop vite, lui conseilla Jake. Il ne s'attendait probablement pas à trouver des gens comme nous à cette époque. La prochaine fois, il saura à quoi s'en tenir. Contrairement à la plupart des humains qui ne possèdent qu'une faculté, deux tout au plus, les Centauriens semblent en détenir tout un arsenal. De plus, ils sont formés dès leur enfance à utiliser et à développer ces talents.

— Tu as raison, reconnut Délia. Nous ne pouvons pas nous permettre de le sous-estimer. Sans compter, d'une part, qu'il n'est peut-être pas le seul espion présent et d'autre part, qu'il peut appeler du renfort.

— Il est déjà suffisamment déstabilisant d'avoir affaire à l'un de ces êtres. Je n'ose imaginer ce que plusieurs d'entre eux pourraient faire en associant leurs pouvoirs…

— Sans compter qu'ils disposent peut-être d'amplificateurs semblables à la couronne de navigation trouvée à Roswell, renchérit Délia.

— C'est juste, soupira Jake. Nous n'avons donc pas le choix : il nous faut passer à l'action le plus rapidement possible. Ta jambe est soignée, ce qui devrait nous permettre de subtiliser rapidement le sceau. Ensuite, nous filerons d'ici avant que Kapaneus n'ait compris ce qui était en train de se passer.

— Excellent programme, approuva Délia. Est-ce que tu as découvert où la relique était cachée dans le temple ?

— Oui. Elle est dans une petite salle située au centre du bâtiment, juste derrière l'autel principal devant lequel les fidèles viennent prier la déesse. Je n'ai pas eu le droit d'entrer, mais j'ai vu qu'il y avait un soldat à la porte. Je me suis renseigné : la relève des gardes a lieu toutes les six heures et la porte est verrouillée. C'est la grande prêtresse qui a la clé. Elle la garde dans une petite bourse accrochée à sa ceinture.

— Nous devrons donc nous débarrasser d'un garde et crocheter une porte.

— L'ouvrir ne sera pas très difficile : les gonds sont en cuir et quelques coups de couteau bien ajustés devraient suffire à les découper. Ensuite, il ne nous restera plus qu'à entrer, à prendre la boîte et à filer aussi vite que possible nous réfugier quelque part où nous pourrons actionner nos bracelets de rappel.

— Cela me semble jouable, déclara Délia. Quand comptes-tu agir ?

— Tu as l'air fatiguée. Je te conseille de t'allonger un peu et de te reposer. Je repasserai te voir tout à l'heure et, si tu te sens d'attaque, nous pourrons nous rendre au temple dès ce soir. Si Kapaneus est bien ce que nous pensons, mieux vaut passer à l'action aussi vite que possible.

— Tu as raison, je ne me sens pas au mieux de ma forme pour le moment. Ce voyage m'a plus affectée que je ne le pensais. Je vais faire une sieste puis je viendrai frapper à ta porte.

— D'accord. En attendant, je vais faire une ronde. Je ne voudrais pas qu'il arrive quelque chose à Servilia pendant qu'elle se trouve sous notre protection. A tout à l'heure, Del.

Elle hocha la tête et le suivit des yeux tandis qu'il quittait la pièce. Lorsque la porte se referma sur lui, elle alla s'allonger sur son lit. Quelques instants plus tard, elle avait plongé dans un sommeil de plomb.

Jake avait fait le tour de la propriété et revenait vers le corps principal de la maison en observant le ciel qui s'était chargé de lourds nuages noirs. Il ne tarderait probablement pas à pleuvoir, ce qui constituait un avantage tactique non négligeable dans le cadre d'une opération d'infiltration.

En atteignant l'atrium, Jake entendit les voix et les rires des femmes que Servilia avait invitées à dîner. Une délicieuse odeur d'agneau à la broche flottait dans l'air et il sentit la salive lui monter à la bouche. Il n'avait rien avalé de la journée et commençait à se sentir affamé.

Dès qu'il aurait terminé sa ronde, il irait faire un tour aux cuisines et demanderait de quoi se préparer une assiette. Comme il se faisait cette réflexion, Jake vit les gardes qui étaient postés devant l'entrée principale s'écarter pour laisser place à deux personnes qui s'avancèrent dans la cour.

Stupéfait, il reconnut Kapaneus et Tullia, la prostituée qu'il avait rencontrée le matin même. Le scribe était vêtu d'une toge qui soulignait sa maigreur et il portait des sandales lacées sur le mollet. En le voyant, il était difficile d'imaginer qu'il puisse s'agir d'un extraterrestre : au contraire, il paraissait d'une banalité presque affligeante.

Tullia, quant à elle, était toujours aussi rayonnante. Le sourire qu'elle adressa aux deux gardes était plus efficace que tous les laissez-passer du monde. Elle avait une grâce émouvante, une beauté diaphane qui semblait n'être pas de ce monde.

Torbar aussi avait repéré Jake en pénétrant dans la cour de Servilia. En réalité, il avait senti sa présence avant même d'entrer, alors que Tullia et lui se trouvaient toujours dans la rue. L'empreinte psychique du mercenaire grec lui était devenue si familière qu'il aurait pu le localiser sans peine au milieu d'une foule.

Du coin de l'œil, il avisa son expression pleine de défiance. Mais eu lieu de se détourner comme Philippe s'y attendait probablement, il se dirigea droit vers lui en rassemblant toute son énergie mentale.

Les navigateurs centauriens disposaient de tout un assortiment de pouvoirs qu'ils développaient depuis leur plus tendre enfance. L'une de leurs armes les plus puissantes était incontestablement ce qu'ils appelaient l'explosion psychique. Elle consistait à projeter vers leur adversaire une onde mentale si puissante qu'elle saturait son esprit et permettait aux Centauriens de procéder à un véritable lavage de cerveau.

Jake s'avança vers le scribe et fit mine de lui parler lorsqu'il vit ce dernier plisser les paupières. Au même instant, une vague d'énergie déferla sur lui et le frappa de front. Il parvint à y résister durant quelques secondes, puis il sentit ce vent psychique éteindre la flamme de son esprit et demeura immobile, le regard dans le vague.

Un sourire se dessina sur les lèvres de Torbar, qui se tourna alors vers sa compagne.

— Tu sais où se trouve sa chambre, lui dit-il. Prends-le par la main et emmène-le là-bas. Il te suivra sans rien dire. Lorsque vous serez seuls, retire-lui son bracelet et apporte-le-moi chez Brutus. C'est compris ?

— Bien sûr, répondit Tullia.

Torbar la suivit des yeux tandis qu'elle se dirigeait vers Philippe. Pour faire bonne mesure, il insuffla à ce dernier un violent accès de désir. Les yeux du mercenaire se braquèrent sur Tullia qu'il dévora du regard tandis qu'elle s'avançait vers lui.

— Bonjour, Philippe de Délos, lui dit-elle. Tu ne m'as pas oubliée, n'est-ce pas ? Je t'ai été offerte par le général Brutus pour te remercier d'avoir sauvé sa mère. Et je suis ici pour me soumettre à tous tes désirs.

14

Lorsque Tullia et Philippe se retrouvèrent seuls dans la chambre de ce dernier, le mercenaire grec la prit par la taille et l'attira contre lui. Elle se nicha contre son corps musclé en riant et effleura ses lèvres du bout de sa langue. Cette provocation lui arracha un grondement de désir et il l'embrassa avec une telle intensité qu'elle faillit perdre l'équilibre.

Elle laissa glisser ses mains le long de ses épaules puis de ses bras de façon à s'assurer qu'il portait toujours le bracelet qu'elle avait pour mission de récupérer. Lorsqu'elle fut certaine que c'était le cas, elle s'écarta prestement et lui prit la main pour l'entraîner vers le lit.

— Que dirais-tu de boire un verre de vin avant de passer aux choses sérieuses ? lui demanda-t-elle.

Elle lui échappa et se dirigea vers la table pour remplir deux gobelets de vin. Dans celui de Philippe, elle versa la poudre que lui avait confiée Kapaneus. D'après lui, il s'agissait d'un puissant somnifère qui devrait lui permettre de retirer sans crainte le bracelet de Philippe.

— Je n'ai pas envie de vin, protesta ce dernier qui avait entrepris de délacer ses bottes.

— Moi si, répliqua-t-elle en lui tendant l'une des

coupes. Et tu ne voudrais pas me décevoir, n'est-ce pas ?

Elle leva son gobelet.

— A nous, s'exclama-t-elle.

Philippe leva son verre avant de le vider d'un trait. Il essaya ensuite de l'attirer sur le lit, mais ses gestes étaient déjà moins assurés et elle n'eut aucun mal à lui échapper. En riant, elle alla reposer leurs gobelets sur la table tandis que Philippe commençait à se déshabiller maladroitement.

— Mais qu'est-ce qui m'arrive ? articula-t-il d'une voix pâteuse.

Il avait l'impression que la pièce dans laquelle il se trouvait s'était mise à tourner sur elle-même et avait beaucoup de mal à conserver son équilibre. Se tournant vers Tullia, il constata avec inquiétude qu'il voyait flou. Mais elle s'approcha de lui et passa une main sur sa joue, lui arrachant un frisson de bien-être.

Le désir qu'il sentait brûler en lui l'aida à chasser son inquiétude.

— Ce n'est rien, lui souffla-t-elle avant de mordiller délicatement le lobe de son oreille.

Elle l'aida à se défaire de sa tunique et entreprit de lui masser les épaules. Jake s'abandonna à cette sensation délicieuse.

— Tu devrais t'étendre, lui conseilla-t-elle alors. Je me chargerai de t'ôter le reste de tes vêtements.

Cette idée lui parut excellente et il s'allongea de tout son long, fermant les yeux pour ne pas se laisser déconcentrer par le fait que la pièce continuait à tournoyer autour de lui. Tullia lui ôta son pantalon et reprit son massage en commençant par ses pieds pour remonter lentement le long de ses chevilles, de ses mollets et de ses cuisses.

Tullia sentit le corps du Grec se détendre sous ses doigts experts. Ses caresses accéléraient encore la vitesse à laquelle les herbes de Kapaneus faisaient leur effet et, au bout de quelques minutes, sa victime se mit à ronfler doucement.

Elle regrettait presque de ne pas avoir pris le temps de profiter du désir inattendu de Philippe de Délos. Après tout, elle n'avait pas souvent l'occasion de faire l'amour avec des hommes aussi séduisants que lui.

Mais l'aureus d'or que Kapaneus lui avait promis était plus tentant à ses yeux que le beau mercenaire. Précautionneusement, elle descendit du lit et vérifia que Philippe était bel et bien endormi. Il paraissait effectivement avoir sombré dans un profond sommeil.

Pour s'en assurer, elle le secoua par l'épaule et attendit quelques instants. Il ne réagit pas le moins du monde. Soulagée, elle observa plus attentivement le bijou que Kapaneus tenait tant à récupérer.

Il s'agissait d'une très belle pièce finement ouvragée. Tullia n'eut aucun mal à repérer le système qui permettait de l'ouvrir et elle l'ôta délicatement. Après avoir glissé le bracelet dans la bourse qui était accrochée à sa ceinture, elle rabattit la couverture sur le corps dénudé de Philippe.

Elle enfila ensuite son manteau, puis récupéra le pichet de vin et les gobelets que Philippe et elle avaient utilisés. Enfin, elle quitta la pièce sur la pointe des pieds.

Fort heureusement, elle était déjà venue plusieurs fois dans cette maison pour accompagner certains de ses clients aux grands banquets que Servilia organisait régulièrement. Elle connaissait donc parfaitement la disposition des lieux et n'eut aucun mal à se faufiler jusqu'aux cuisines qu'elle traversa.

Les esclaves la regardèrent passer, mais se gardèrent bien de lui poser la moindre question. Contrairement à eux, elle était une femme libre et n'avait pas à répondre de ses actes. Passant par la porte de derrière, elle alla vider le pichet de vin et les gobelets au pied d'un buisson, puis les rapporta à l'une des esclaves qui s'activaient dans la cuisine.

— Lave-les soigneusement, lui ordonna-t-elle.

— Ce sera fait, maîtresse, répondit la jeune fille.

Satisfaite de la façon dont les choses s'étaient déroulées, Tullia quitta la cuisine, remonta le couloir qui conduisait à l'atrium et déboucha dans la cour qui se trouvait devant la maison. Les gardes la saluèrent d'un signe de la tête et la laissèrent sortir.

Une fois dans la rue, elle se mit en marche en direction de la maison de Brutus. Kapaneus serait certainement ravi de la célérité avec laquelle elle s'était acquittée de sa mission. Qui sait ? Peut-être même doublerait-il la récompense qu'il lui avait promise. Après tout, il semblait accorder beaucoup d'importance à ce bijou et il ne manquait pas d'or.

Torbar attendait avec impatience le retour de Tullia, se demandant ce qui pouvait bien la retarder. Une fois de plus, il alla se planter devant la fenêtre qui donnait sur la rue et observa se qui se passait au-dehors. De lourds nuages avaient envahi le ciel et les vendeurs commençaient à replier leurs étals. Les passants pressaient le pas, impatients de rentrer chez eux avant l'averse. Mais nulle part, il ne vit trace de la jeune prostituée.

Pourquoi tardait-elle tant ? se demanda Torbar. Se pouvait-il que Philippe de Délos ait percé à jour son stratagème et appelé les autorités ? Avait-elle décidé de profiter de sa compagnie un peu plus longtemps avant de s'emparer du bijou ? Avait-elle déclenché par erreur le mécanisme qu'il recelait ?

Incapable de répondre à ces questions, Torbar poussa un juron et décida qu'il ferait sans doute mieux de la localiser télépathiquement. Fermant les yeux, il se concentra sur le visage de la jeune femme. Il projeta ensuite son esprit, étendant progressivement la zone de recherche jusqu'à couvrir presque toute la ville.

Mais il ne trouvait toujours pas trace de Tullia. Il fronça les sourcils. Elle était incapable de protéger son esprit. D'ailleurs, pourquoi l'aurait-elle fait ? Elle devait savoir que le bracelet qu'elle avait dérobé à Philippe ne valait pas la somme qu'il s'était engagé à lui donner en échange.

Passablement frustré par cette disparition inexplicable, Torbar se résigna à partir en personne à la recherche de Tullia. A grands pas, il quitta donc son petit bureau et se dirigea vers la porte d'entrée. Les gardes le reconnurent aussitôt et lui ouvrirent.

Une fois dans la rue, Torbar décida de se rendre chez Servilia pour s'assurer que Tullia avait bien quitté les lieux. Si elle ne se trouvait pas là-bas, il se rendrait chez elle et interrogerait sa servante.

Lorsque Torbar déboucha sur l'avenue qui conduisait au domicile de la maîtresse de César, il aperçut une petite foule de badauds qui s'étaient regroupés autour de deux chariots. Il y avait là toutes sortes de gens : des soldats, des esclaves, des artisans et quelques jeunes filles de bonne famille.

Il émanait de ce groupe disparate une impression d'horreur qui frappa Torbar. Qu'avait-il bien pu se passer ? se demanda-t-il en se frayant un chemin jusqu'aux chariots. Il se figea alors, comprenant pourquoi il n'avait pu repérer mentalement Tullia.

Dans la mort, le visage de la jeune prostituée n'avait rien perdu de son éclat diaphane. Mais son corps qui avait dû être percuté de plein fouet par l'un des chariots évoquait celui d'une poupée désarticulée.

Ce contraste choquant expliquait certainement l'horreur qu'éprouvaient les badauds. Torbar lui-même, qui n'avait pourtant rien d'un sentimental, sentit son cœur se serrer. Qu'une telle beauté puisse se trouver souillée de cette façon lui paraissait obscène.

— Que s'est-il passé ? demanda-t-il à un maréchal-ferrant qui se trouvait là.

— Les chariots sont arrivés de directions opposées, expliqua le colosse. La femme devait être perdue dans ses pensées car elle a traversé sans les voir. Les conducteurs ont tenté de l'éviter, mais l'avenue n'était pas assez large. Elle n'avait aucune chance… Et le pire, ce sont ces gamins des rues qui ont fondu sur elle comme des vautours pour lui voler sa bourse alors qu'elle était en train d'agoniser. Je regrette de ne pas être arrivé à temps pour leur administrer la correction qu'ils méritaient !

L'homme cracha pour marquer le mépris que lui inspiraient les jeunes mendiants. Torbar alla alors s'agenouiller auprès de Tullia et s'assura rapidement qu'elle n'avait plus le bracelet sur elle.

Prenant la situation en main, il ordonna à deux hommes qui se trouvaient là de transporter le corps de Tullia jusqu'au funérarium situé un peu plus loin dans la rue. Son autorité naturelle et l'argent qu'il leur promit les convainquirent d'obtempérer.

Au passage, Torbar jeta un regard mauvais aux conducteurs des chariots. Mais il savait que ceux-ci ne pouvaient être tenus pour responsables de cet accident. Les rues de Rome étaient trop étroites pour qu'ils puissent manœuvrer correctement et ce genre d'accident était très fréquent.

Une fois parvenu au funérarium, Torbar paya généreusement les deux hommes. Il offrit également un aureus au croque-mort, ce qui vaudrait à Tullia un enterrement de première classe. Il demanda enfin à passer quelques moments seul avec la jeune femme pour pouvoir se recueillir.

Torbar se força à faire abstraction de l'odeur nauséabonde qui régnait dans l'arrière-salle encombrée de cadavres qui attendaient d'être enterrés. Il fouilla de nouveau le corps de Tullia au cas où elle aurait caché le bracelet ailleurs que dans sa bourse. Hélas ! il n'y était pas.

De toute évidence, le bijou se trouvait désormais aux mains d'une bande de gamins des rues. Torbar étouffa un juron. Si Kentar avait vent de ce nouvel échec, il ne manquerait pas de le lui faire payer chèrement.

Car si le commandeur des Centauriens savait se montrer généreux envers ceux qui le servaient fidèlement, il n'était guère clément envers ceux qui décevaient ses attentes. S'il apprenait que Torbar avait égaré un objet aussi puissant, il le priverait probablement de son statut de maître assassin et l'affecterait au pilotage d'un navire de fret dans l'un des coins les plus retirés de la galaxie.

Torbar décida donc de rentrer chez le général Brutus pour signaler qu'il devait s'absenter quelques heures. Ensuite, il se mettrait à la recherche des voyous qui avaient dérobé le bracelet de Philippe et leur ferait payer chèrement cet agaçant contretemps.

Jake s'éveilla avec un grognement de douleur. Il se redressa et porta la main à sa tête qui le faisait cruellement souffrir.

— Tu as vraiment une sale mine, remarqua Délia.

Levant les yeux, il constata qu'elle se trouvait dans l'embrasure de la porte de communication. C'était probablement elle qui l'avait réveillé. Par contre, il n'avait aucune idée de ce qu'il pouvait bien faire au lit au beau milieu de la journée.

— Je me sens à peu près aussi en forme que si j'avais avalé six litres de vodka hier soir, répondit-il. Quelle heure est-il ?

— C'est bientôt l'heure du dîner, répondit-elle. Est-ce que tu as mangé ?

— Non... Enfin, je ne crois pas...

Il se pressa les tempes, s'efforçant vainement de chasser la migraine qui lui vrillait le crâne. Délia s'approcha de lui et s'assit au bord de son lit. Son expression inquiète indiquait clairement qu'il ne devait pas avoir l'air au mieux de sa forme.

— Je ne sais pas ce qui s'est passé, reprit-il. Mais je crois que ça a un rapport avec Kapaneus.

— Est-ce que tu l'as vu ? s'enquit Délia, curieuse. Est-ce qu'il est revenu ici ?

Jake passa ses mains sur son visage et tenta en vain de réunir ses souvenirs. Les dernières heures se perdaient dans un brouillard qu'il ne parvenait pas à percer.

— Je ne sais pas, soupira-t-il, dépité. Je ne sais vraiment pas ce qui s'est passé…

Comme il prononçait ces mots, il remarqua une odeur imperceptible qui flottait dans l'air et reconnut le parfum que portait Tullia. Une image de Kapaenus et de la jeune prostituée lui revint alors, sans qu'il sache vraiment quand il les avait vus ensemble.

— Bon sang, murmura-t-il, j'ai l'impression d'avoir été drogué…

— C'est peut-être le cas, remarqua Délia d'un ton inquiet. Tu as le teint blafard et les yeux injectés de sang…

— Il y avait du vin ! s'exclama soudain Jake. Je me rappelle distinctement un pichet de vin…

Il se concentra de nouveau et, cette fois, un semblant de souvenir remonta à la surface de son esprit.

— Kapaneus est venu avec Tullia, reprit-il. Je les ai vus dans la cour. Le scribe m'a regardé bizarrement et ensuite… Ensuite, il a dû se passer quelque chose, mais je suis incapable de m'en souvenir…

— En tout cas, j'étais endormie dans la chambre voisine et je n'ai rien entendu.

Délia se leva et alla remplir un verre d'eau qu'elle lui apporta.

— Bois, l'encouragea-t-elle, cela devrait te faire du bien.

Jake hocha la tête et tendit la main pour prendre

le verre qu'elle lui tendait. Mais son geste se figea à mi-parcours.

— C'est elle qui m'a donné du vin ! s'exclama-t-il.

— Qui cela ?

— Tullia ! Elle était ici. C'est pour cela que je sens son parfum.

— Et peut-on savoir ce que cette fille faisait dans ta chambre ? lui demanda Délia, incapable de dissimuler la jalousie qui perçait dans sa voix.

— Ce n'est pas ce que tu penses, Del, protesta Jake.

Mais il était loin d'en être aussi sûr.

— Il s'est passé quelque chose, ajouta-t-il.

— Oh, mais je n'en doute pas, railla Délia. Et j'imagine que cela ne me regarde pas. Après tout, ce n'est pas comme si j'étais ta petite amie...

— Arrête, Del ! s'exclama Jake avec une pointe d'agacement. Tu sais très bien que je ne suis pas attiré par Tullia. De plus, je sais qu'elle travaille pour Kapaneus. Crois-tu vraiment que je serais assez stupide pour coucher avec elle ?

Pourtant, malgré ses dénégations, les souvenirs qui lui revenaient par bribes semblaient indiquer qu'il avait effectivement fait l'amour avec la belle prostituée.

— Cela n'a aucun sens, soupira-t-il, frustré. Pourquoi Kapaneus tiendrait-il donc tellement à ce que je couche avec cette fille ?

— Peut-être était-elle censée te soutirer des informations sur l'oreiller.

— J'en doute. Si cela avait été le cas, je ne pense pas qu'elle m'aurait drogué.

— Elle était peut-être chargée de fouiller tes affaires pendant que tu dormais...

Délia fronça brusquement les sourcils.

— Est-ce que tu as toujours ton brassard ESC ? lui demanda-t-elle d'une voix pressante.

Jake repoussa la couverture pour s'en assurer et poussa un juron sonore.

— Cette garce me l'a volé ! s'exclama-t-il.

— Voilà qui répond à la question que nous nous posions : Kapaneus est bien un Centaurien. Il a dû comprendre à quoi servait ce bijou.

— Je peux l'avoir égaré, objecta Jake.

Il se mit à fouiller la chambre sans grand espoir et dut bientôt se rendre à l'évidence : le bracelet avait bel et bien disparu.

— Je comprends à présent pourquoi Kapaneus tenait tant à ce que tu couches avec cette fille.

— Elle a dû verser de la drogue dans le vin qu'elle m'a servi. C'est pour cela que je suis dans cet état déplorable…

— Et ça prouve que tu l'as fait venir dans ta chambre, remarqua Délia. J'imagine que ce n'était pas pour jouer aux échecs ou discuter de philosophie.

Elle paraissait furieuse contre lui et, paradoxalement, cela renforça l'espoir qu'il avait de sortir de nouveau avec elle. Car il était évident qu'elle tenait beaucoup à lui et ne pouvait supporter l'idée qu'il ait pu coucher avec une autre femme.

— Si le bracelet est tombé entre les mains de Kapaneus, il pourrait éventuellement s'en servir pour remonter jusqu'au professeur Carswell, reprit Délia. Les Centauriens ont intérêt à ce que les humains demeurent incapables d'utiliser leurs pouvoirs mentaux pour se déplacer dans l'espace et le temps. Pour le moment, ils ignorent qu'Athéna est la seule à pouvoir le faire. Mais qu'arrivera-t-il s'ils l'apprennent ? Ils n'hésiteront pas un seul instant à la tuer. Et combien de temps faudra-t-il pour qu'un brillant physicien doté de pouvoirs psychiques s'intéresse de nouveau à la possibilité de voyager dans le temps ?

Jake détourna le regard, incapable de supporter le regard accusateur de Délia. Le pire, songea-t-il, c'est que tout ce qu'elle venait de lui dire était incontestable. L'erreur qu'il avait commise était inexcusable, indigne du soldat qu'il était.

— Le mieux serait de commencer par interroger Tullia, déclara-t-il enfin.

— Je vais me rendre chez elle de ce pas, acquiesça Délia. Les gardes savent sûrement où elle habite.

— N'oublie pas que désormais, nous ne pouvons plus nous permettre de nous séparer. Tant que nous n'aurons pas retrouvé ce bracelet, le seul moyen de regagner tous les deux notre époque sera de nous tenir à proximité l'un de l'autre.

— C'est vrai, soupira-t-elle. Même si j'avoue que cette perspective ne me sourit guère… Je suis vraiment furieuse contre toi, tu sais !

— Je l'avais deviné, acquiesça-t-il. Mais je t'assure que je n'avais aucune envie de coucher avec cette fille. Je ne comprends pas ce qui a bien pu se passer…

Délia le considéra longuement avant de hocher la tête.

— Je te crois, lui dit-elle. Et je pense savoir ce qui s'est passé.

— Vraiment ?

— Adonia nous a signalé que les Centauriens étaient doués de pouvoirs psychiques exceptionnels.

Kapaneus a dû utiliser les siens pour te pousser dans les bras de Tullia.

— Si ce que tu dis est vrai, il est plus dangereux que nous ne l'avions imaginé, remarqua Jake d'un air sombre.

— C'est bien ce qui me fait peur, soupira Délia. Si nous ne remettons pas la main sur ce bracelet, j'ai bien peur que tous les efforts d'Ashton et de Carswell ne soient réduits à néant…

15

Malgré la tournure alarmante qu'avait prise la situation, Délia avait au moins une raison de se réjouir : sa jambe était entièrement guérie et elle n'éprouvait plus la moindre gêne pour marcher ou même courir.

Après s'être assurée que Servilia n'avait pas besoin d'eux, elle enfila son armure et ceignit son épée avant d'aller rejoindre Jake dans l'atrium. Il avait déjà obtenu des gardes l'adresse de Tullia et tous deux quittèrent la villa de Servilia pour rejoindre le domicile de la prostituée, qui n'était situé qu'à quelques pâtés de maisons de là.

Malgré la pluie qui était tombée par intermittence au cours de l'après-midi, les rues étaient de nouveau encombrées de monde et ils durent se frayer un chemin à travers la foule bigarrée.

A l'approche de la nuit, les marchands avaient replié leurs étals, remplacés par une faune nocturne nettement plus exotique : prostituées, tire-laine, baladins, jongleurs, soldats en permission et vendeurs à la sauvette se croisaient au hasard des rues.

Ils finirent par atteindre la maison de Tullia, une vaste demeure construite sur deux niveaux, décorée de nombreuses statues et recouverte de stuc rouge.

— Au moins, on ne peut pas l'accuser de se cacher, ironisa Délia.

— Pourquoi le ferait-elle ? objecta Jake. Je suis convaincu qu'à ses propres yeux, Tullia a réussi sa vie : elle est riche, célèbre et libre, contrairement à la majorité des femmes de son temps.

— Tu as sans doute raison, reconnut Délia à contrecœur.

Elle se souvint des conseils que leur avaient prodigués Athéna et Ashton et songea qu'elle n'était probablement pas à même de juger les choix de Tullia. A cette époque, les femmes n'avaient que peu d'arguments à opposer aux hommes et devaient le plus souvent se contenter d'accepter leur domination sans partage.

Quel mal y avait-il à se servir de ses charmes pour conquérir cette précieuse liberté ? N'était-ce pas ce qu'avait fait Servilia à sa façon en devenant la maîtresse de César ?

Délia et Jake s'approchèrent de la maison de Tullia et frappèrent à la porte. Quelques instants s'écoulèrent avant que celle-ci ne s'ouvre, révélant une jeune esclave aux longs cheveux noirs, à la peau dorée et aux yeux pleins de larmes.

— Nous voudrions voir Tullia, lui indiqua Délia, un peu surprise par la détresse qui se lisait sur son visage.

L'esclave réprima difficilement un sanglot et secoua la tête.

— Ma maîtresse est morte, articula-t-elle. Nous venons tout juste de l'apprendre… Elle s'est fait renverser par un chariot, non loin d'ici.

Jake la considéra avec stupeur.

— Ce n'est pas possible, articula-t-il d'une voix blanche. Quand est-ce arrivé ?

— Il y a un peu plus d'une heure, répondit la jeune esclave. C'est horrible... Maîtresse Tullia était si bonne envers nous...

— Je suis vraiment désolée, murmura Délia, touchée par sa tristesse.

— Tullia était l'une de nos amies les plus chères, déclara Jake. Nous serait-il possible de la voir et de nous recueillir quelque temps sur sa dépouille ?

— Elle n'est pas ici, répondit la jeune esclave. Son corps a été emmené au funérarium qui se trouve sur l'avenue principale.

— Je te remercie, lui dit Jake.

Ils prirent congé de la servante et se mirent en route en direction du funérarium.

— Qui sait ? murmura Jake. Tullia n'a peut-être pas eu le temps de rapporter le bracelet à Kapaneus. Peut-être se trouve-t-il encore sur elle.

— Peut-être, concéda Délia sans grande conviction.

Elle avait du mal à croire que la chance qui les avait boudés jusqu'alors tourne brusquement en leur faveur. Mais elle s'abstint de faire part de ses doutes à son compagnon et le suivit jusqu'à la demeure du croque-mort.

Du dehors, rien ne distinguait le bâtiment des autres, mais, en s'approchant, ils furent assaillis par une odeur aussi détestable que familière, celle des cadavres en décomposition.

Jake poussa la porte qui donnait sur une petite pièce meublée d'une simple table qui faisait office de bureau et derrière laquelle était assis un homme au visage rond et à la barbe et aux cheveux noirs.

— Soyez les bienvenus, leur dit-il d'un ton cordial. Que puis-je faire pour vous ?

— Nous cherchons une jeune femme du nom de Tullia. Si nos informations sont justes, elle aurait été amenée un peu plus tôt dans la journée.

— C'est exact. Etes-vous de sa famille ?

— En effet, répondit Délia sans laisser à Jake le temps de répondre.

Elle n'était pas convaincue que de simples connaissances seraient autorisées à voir le corps.

— Je suis désolé, déclara l'homme. Elle a été renversée par un chariot.

Il s'était exprimé d'un ton légèrement détaché, comme quelqu'un qui avait l'habitude de se trouver confronté aux multiples masques de la mort.

— Pourrions-nous la voir ? demanda Jake.

— Certainement. Elle se trouve dans l'arrière-salle. Mais je vous préviens, son corps a été très abîmé par le choc. Si vous avez le cœur sensible, il vaudrait peut-être mieux vous abstenir d'aller la voir avant que je ne l'aie embaumée.

— Ta prévenance t'honore, répondit Jake. Mais nous ne sommes en ville que pour la soirée et nous aimerions lui rendre un dernier hommage.

L'homme haussa les épaules et leur désigna l'épais rideau noir qui séparait la pièce dans laquelle ils se trouvaient de l'arrière-salle. Jake l'écarta et ils pénétrèrent dans ce qui s'avéra être une véritable morgue.

Plusieurs tables étaient alignées le long du mur. Sur chacune était allongé un cadavre. Certains d'entre eux avaient déjà été embaumés et enveloppés d'un linceul, tandis que d'autres se trouvaient toujours dans la position où la mort les avait pris.

L'odeur était ici bien plus marquée et, même pour des militaires comme eux qui avaient déjà fréquenté les champs de bataille, respirer devenait un véritable supplice. Ce fut Délia qui repéra la première la dépouille de Tullia.

Le corps de la jeune prostituée avait effectivement été brisé par l'impact. En avisant l'angle anormal que son cou formait avec son torse, Délia comprit qu'elle avait dû être tuée sur le coup. Au moins, elle n'avait pas dû souffrir.

Surmontant le malaise évident que lui inspirait cette vision, Jake entreprit de fouiller Tullia.

— Il n'y a aucune trace du bracelet, conclut-il enfin.

Délia secoua la tête.

— Je trouve curieux qu'elle ne porte ni bijoux ni bourse, observa Délia. Mais le croque-mort les lui a peut-être retirés, que ce soit pour les confier à sa famille ou pour les garder pour lui.

— Tu as sans doute raison, acquiesça Jake.

Il alla laver ses mains couvertes de sang dans le broc à eau disposé à cet effet puis les essuya soigneusement sur sa tunique. Ils regagnèrent ensuite l'avant-salle.

— Est-ce que par hasard vous auriez trouvé un bijou sur le corps de notre cousine ? demanda Délia au croque-mort.

— Non, répondit-il. Elle n'avait absolument rien sur elle : ni bracelet, ni collier, ni boucles d'oreilles.

— Nous serions prêts à récompenser généreusement quiconque trouverait ces bijoux, insista Délia.

— Je vous assure que je n'ai rien trouvé. Mais

si vous pensez que quelque chose lui a été dérobé, vous devriez vous adresser aux deux hommes qui l'ont transportée jusqu'ici. Le premier tient une boulangerie au coin de la rue, l'autre est le maréchal-ferrant du quartier.

— Merci pour tout, lui dit Jake en posant deux pièces d'argent sur le bureau. Bonne journée à vous.

L'homme le remercia d'un hochement de tête et se replongea dans ses comptes.

— Quel horrible endroit, commenta Délia lorsqu'ils sortirent enfin du funérarium. Je me demande comment ce type fait pour passer ses journées là-dedans.

— Oh, il a dû s'habituer depuis longtemps à l'odeur.

— C'est tout de même un métier horrible.

— Ce devait être celui de son père et du père de son père. Mais je reconnais que c'est le genre de lieu qui me fait mieux apprécier l'époque dans laquelle nous vivons.

— C'est le moins qu'on puisse dire, concéda Délia. Et si c'est à cela que ressemblent les morgues, je n'ose imaginer l'intérieur des hôpitaux.

Ils se mirent en marche vers la boulangerie qui se dressait non loin de là et, cette fois, ils furent accueillis par une délicieuse odeur de pain chaud. En entrant, ils aperçurent le propriétaire des lieux, dont la tunique était maculée de sang, probablement celui de Tullia.

— Bonjour, lui dit Jake d'un ton engageant. Nous sommes venus te remercier pour ce que tu as fait pour notre cousine, cet après-midi.

— Vous êtes de la famille de la fille qui s'est fait renverser ?

— Oui. Et le propriétaire du funérarium nous a dit que c'était toi qui la lui avais amenée.

Le boulanger haussa les épaules.

— C'est tout naturel, répondit-il.

— As-tu vu ce qui s'est passé ?

— Non. Lorsque je suis arrivé, elle était déjà morte et c'est Lucius, le maréchal-ferrant, qui m'a raconté la façon dont elle s'était fait renverser puis dépouiller par ces sales gamins.

Jake et Délia échangèrent un coup d'œil entendu et prirent congé du boulanger pour gagner la forge. Là, ils trouvèrent Lucius, un véritable colosse, qui était en train de marteler un fer à cheval chauffé à blanc tandis que son apprenti jouait du soufflet pour activer le four qui dégageait une chaleur étouffante.

En silence, Jake et Délia attendirent que Lucius ait terminé. Il plongea alors le fer dans un baquet d'eau froide qui laissa échapper un panache de vapeur brûlante.

— Que puis-je pour vous ? leur demanda-t-il.

— Il paraît que tu as vu ce qui était arrivé à notre cousine, lui dit Jake.

— Vous voulez parler de cette pauvre petite qui s'est fait renverser ?

Jake hocha la tête.

— C'est une bien triste histoire, reprit Lucius en s'essuyant les mains sur son tablier de cuir. Elle s'est retrouvée prise entre deux chariots. Elle n'avait vraiment aucune chance…

— Il paraît qu'elle s'est fait dépouiller ? remarqua Délia.

— C'est vrai, soupira le forgeron. Une bande de gamins des rues qui sévit dans le coin s'est jetée sur elle et lui a dérobé sa bourse.

— Savez-vous de qui il s'agit ?

— Pourquoi tenez-vous tant à le savoir ?

— Parce que Tullia portait un bracelet qui appartenait à notre grand-mère, prétendit Délia. Nous devons impérativement le récupérer. C'est une affaire d'honneur.

— Je comprends, acquiesça Lucius. Tout le monde connaît ces gamins, dans le quartier. Ce sont pour la plupart des orphelins ou des enfants d'esclaves. Ils passent la majeure partie de leur temps à traîner aux abords de l'ancien temple de Jupiter. Leur chef est un grand blond, très maigre, qui porte une boucle d'oreille en or. Méfiez-vous de lui, c'est le plus dangereux de la bande.

— Merci pour ces informations, répondit Jake en posant deux pièces d'argent sur l'enclume du forgeron. Et merci de t'être occupé de notre cousine.

— J'aurais aimé pouvoir empêcher ce qui s'est passé, remarqua Lucius. Si seulement j'étais arrivé quelques minutes plus tôt…

Ils quittèrent le forgeron et regagnèrent la rue.

— Que sommes-nous censés faire, à présent ? s'enquit Jake. Nous rendre au temple de Diane pour tenter de nous emparer du sceau ou au temple de Jupiter dans l'espoir de retrouver le bracelet ?

— Je pencherais plutôt pour le bracelet, déclara Délia. Je n'ose imaginer ce qui se passerait si ces gamins le déclenchaient par hasard et se retrouvaient projetés dans le laboratoire de Carswell. De plus, mieux vaut disposer des deux bracelets avant de nous aventurer dans le temple de Diane. De cette façon, même si nous sommes séparés, nous serons certains de disposer d'une porte de sortie.

— Je suis d'accord, acquiesça Jake. D'autant que, pour le moment, rien ne nous permet de penser que Kapaneus ait connaissance de l'existence du sceau.

Après avoir demandé leur chemin à un passant, ils s'enfoncèrent donc dans la petite ruelle qui serpentait en direction de l'ancien temple de Jupiter. En s'éloignant de l'avenue principale, ils ne tardèrent pas à découvrir un visage de Rome qui leur était encore inconnu.

De nombreux mendiants dormaient à même le sol dans la fange. Parmi eux, on comptait nombre d'éclopés, probablement d'anciens légionnaires qui avaient été victimes des incessantes batailles que Rome avait dû livrer pour étendre sa domination.

Parmi ces miséreux, il y avait aussi des femmes dont Délia n'osait imaginer les conditions de vie. La remarque de Jake lui revint à l'esprit et elle comprit combien ce monde-ci était différent de celui qu'elle avait quitté quelques jours auparavant.

L'ancien temple de Jupiter était un bâtiment à moitié en ruine que squattaient des mendiants plus chanceux que ceux qu'ils avaient croisés jusqu'alors. Sans doute appartenaient-ils à une sorte de guilde, une confrérie organisée où n'étaient admis que ceux qui en étaient jugés dignes.

Comme Jake et Délia observaient attentivement les environs à la recherche d'un groupe d'enfants correspondant à la description de Lucius, des hurlements s'élevèrent dans l'une des rues voisines. Sans hésiter, Jake sortit son épée et se précipita dans cette direction.

Délia l'imita en espérant qu'ils n'étaient pas en train de se jeter tête baissée dans un piège. Mais en débouchant dans la ruelle, elle aperçut un groupe de jeunes qui s'en était pris à un unijambiste. Celui-ci s'efforçait désespérément de leur tenir tête à l'aide de sa béquille.

Elle repéra alors le chef du gang qui avait les cheveux blonds et portait à l'avant-bras le bracelet qu'il avait dérobé à Tullia. Jake avait dû s'en apercevoir également, car il pressa encore le pas et se rua sur lui. Surpris par cette agression inattendue, le garçon ne put éviter Jake qui, d'un prodigieux coup d'épaule, l'envoya rouler à terre.

Délia s'avança à son tour, brandissant son épée d'un air menaçant. Comprenant qu'ils n'étaient pas de taille à lutter contre deux mercenaires armés et entraînés, les voyous s'enfuirent sans demander leur reste, abandonnant leur chef.

Pendant ce temps, Jake avait plaqué ce dernier au sol, lui tordant le bras derrière le dos. Son adversaire fit mine de se débattre et il força légèrement sur l'articulation qui laissa entendre un craquement inquiétant.

— Si tu continues, je te casse l'épaule, déclara-t-il d'un ton glacial.

Comprenant qu'il ne plaisantait pas, l'autre s'immobilisa brusquement et ne chercha pas à résister lorsque Jake lui ôta le bracelet.

— C'est bon, signala-t-il à Délia. Je l'ai.

Il se redressa, abandonnant la prise de soumission qu'il exerçait sur le chef des voyous.

— File avant que je ne décide de te réduire en bouillie, gronda-t-il d'un ton menaçant.

Le jeune homme ne se fit pas prier et s'enfuit en courant. Jake se tourna alors vers l'unijambiste qui venait de se relever péniblement.

— Merci à vous, étrangers, leur dit-il. Vous m'avez sauvé la vie. Hélas, ils m'ont pris le peu d'argent que j'avais. Auriez-vous de quoi aider un ancien soldat dans le besoin ?

Jake tira quelques pièces qu'il glissa dans la main du mendiant.

— Prends ça, lui dit-il. Et quitte cette allée au plus vite. Les jeunes ne tarderont pas à être de retour et, s'ils te trouvent ici, ils n'hésiteront pas à s'en prendre à toi de nouveau.

— Tu as raison, acquiesça l'infirme en récupérant sa béquille qui lui avait échappé des mains durant la bagarre. Mille mercis pour ton aide. Qu'Ariès vous bénisse, mes amis !

Sur ce, il s'éloigna en clopinant. Jake se tourna alors vers Délia qui venait de rengainer son arme.

— Nous avons eu beaucoup de chance, lui dit-il. Kapaneus n'a pas récupéré le bracelet et nous sommes parvenus à remettre la main dessus avant lui.

— Peut-être, reconnut-elle. Mais lorsque je suis en mission, je préfère ne pas devoir compter sur la chance. C'est une maîtresse bien trop infidèle. Désormais, nous ne pouvons plus nous permettre de prendre de tels risques.

— Je sais, soupira Jake. Malheureusement, nous n'avons pas toutes les cartes en main. De toute évidence, les pouvoirs dont dispose Kapaneus dépassent les nôtres de très loin.

— C'est la raison pour laquelle nous devons récupérer le sceau au plus vite.

— Veux-tu que nous y allions ce soir ?

Délia leva les yeux et observa la lune qui avait nettement progressé dans le ciel constellé d'étoiles.

— Je ne pense pas que nous ayons le choix, déclara-t-elle. Si nous attendons demain, Kapaneus aura une journée de plus pour s'en prendre à nous et, cette fois, il ne se montrera peut-être pas aussi subtil.

— Crois-tu qu'il oserait nous attaquer de front ?

— Pourquoi pas ? S'il estime que c'est la meilleure façon de s'emparer de l'un de nos bracelets, il le fera certainement. Après tout, il doit savoir que nous ne sommes pas la véritable menace : celle qui l'intéresse réellement, c'est Athéna.

— A ce propos, il existe un autre risque presque aussi inquiétant, remarqua Jake. Si Kapaneus a réussi à manipuler mon esprit pour me pousser à coucher avec Tullia, c'est qu'il est capable de percer mon bouclier mental. Et s'il parvenait à lire dans nos pensées, il apprendrait immédiatement l'existence du sceau et l'importance qu'il revêt à nos yeux…

— S'il ne l'a pas déjà fait, c'est que cela ne doit pas être aussi simple, objecta Délia. Fouiller dans les pensées de quelqu'un est bien plus difficile que de lui insuffler une simple suggestion mentale. Cela prend du temps et nécessite un investissement énergétique non négligeable.

— Peut-être, reconnut Jake, mais j'avoue que je ne tiens pas à mettre cette théorie à l'épreuve. Ni à me faire manipuler de nouveau, d'ailleurs. Je pense aussi que nous devrions nous rendre au temple le plus vite possible.

— Très bien. Voilà donc ce que je suggère : rentrons chez Servilia de façon à éviter d'éveiller les soupçons. Nous en profiterons pour dîner et rassembler nos affaires. Dans deux ou trois heures, nous nous rendrons au temple, nous entrerons discrètement et nous nous emparerons du sceau. Ensuite, nous activerons nos brassards ESC et nous rentrerons chez nous avant que Kapaneus n'ait eu le temps de comprendre quelles étaient nos véritables intentions.

— Excellent programme, approuva Jake.

Délia hocha la tête et s'abstint prudemment de mentionner le mauvais pressentiment qui l'assaillait. Elle était pourtant convaincue que les choses ne se dérouleraient pas aussi simplement.

16

Torbar était furieux contre Marcus Brutus qui n'avait cessé de le retarder. Il avait commencé par lui dicter plusieurs lettres, puis lui avait demandé de porter personnellement l'une d'elles au sénat romain et de lui rapporter la réponse au plus vite.

Ce n'est donc qu'au bout de trois longues heures que Torbar parvint à se libérer pour regagner l'endroit où Tullia avait été renversée. Les marchands de la rue avaient fermé leurs boutiques depuis longtemps, mais il repéra une auberge d'où fusaient des rires et des chansons à boire.

Torbar pénétra à l'intérieur et chercha des yeux l'un des badauds qui se trouvaient réunis autour du corps de Tullia, cet après-midi-là. Il ne tarda pas à apercevoir Lucius, le forgeron, confortablement installé auprès du feu devant une chope de cervoise.

Se dissimulant dans l'ombre, Torbar projeta son esprit vers celui de Lucius. Ce dernier était dénué de toute protection mentale et il n'eut donc aucun mal à accéder à ses pensées. Il ne lui fallut que quelques secondes pour localiser les souvenirs qu'il cherchait.

Il vit très distinctement les jeunes gens qui s'étaient précipités sur Tullia quelques instants seulement après qu'elle s'était fait renverser. On aurait dit une volée de mouches s'abattant sur un cadavre.

Leur chef était un jeune homme aux cheveux blonds, très maigre, dont la bouche paraissait être perpétuellement déformée par un rictus cruel. C'est lui qui s'était emparé du bracelet que Tullia avait caché dans sa bourse. Puis la bande s'était enfuie par l'une des rues latérales presque aussi rapidement qu'elle était apparue.

Satisfait de ce qu'il avait appris, Torbar quitta l'auberge et alla se placer sous un porche pour s'abriter de la pluie qui s'était remise à tomber. Là, il ferma les yeux et projeta son esprit à la recherche du jeune voleur aux cheveux blonds. Malheureusement, il ne put détecter la moindre trace de sa présence.

Rouvrant les paupières, Torbar lâcha un juron. Il ne laisserait pas une bande de gamins se jouer de lui aussi facilement. Leur existence constituait à ses yeux une preuve indéniable de l'infériorité des humains sur les Centauriens.

Ceux-ci avaient depuis longtemps mis fin à la pauvreté et au crime en assurant à chacun une activité au sein de la société. Quant aux anticonformistes qui s'entêtaient à refuser l'ordre établi, ils étaient traqués et mis à mort. C'était le prix à payer pour éradiquer des fléaux comme la paresse, l'individualisme, le goût du conflit ou la maladie mentale.

Ce sens de la discipline et de l'obéissance avait permis aux Centauriens de devenir l'une des constellations les plus influentes au sein de l'assemblée galactique. C'était également grâce à lui qu'ils étaient parvenus à développer ces prodigieux pouvoirs mentaux qui provoquaient l'admiration et la terreur des autres peuples.

Nombre de femmes humaines possédaient un code génétique qui leur aurait permis de réaliser de véritables prodiges. Mais durant des siècles, elles avaient été trop stupides pour s'en rendre compte. Soumises au joug des hommes, elles n'avaient pas su tirer avantage de leurs facultés psychiques, qu'elles considéraient généralement comme une simple intuition féminine.

Evidemment, comme tous les siens, Torbar voulait que cette suprématie se prolonge indéfiniment. Non seulement il ne tenait pas à ce que la Terre concurrence Alpha du Centaure, mais, de plus, l'idée de se retrouver en compétition avec des femmes le rendait malade.

Ecartant ces réflexions, Torbar se concentra de nouveau sur le problème qui l'occupait : la recherche de ce voleur blond. Projetant de nouveau son esprit, il étendit le périmètre de ses recherches à cinq cents mètres à la ronde. Une fois de plus, il ne perçut aucune trace de sa cible.

Au prix d'un léger effort de concentration, il agrandit encore la zone de détection et trouva enfin ce qu'il cherchait. Le voleur blond était embusqué dans une ruelle. Ses pensées révélèrent à Torbar qu'il surveillait la maison d'une vieille dame dont il attendait le retour pour la suivre à l'intérieur et la cambrioler.

Le voleur se trouvait trop loin pour que Torbar puisse percevoir des pensées et des souvenirs plus éloignés. Sans rompre le contact télépathique qu'il venait d'établir, il se dirigea en courant vers l'endroit où se trouvait le malfaiteur.

Comme tous les Centauriens, Torbar s'imposait une hygiène mentale et physique drastique qui lui permettait de se maintenir au sommet de sa forme. Même lorsqu'il occupait un corps aussi faible que celui de Kapaneus, il était capable de lui insuffler suffisamment d'énergie pour lui permettre de courir presque indéfiniment.

Il traversa ainsi plusieurs quartiers sans jamais ralentir le rythme et finit par parvenir en vue de l'une des portes qui s'ouvraient dans la muraille de la ville. Une dizaine de soldats romains se tenaient à proximité. Ils étaient chargés d'inspecter les chariots qui pénétraient dans la ville et de prélever une taxe sur toutes les marchandises.

Le jeune homme était posté dans une rue latérale et surveillait toujours la maison de sa future victime. Torbar se posta à distance respectable et projeta son esprit dans celui du voleur pour passer en revue ses souvenirs récents.

Sous un autre angle, il assista de nouveau à la mort de Tullia et à la façon dont le gang de voyous s'était jeté sur elle. Il vit la dispute qui s'en était suivie, lorsque, au moment de partager le butin, le chef avait déclaré qu'il comptait garder le bracelet pour lui.

Cela ne lui avait pas réussi, d'ailleurs, puisque, quelques heures plus tard, il s'était fait assaillir par Philippe et Délia de Délos qui lui avaient repris le bijou. Cette nouvelle ne fit qu'accentuer la colère et la frustration de Torbar. Il sentit alors le voleur se concentrer et s'aperçut qu'une vieille femme était en train de remonter la rue d'un pas claudicant.

Lorsqu'elle atteignit la porte de la maison, le garçon se précipita vers elle pour la suivre à l'intérieur. Ecœuré, Torbar lui décocha une puissante décharge d'énergie psychique qui lui arracha un cri de souffrance. Il s'effondra à terre sous le regard stupéfait de la vieille dame qui s'approcha pour lui porter secours.

Torbar se fendit d'un sourire cruel : après ce qu'il venait de lui faire, le pauvre passerait le reste de sa vie dans un état végétatif dont rien ni personne ne pourrait le sortir.

Satisfait, le Centaurien se détourna et traversa de nouveau la ville au pas de course pour regagner la demeure du général Brutus. Tout en courant, il réfléchit aux derniers événements.

Si le Grec avait retrouvé son bracelet, c'est qu'il avait compris que c'était Tullia qui le lui avait dérobé. Sans doute savait-il aussi que Kapaneus lui avait envoyé la jeune prostituée. Il était donc peu probable qu'il se laisse abuser par un nouveau subterfuge de ce type. Torbar n'avait pas d'autre choix que d'opter pour la manière forte.

Hélas ! même un navigateur comme lui ne disposait pas d'une réserve illimitée d'énergie psychique. Or Torbar avait beaucoup sollicité ses pouvoirs au cours de cette journée. Et Philippe de Délos avait déjà prouvé qu'il était capable de protéger son esprit contre d'éventuelles intrusions extérieures.

S'il voulait être certain de l'emporter sur son adversaire, il devrait donc se trouver à faible distance de lui. Fort heureusement, le Grec avait déjà été très affaibli par l'attaque mentale que Torbar avait portée contre lui le matin même et par la mixture que Tullia lui avait fait ingérer.

Les effets de celle-ci ne s'estomperaient pas avant plusieurs heures et Torbar devait en profiter pour agir. Qui sait ? S'il parvenait à arracher au mercenaire les informations dont il avait besoin, il en profiterait peut-être pour le réduire à l'état de légume comme le voleur aux cheveux blonds…

— Ce qu'il me faudrait, c'est un café très serré, soupira Jake en se massant les tempes.

Délia et lui étaient rentrés chez Servilia et s'étaient fait servir un copieux dîner dans leurs appartements. La table qui se trouvait entre eux était garnie de fromage de chèvre, de pain, de jambon cru et de toutes sortes de fruits. Il y avait aussi un pichet de vin auquel ils n'avaient pas touché.

— Je suis désolée, mais tu vas avoir du mal à trouver un bar au milieu de la Rome antique, répliqua Délia. D'ailleurs, cela t'apprendra à boire avec la première fille venue.

— Si tu continues à me parler de ce qui s'est passé avec Tullia, je vais finir par croire que tu es jalouse, remarqua Jake d'un ton moqueur.

Délia soutint son regard.

— C'est bien possible, répondit-elle enfin.

Cette fois, ce fut lui qui ne trouva rien à répondre. Le cœur battant la chamade, il comprit que l'espoir auquel il se raccrochait depuis qu'il avait retrouvé Délia n'était peut-être pas aussi vain qu'il avait pu le penser. Peut-être existait-il une chance pour que tous deux retrouvent la complicité qu'ils avaient perdue, deux ans auparavant.

— Le moment est mal choisi pour en discuter, reprit Délia avant qu'il ait eu le temps de lui poser la moindre question. En quittant le XXIe siècle, nous avons décidé que notre mission serait prioritaire et cela n'a pas changé. Au contraire, même : la situation est plus délicate que jamais.

Jake hocha la tête à contrecœur. Il avait toujours respecté le professionnalisme et le sens de l'autodiscipline dont faisait preuve Délia. Et il savait qu'elle avait raison : ce matin même, il avait bien failli se faire dérober son brassard ESC par un extraterrestre hostile qui n'hésiterait probablement pas à s'en servir pour éliminer Athéna Carswell et Beverly Ashton.

S'il parvenait à ses fins, le Centaurien empêcherait Délia et Jake de revenir à leur époque. Pire encore, il retarderait l'évolution de l'humanité, repoussant indéfiniment tout espoir de la voir rejoindre l'assemblée galactique. Le moment était donc mal choisi pour se préoccuper de leur vie amoureuse.

Pour la première fois depuis des années, Jake se demanda si, en choisissant un tel métier, il ne s'était pas lourdement trompé sur ses priorités. Comme il se faisait cette réflexion, il entendit frapper à la porte de la chambre.

— Est-ce que tu attends quelqu'un ? demanda-t-il à Délia.

— Bien sûr, répliqua-t-elle. J'ai rencontré un beau soldat romain que j'ai invité à me rejoindre quand il aura fini son tour de garde.

— Très drôle, soupira Jake, convaincu qu'il essuierait encore nombre de quolibets sur la façon dont il s'était comporté vis-à-vis de Tullia. Entrez ! ajouta-t-il à l'intention de leur mystérieux visiteur.

La porte s'ouvrit, révélant la silhouette filiforme du scribe Kapaneus. Instantanément, Jake protégea son esprit contre toute tentative d'agression psychique.

— Kapaneus ? Que fais-tu ici ? s'enquit Délia d'un ton suspicieux.

Avisant la méfiance qui se lisait sur le visage des deux mercenaires, Torbar brandit le rouleau de papyrus dont il avait pris soin de se munir.

— Salutations à vous, Délia et Philippe de Délos, leur dit-il de son ton le plus cordial. J'ai été chargé par mon maître, le général Marcus Brutus, de remettre ce message en mains propres à sa mère Servilia. Malheureusement, je ne la trouve pas. Sauriez-vous par hasard où elle se trouve ?

Délia et Philippe échangèrent un regard lourd de soupçons.

— Pourquoi ne pas avoir posé la question à l'un de ses esclaves ? répondit Délia.

— Ce sont eux qui m'ont conseillé de m'adresser à vous. Apparemment, personne ne l'a vue depuis un certain temps.

Comme il prononçait ces mots, Torbar sentit la méfiance des Grecs refluer légèrement pour faire place à un mélange d'étonnement et d'inquiétude. C'était précisément l'effet qu'il avait cherché à obtenir et il en profita pour projeter dans leur direction une attaque psychique aussi soudaine que violente.

Torbar perçut distinctement l'énergie qui fusait

en direction de ses adversaires. Puis il y eut une gigantesque explosion, bien trop rapide pour qu'il puisse comprendre ce qui venait de se produire, et il sombra dans l'inconscience.

17

Jake considéra avec stupeur le corps de Kapaneus qui venait de s'effondrer au beau milieu de la pièce comme une poupée de chiffon.

— Mais qu'est-ce qui s'est passé ? s'exclama-t-il enfin.

— Il a lancé une attaque psychique contre nous, mais elle a rebondi sur les barrières mentales que nous avions érigées, expliqua Délia.

Elle alla jeter un coup d'œil dans le couloir pour s'assurer que personne n'avait assisté à la scène et referma la porte.

— Je l'ai vu projeter une sphère d'énergie aussi rouge que son aura dans notre direction. Mais je crois qu'elle n'était pas aussi puissante qu'il l'avait escompté.

Pendant ce temps, Jake s'était agenouillé auprès du scribe pour s'assurer qu'il était vivant. Son cœur battait toujours et sa respiration était régulière.

— Est-ce que tu peux profiter du fait qu'il ne peut pas se défendre pour lire ses pensées ? s'enquit Délia.

— Malheureusement, non. Il est impossible de pratiquer la télépathie sur quelqu'un d'inconscient. Dieu merci, d'ailleurs, sinon Kapaneus se serait fait un plaisir de me voler tous mes secrets lorsque Tullia m'a fait boire ce vin drogué.

Jake fouilla rapidement le scribe et détacha le collier qu'il portait.

— Qu'est-ce que c'est, à ton avis ?

— La facture et l'aura de cet objet ressemblent beaucoup au diadème de pilotage qu'utilise Athéna Carswell, répondit Délia. Il s'agit probablement d'un amplificateur de même type. Si Kapaneus est bien un navigateur centaurien comme nous le soupçonnons, il n'est pas étonnant qu'il en porte un pour pouvoir se déplacer à travers l'espace-temps.

— A ce stade, le fait que Kapaneus soit un extraterrestre ne semble plus faire le moindre doute, remarqua Jake. Tout ce que nous savons de lui nous conduit à cette conclusion.

— Exact, acquiesça Délia en lui prenant le collier des mains.

Elle le glissa dans la bourse qui était accrochée à sa ceinture.

— Tel est pris qui croyait prendre, déclara-t-elle avec un sourire narquois. Kapaneus a essayé de te voler ton bracelet. C'est maintenant à nous de lui voler son billet de retour pour Alpha du Centaure. Je suis certaine qu'Athéna sera ravie de pouvoir analyser ce bijou. Mais en attendant, nous devrions aller chercher le sceau le plus rapidement possible. Rien ne dit que Kapaneus agisse seul et nous n'avons aucun moyen de reconnaître un autre Centaurien.

— Tu détecterais tout de même son aura, objecta Jake.

— Si je sais où regarder, en effet. Mais je ne peux passer mon temps à surveiller l'aura des gens qui m'entourent. Ce serait épuisant. Et je peux d'autant moins me le permettre que nous aurons besoin de toute notre concentration lorsque nous nous introduirons dans ce temple…

— C'est vrai, reconnut Jake. Le plus stupide, à ce stade, ce serait de nous faire prendre par les gardes.

Il jeta un coup d'œil à Kapaneus.

— Crois-tu que la perte de son collier le privera de ses pouvoirs ?

— Si j'ai bien compris ce qu'Athéna m'a expliqué, ces bijoux sont juste des amplificateurs mentaux. Cela signifie que les pouvoirs de Kapaneus seront réduits. Mais je pense malheureusement qu'ils demeureront plus puissants que les nôtres. En tout cas, le mal de crâne dont il souffrira lorsqu'il reprendra conscience devrait le handicaper un peu. Il est difficile de se concentrer quand on a la migraine.

— En attendant, nous devrions l'attacher et le bâillonner, suggéra Jake.

— C'est peut-être risqué, objecta Délia. Si quelqu'un le découvre, l'alerte sera donnée et cela nous compliquera les choses. Au contraire, si nous le laissons dormir sur le divan, les esclaves n'oseront pas le déranger. Et lorsqu'il se réveillera, il n'aura aucune idée de l'endroit où nous nous trouvons. Le temps qu'il comprenne ce qui se passe, nous serons de retour au XXIe siècle.

Jake considéra le scribe d'un air hésitant.

— L'idée de le laisser en liberté ne me plaît guère, déclara-t-il. S'il est si dangereux que cela, nous devrions peut-être recourir à des méthodes plus expéditives. Après tout, la convention de Genève ne s'applique pas aux extraterrestres…

— J'y ai pensé, reconnut Délia. Mais outre la répugnance que m'inspire un meurtre de sang-froid, il faut tenir compte des conséquences diplomatiques que cela pourrait avoir. Si nous attaquons les premiers, nos adversaires n'hésiteront pas à faire de même. Et, à ce jeu, nous risquons d'être perdants. Nous n'avons pas les capacités technologiques, militaires ou psychiques nécessaires pour tenir tête à un peuple de télépathes capables de voyager à travers le temps et l'espace.

Jake hocha la tête à contrecœur et souleva Kapaneus pour aller l'installer sur le divan. Pour faire bonne mesure, il le recouvrit d'une couverture.

— Tu t'en tires à bon compte, murmura-t-il en se redressant.

Délia et lui enfilèrent à la hâte leurs manteaux et ceignirent leurs épées avant de quitter la maison.

— Nous ferions mieux de prendre des chevaux, suggéra Jake. Cela nous fera gagner un peu de temps.

Ils gagnèrent donc les écuries et firent seller deux montures. Quelques minutes plus tard, ils émergeaient de la propriété de Servilia et remontèrent l'avenue qui menait au temple de Diane.

Les rues s'étaient enfin vidées et ils purent pousser leurs chevaux au trot sans risquer de percuter quelqu'un. Pourtant, tandis qu'ils gravissaient le mont Aventin, Délia ne parvenait pas à se défaire du mauvais pressentiment qui l'habitait.

Elle se demandait combien de temps Kapaneus resterait inconscient, si la perte de son collier ne le rendrait pas furieux, si d'autres Centauriens se trouvaient actuellement à Rome, prêts à fondre sur eux à tout instant…

Et sa propre incapacité à répondre à toutes ces questions ne faisait qu'accroître son inquiétude.

Torbar se redressa en gémissant et observa avec étonnement la pièce dans laquelle il se trouvait. Que faisait-il dans cette chambre et pourquoi avait-il la désagréable impression que quelqu'un avait frotté son cerveau à la paille de fer ?

Fermant les yeux, il s'efforça de dominer la souffrance atroce qui l'habitait et de rassembler ses souvenirs. La dernière chose qu'il se rappelait, c'était de s'être rendu chez Servilia après avoir échoué en tentant de s'approprier le bracelet de l'un des Grecs.

Inconsciemment, il porta la main à son amplificateur. Un frisson glacé le parcourut alors. Luttant contre la panique qui menaçait de le submerger, il parcourut la pièce des yeux à la recherche du précieux collier sans lequel il ne pouvait espérer regagner sa planète. Mais nulle part il ne vit trace de l'objet.

De toute évidence, les Grecs le lui avaient dérobé, réussissant là où lui-même avait échoué. Torbar risquait donc de se retrouver bloqué dans cette fenêtre espace-temps jusqu'à ce que Kentar se demande pourquoi il ne donnait pas de nouvelles et décide de venir en personne.

Torbar n'osait imaginer ce que dirait le commandeur en apprenant qu'il avait perdu son amplificateur. Cette technologie centaurienne était la plus secrète, la plus sensible de toutes celles qu'ils possédaient, car elle constituait l'une des deux clés de leur monopole en matière de navigation spatiale.

L'autre était la conformation génétique particulière

des Centauriens, mais les humains possédaient justement des caractéristiques similaires. De plus, ceux qui s'étaient emparés de l'objet étaient dotés de pouvoirs psychiques non négligeables.

Torbar ne parvenait toujours pas à croire qu'ils aient pu opposer une résistance aussi efficace à son attaque mentale. Bien sûr, la loi centaurienne interdisait tout combat psychique entre navigateurs. Aussi manquait-il de points de comparaison pour déterminer si la contre-attaque qu'il avait essuyée était aussi impressionnante qu'elle le semblait.

Une chose était certaine, cependant : si les humains disposaient à présent de pouvoirs de ce genre, les Centauriens allaient devoir revoir entièrement leur formation.

Jusqu'à présent, ils avaient toujours considéré que la quasi-totalité des autres espèces étaient impuissantes face à leurs facultés psychiques. Aussi n'avaient-ils jamais cherché à affiner leurs techniques de combat mental. Mais il était grand temps de reconsidérer cette stratégie.

Il leur faudrait aussi découvrir où se formaient ces humains et qui les entraînait. Pouvait-il s'agir d'un navigateur centaurien rebelle ? L'idée que les humains puissent être aidés par l'un des siens arracha à Torbar un frisson de dégoût mêlé d'angoisse.

Pire encore, il s'agissait peut-être d'une Centaurienne. Torbar avait parfois entendu dire à mots couverts que certaines femmes de son peuple développaient des facultés psychiques et les exerçaient en secret.

Se pouvait-il que Délia de Délos soit l'une d'elles ? Qu'elle ait décidé de vivre sur ce monde excentré et mal connu où les chances d'être découverte étaient quasiment nulles ? Qu'elle ait appris à d'autres personnes à employer de telles capacités mentales ?

Si c'était le cas, il devait impérativement l'éliminer avant que la situation ne se dégrade. Malheureusement, sans son amplificateur, il ne pouvait ni espérer la vaincre ni appeler du renfort.

— C'est un cauchemar, murmura-t-il.

Fort heureusement, il sentait ses forces revenir progressivement. L'endurance proverbiale des Centauriens lui permettrait de recouvrer rapidement une partie de l'énergie qu'il avait dépensée au cours de cette affreuse journée.

Sa migraine commençait déjà à refluer et il se leva pour se diriger vers la porte de la chambre. Dans le couloir, il interpella l'une des esclaves de Servilia.

— As-tu vu les deux mercenaires grecs ? lui demanda-t-il. Il faut que je leur parle.

— Ils sont partis à cheval, il y a quelques minutes.

— Où allaient-ils ?

— Je ne sais pas, avoua la jeune esclave en baissant les yeux.

— Qui pourrait me le dire ?

— Le palefrenier, peut-être…

Sans attendre, Torbar gagna les écuries où il trouva l'homme qu'il cherchait endormi sur une botte de paille. C'était un beau Nubien d'une trentaine d'années à la silhouette imposante.

— Réveille-toi ! s'exclama Torbar. Et dis-moi où sont partis les mercenaires grecs qui sont au service de ta maîtresse ?

— Je l'ignore, répondit le palefrenier. Ils n'ont pas jugé bon de me le dire.

— Dans quelle direction sont-ils partis ?

— Vers le mont Aventin, maître.

Torbar hocha la tête et laissa l'esclave se rendormir. De retour dans l'atrium, il réfléchit à ce qui pouvait bien intéresser les deux Grecs sur le mont Aventin. Puis il songea qu'ils avaient peut-être été chargés d'une mission par Servilia.

L'un des esclaves de la maison lui apprit que sa maîtresse se trouvait dans le petit salon et Torbar s'en approcha discrètement, prenant garde à ne pas être entendu par Servilia qui lisait un livre rédigé sur un long rouleau de papyrus. Fort heureusement, le couloir dans lequel se trouvait le scribe était à présent plongé dans l'obscurité.

Fermant les yeux, il projeta son esprit vers celui de l'ex-maîtresse de César, s'efforçant de procéder avec délicatesse et discrétion. Contrairement aux deux Grecs, elle ne disposait d'aucune protection mentale et il n'eut aucun mal à accéder à ses pensées.

Il entreprit alors de fouiller précautionneusement à la recherche d'un indice qui lui permettrait de localiser les deux mercenaires. C'était une tâche aussi fastidieuse qu'ingrate, car les humains paraissaient incapables de se concentrer et laissaient toujours leur esprit vagabonder au hasard, ce qui compliquait toute recherche méthodique.

Curieusement, l'information qui attira son attention ne paraissait pas concerner directement ceux qu'il cherchait. Apparemment, Servilia vouait un culte à la déesse Diane dont le temple se trouvait sur le mont Aventin. Elle éprouvait notamment une dévotion toute particulière envers une relique qu'elle qualifiait de flèche de la déesse.

Or Torbar découvrit qu'elle avait récemment initié

Délia de Délos à ce culte et que celle-ci avait été en contact direct avec la relique. Curieux, il fouilla les pensées de Servilia à la recherche d'une image de cet objet. Lorsqu'il la découvrit enfin, il sentit les battements de son cœur s'accélérer et sa peau se couvrir d'une sueur glacée.

Car l'assemblage de points et de traits qui figurait sur l'étrange relique représentait indubitablement la constellation des Pléiades.

Torbar étouffa un cri de surprise en comprenant qu'il avait sous les yeux l'un des fragments du fameux sceau forgé par l'assemblée galactique, celui qui avait été caché à différentes époques de l'histoire humaine et dont la découverte marquerait le début des relations entre la Terre et les peuples de l'assemblée.

Contrairement aux Centauriens, les habitants des Pléiades ne pouvaient voyager dans le temps, ce qui les empêchait de surveiller l'ensemble du continuum et d'intervenir où et quand ils le désiraient. Les Centauriens avaient donc cherché à profiter de leur avantage pour trouver les parties du sceau et les détruire.

Mais leur localisation était l'un des secrets les mieux gardés de l'univers et Torbar était le premier Centaurien à découvrir l'un de ces fragments. Il savait qu'en s'en emparant, il n'aurait plus qu'à suivre les indices qu'il contenait pour trouver le suivant.

Et lorsqu'il les aurait tous récupérés, il deviendrait aux yeux de son peuple un véritable héros, celui qui était parvenu à prévenir tout contact entre les humains et l'assemblée, donc à préserver le monopole des Centauriens sur la navigation spatiale.

Kentar devrait bien reconnaître alors qu'il était l'un des assassins les plus doués de sa génération.

Certes, pour atteindre cet objectif, il allait devoir mettre la main sur le sceau avant Délia et Philippe et leur reprendre son amplificateur. Comme il se faisait cette réflexion, il entendit Servilia se lever et jugea préférable de se retirer sur la pointe des pieds.

Il regagna les écuries, réveilla de nouveau le palefrenier et lui demanda de lui seller un cheval. Le Nubien hésita, se demandant visiblement si Kapaneus avait le droit d'emprunter l'une des montures de Servilia. Torbar lui décocha une injonction mentale qui eut raison de ses doutes.

Torbar attendit impatiemment qu'il ait terminé. Il savait que chaque seconde comptait désormais : si les Grecs parvenaient à s'introduire dans le temple et à dérober le fragment du sceau galactique, ils activeraient certainement leurs bracelets pour regagner leur époque d'origine.

S'il parvenait à les rattraper avant, par contre, il aurait une chance de récupérer son amplificateur, de leur prendre le sceau et de rentrer chez lui avec les honneurs. N'y tenant plus, il prit les rênes des mains du palefrenier et sauta en selle.

Le Nubien eut tout juste le temps de s'écarter avant que Torbar ne s'élance au galop hors de l'écurie. Comme tous les Centauriens, c'était un cavalier d'exception, peut-être parce que les hommes de son peuple avaient été autrefois mi-hommes, mi-chevaux. L'un de leurs plus célèbres ancêtres était d'ailleurs connu jusque sur la Terre.

Chiron avait en effet été le premier à développer l'art de voyager par l'esprit à travers le temps et l'espace et il était venu jusque sur cette planète où il avait inspiré nombre de légendes concernant les centaures.

Guidant sa monture de la voix et des genoux, Torbar quitta la propriété de Servilia et remonta l'avenue qui conduisait au mont Aventin. Il galopait sans se soucier des passants qui devaient s'écarter précipitamment pour éviter d'être renversés et l'abreuvaient d'injures.

Pourtant, il ne s'en souciait pas le moins du monde : tout ce qui comptait, à ses yeux, c'était d'arriver au temple avant qu'il ne soit trop tard, avant qu'il ne se retrouve indéfiniment coincé sur cette maudite planète, en ces temps primitifs.

Serrant les dents, il regretta une fois de plus de ne pas disposer de son amplificateur qui lui aurait permis de localiser les Grecs avec précision. Car le temple de Diane était un immense bâtiment qu'il ne pouvait se permettre d'explorer en entier dans l'espoir de les retrouver.

Parvenu au pied des marches qui conduisaient à l'édifice, il arrêta donc sa monture et se força à dominer son angoisse pour réfléchir posément. Hélas ! il ne disposait d'aucun indice. Fermant les yeux, il tenta de projeter son esprit à l'intérieur du bâtiment, mais en vain.

Il était bien trop épuisé par cette journée et par le foudroiement mental dont il avait souffert pour y parvenir sans l'aide de son amplificateur. Et ce sentiment d'impuissance lui était insupportable. En tant que navigateur, il avait l'habitude de soumettre les autres à sa volonté et il ne pouvait accepter d'avoir été vaincu par de simples humains.

Comme il se faisait cette réflexion, un demi-sourire se dessina sur ses lèvres. Après tout, songea-t-il, si deux humains étaient parvenus à vaincre un Centaurien sur son terrain, un Centaurien pouvait peut-être prendre sa revanche en se servant de méthodes humaines…

N'était-ce pas là l'un des rares avantages qu'il y avait à se faire passer pour l'un des leurs ?

18

L'intérieur du temple n'était plus éclairé que par des braseros suffisamment éloignés les uns des autres pour laisser de vastes espaces plongés dans les ténèbres. Habituée aux projecteurs électriques qui compliquaient généralement toute opération d'infiltration, Délia ne pouvait que se réjouir de cette déficience technologique.

Malgré l'obscurité, Jake n'hésita pas un seul instant sur l'itinéraire et il guida Délia jusqu'à la salle où la grande prêtresse conservait les reliques les plus précieuses du temple. Ils s'arrêtèrent à une certaine distance pour observer les environs, masqués par un épais pilier de marbre.

— Nous avons de la chance, lui souffla Jake. Lorsque je suis venu avec Servilia, il y avait un garde devant la porte. Apparemment, ce n'est pas le cas durant la nuit.

— Tant mieux, répondit-elle. Cela nous permettra peut-être d'utiliser nos brassards ESC dès que nous aurons récupéré le sceau plutôt que de devoir quitter les lieux en laissant une sentinelle assommée derrière nous.

Prudemment, ils s'approchèrent de la porte en chêne qui barrait l'accès à la salle du trésor. Malgré son aspect massif, Délia comprit qu'elle ne serait pas très difficile à ouvrir : comme le lui avait signalé Jake, les gonds de la porte étaient constitués de pièces de cuir.

Sans attendre, ils sortirent leurs dagues et s'attaquèrent chacun à l'une des lanières. Il ne leur fallut que quelques instants pour en venir à bout et ils écartèrent sans mal le battant.

Lorsqu'ils se retrouvèrent dans la pièce située de l'autre côté, Jake sortit une minuscule lampe de poche qu'il alluma.

— Où as-tu trouvé ça ? s'exclama Délia. Ce n'était certainement pas dans le paquetage que nous a confié Athéna !

Jake lui décocha un sourire malicieux.

— Je me suis permis de faire quelques ajouts, répondit-il.

— Tâche de ne pas la perdre, lui conseilla Délia. Je ne sais pas ce que penseraient des archéologues du XIXe ou du XXe siècle en retrouvant une lampe à diodes électroluminescentes !

Jake balaya la pièce du faisceau de sa torche et ils constatèrent qu'ils se trouvaient dans une sorte d'avant-salle déserte. Au fond se découpait une autre porte, nettement plus petite que celle qu'ils venaient d'ouvrir. Délia tourna la poignée et s'aperçut qu'elle n'était pas fermée à clé.

— Reste ici et monte la garde, dit-elle à Jake. Je vais chercher le sceau.

Il hocha la tête et lui tendit sa lampe avant d'aller se poster près de l'entrée. Le cœur battant à tout rompre, Délia poussa la seconde porte. Ils étaient peut-être sur le point d'accomplir la mission qui leur avait été confiée et de rapporter le premier fragment dont parlait l'*Ad Astra*.

La salle dans laquelle elle pénétra était minuscule et ne contenait qu'un autel de pierre sur lequel étaient posées plusieurs boîtes de bois précieux. Délia n'eut aucun mal à reconnaître celle qu'elle avait vue durant la cérémonie et l'ouvrit d'une main tremblante.

Le fragment se trouvait bien à l'intérieur, entouré d'un morceau de tissu. Lorsqu'elle s'en empara, elle sentit une décharge d'énergie se répandre dans sa main et remonter le long de son bras. Elle le glissa ensuite dans un petit sachet en cuir muni d'un cordon qu'elle accrocha autour de son cou.

Lorsque ce fut fait, elle ne put retenir un soupir de soulagement. Fort heureusement, le contact du sceau ne l'avait pas de nouveau entraînée à travers le temps et l'espace jusqu'à la constellation des Pléiades. Elle referma alors la boîte vide et se détourna pour quitter les lieux.

Lorsqu'elle rejoignit Jake, ce dernier lui fit signe de garder le silence. Inquiète, elle se rapprocha de lui et l'interrogea du regard.

— J'ai senti une brusque recrudescence d'activité mentale dans le temple, expliqua-t-il à mi-voix. Nous ne sommes plus seuls. Si tu as le sceau, il vaudrait mieux envoyer le signal de rappel dès maintenant.

— C'est d'accord, répondit-elle. J'ai le fragment.

— Parfait.

Tous deux relevèrent leurs manches et placèrent un doigt sur leurs brassards ESC.

— Tu es prêt ? s'enquit Délia.

Déjà, elle entendait des bruits de pas se rapprocher. Le son indiquait clairement qu'il s'agissait de bottes de soldats et non des sandales des prêtresses.

— Prêt, répondit Jake sans hésiter.

— A trois, lui dit-elle. Un, deux, trois !

Tous deux pressèrent le cristal qui devait émettre le signal de rappel et attendirent quelques instants.

— Que se passe-t-il ? demanda Jake d'une voix inquiète.

Tout aussi préoccupée que lui, Délia ôta son bracelet.

— Peut-être faut-il appuyer plus fort, suggéra-t-elle.

Jake retira le sien tandis que les pas se rapprochaient encore.

— Maintenant ! s'exclama Délia.

Ils recommencèrent sans plus de résultat que la première fois. Délia sentit alors monter en elle une vague de panique. Tous les tests qui avaient été menés sur le brassard ESC s'étaient avérés concluants et c'était la première fois que l'on constatait un dysfonctionnement. Hélas ! celui-ci risquait de s'avérer fatal pour eux…

Comme elle se faisait cette réflexion, la porte s'ouvrit à la volée, projetant Jake en arrière. Son bracelet lui échappa et tomba sur le sol de pierre avec un tintement métallique. Délia poussa un juron et fit mine de tirer son glaive, mais la salle se remplit rapidement de soldats romains qui avaient tous l'arme au clair et paraissaient bien décidés à en découdre.

— Que personne ne bouge ! s'exclama un centurion.

Jake se releva en prenant soin de ramasser au passage son bracelet qu'il glissa dans l'une de ses poches. Délia fit de même avant de lever les mains en signe de reddition.

— Que se passe-t-il ? demanda-t-elle au centurion.

— Le scribe du général Brutus nous a dit que vous vous étiez introduits dans le temple après lui avoir dérobé l'un de ses bijoux. Maintenant, avancez !

Ils empruntèrent la porte pour regagner la salle principale du temple dans laquelle les attendait Kapaneus, dont le visage trahissait un étrange mélange de colère et de satisfaction. Les bras croisés sur sa maigre poitrine, il décocha à Délia un sourire cruel.

Derrière lui s'assemblait déjà un petit groupe de personnes constitué principalement de gardes du temple et de prêtresses de Diane qui les observaient d'un air accusateur.

Jake, quant à lui, gardait les yeux rivés sur le scribe. Son rictus ironique l'emplissait d'une colère grandissante et il était terriblement tenté de se jeter sur lui pour lui faire ravaler sa superbe. Mais cela n'aurait fait que compliquer une situation qui était déjà bien assez délicate comme cela.

La présence du Centaurien expliquait pourquoi ils n'avaient pu activer leurs brassards ESC. Malgré l'absence de son amplificateur, les pouvoirs mentaux de Kapaneus étaient suffisamment puissants pour lui permettre d'inhiber leur saut. Toute la question était de savoir quelle distance ils devraient mettre entre eux et lui pour l'éviter.

— Fouille-les, centurion ! ordonna le scribe. Tu verras que je dis la vérité : ils m'ont dérobé un collier. Et ils se sont probablement emparés de la flèche de Diane. Ils méritent d'être mis à mort.

Le centurion, un vétéran qui devait avoir plusieurs campagnes militaires à son actif, jeta au scribe un regard menaçant.

— Tiens ta langue, scribouillard ! s'exclama-t-il. Tu travailles peut-être pour le général Brutus, mais c'est moi qui commande ici !

Délia jeta un coup d'œil interrogatif à Jake qui répondit par un haussement d'épaules impuissant.

— Remettez-moi immédiatement ce que vous avez volé ! leur ordonna alors le centurion.

— Fouille-moi, répondit Jake en écartant les bras. Je n'ai rien volé au scribe ni au temple. Nous sommes les gardes de Servilia, mère de Brutus et fidèle servante de Diane. C'est Kapaneus lui-même qui nous a donné rendez-vous ici et nous avons trouvé la porte du sanctuaire forcée. Je crois qu'il essaie de nous piéger parce qu'il est jaloux de l'amitié que nous portent Servilia et son fils.

— C'est vrai, centurion, renchérit Délia avec véhémence. C'est un coup monté ! Je suis moi-même une adoratrice de Diane, initiée à son culte secret. Croyez-vous vraiment que je volerais sa relique ?

Le centurion fronça les sourcils et se tourna vers Kapaneus qui avait assisté à la scène d'un air inquiet.

— Es-tu sûr de ce que tu avances ? demanda l'officier au scribe. Je sais que ces mercenaires ont sauvé la vie de la mère de Brutus ainsi que celle de César.

— Ils mentent ! s'écria Kapaneus en s'avançant vers Jake et Délia d'un air menaçant. Fouille-les ! Je t'assure que tu trouveras mon collier !

— Je n'ai pas d'ordres à recevoir de toi ! gronda le centurion d'un ton excédé.

— Dans ce cas, je vais le faire moi-même ! s'exclama Kapaneus en se précipitant vers Jake.

Instantanément, deux soldats romains se ruèrent sur lui et lui saisirent chacun un bras. Furieux,

Kapaneus tenta de se dégager, mais en vain. Une fois de plus, il regretta amèrement la perte de son amplificateur. D'une simple pensée, il aurait pu faire sombrer tous ces imbéciles dans l'inconscience avant de s'attaquer aux deux Grecs.

Mais en l'absence de cet objet, il était vulnérable et il jugea préférable de se tenir tranquille pour éviter un éventuel mauvais coup.

— Nous devons retourner auprès de notre maîtresse, déclara alors Délia d'un air assuré. Je suis vraiment désolée que tu te sois retrouvé mêlé à cette piteuse farce, ajouta-t-elle à l'intention du centurion. Un soldat comme toi a mieux à faire que de perdre son temps avec un homme aussi mesquin que Kapaneus.

— Sans doute, acquiesça le centurion.

Il fit signe à ses soldats de s'écarter.

— Attendez ! s'exclama alors une voix de femme qui provenait de la salle où était conservé le trésor du temple.

Comprenant que l'une des prêtresse venait de s'apercevoir de la disparition de la flèche de Diane, Délia n'hésita pas un seul instant et s'élança vers la sortie, aussitôt suivie par Jake.

Le temps que les soldats soient revenus de leur surprise, la grande prêtresse émergea de la salle des reliques et révéla au centurion ce qu'elle venait de découvrir. Jake et Délia atteignirent la grande porte au moment même où la patrouille se lançait à leur poursuite.

— Emparez-vous d'eux ! s'écria alors la grande prêtresse. Ce sont des sacrilèges ! Ils ont trahi la confiance de la déesse !

En entendant ces mots, Délia sentit son cœur se serrer. Elle regrettait d'avoir dû trahir ces femmes dont elle se sentait si proche et dont les idéaux la touchaient profondément. Mais il était trop tard pour faire marche arrière.

— Il faut récupérer nos chevaux ! s'exclama Jake tandis qu'ils dévalaient le grand escalier de marbre blanc qui conduisait au temple. C'est notre seule chance !

Arrachée à ses amères réflexions, Délia hocha la tête. Parvenus au bas des marches, ils se précipitèrent vers le petit bosquet d'oliviers auquel ils avaient attaché leurs montures. Jake les rejoignit en premier et détacha leurs brides. Tous deux sautèrent alors en selle et s'élancèrent à bride abattue vers le bas de la colline tandis qu'éclatait derrière eux un chœur d'insultes et de reproches.

— Droit sur le Tibre ! s'écria Délia en encourageant sa monture de la langue et des talons.

Plusieurs lances volèrent dans leur direction, mais ils étaient déjà trop loin des soldats pour qu'elles puissent les atteindre.

— Pourquoi le Tibre ? s'enquit Jake tandis qu'ils dévalaient le long d'une avenue déserte.

— Parce que ce sera bientôt la seule façon pour nous de quitter la ville, expliqua Délia d'une voix essoufflée. La première chose que fera le centurion, c'est d'envoyer des estafettes aux portes de Rome pour signaler le sacrilège que nous avons commis. Si nous atteignons le fleuve, par contre, nous pourrons nager jusqu'à la sortie de la ville. Une fois en sécurité, nous réessaierons d'utiliser nos brassards ESC en espérant qu'ils ne soient pas hors d'usage.

— Tu ne devrais pas t'inquiéter à ce sujet, déclara Jake. Je crois que c'est Kapaneus qui a utilisé ses pouvoirs pour les neutraliser. Par contre, j'ignore jusqu'à quelle distance il est capable de le faire...

Il se tut en constatant que la pente de la rue dans laquelle ils s'étaient engagés devenait de plus en plus raide et que leurs chevaux commençaient à déraper sur les pavés détrempés.

— Attention ! lui cria Délia en tirant sur ses rênes.

Son cheval s'arrêta en dérapant et ses sabots firent jaillir une gerbe d'étincelles. Jake immobilisa sa monture à son tour et constata qu'un petit détachement de cavalerie se dirigeait vers eux.

— Incroyable ! s'exclama-t-il. Malgré l'absence de radios, ils parviennent à communiquer à une vitesse prodigieuse.

— Ils ont dû utiliser une torche pour faire des signaux lumineux, supposa Délia. Suis-moi, je connais un autre chemin qui mène au fleuve !

Ils firent volte-face et s'engagèrent à bride abattue dans l'une des rues latérales. La troupe de soldats se lança à leur poursuite. Le claquement des sabots éveillait un écho semblable au grondement du tonnerre.

Les rares passants et les mendiants qui se trouvaient là devaient se plaquer contre les façades des maisons pour éviter la folle cavalcade. Se tournant à demi sur sa selle, Délia compta dix soldats romains auxquels s'ajoutait Kapaneus, juché sur un cheval blanc qu'il maniait avec maestria.

Il avait d'ailleurs commencé à gagner du terrain, dépassant la troupe qui l'accompagnait pour se rapprocher inexorablement d'eux. Elle comprit qu'il n'abandonnerait pas la partie tant qu'il n'aurait pas récupéré l'amplificateur qui devait lui permettre de quitter cet endroit.

Sentant qu'il ne tarderait pas à les rattraper, Kapaneus accéléra encore. Sa monture était bien plus fraîche que celles de Jake et de Délia et il était également meilleur cavalier qu'eux. S'il prenait le risque de leur porter une attaque mentale en cet instant, ils n'auraient aucune chance de l'éviter tout en conservant la maîtrise de leurs chevaux.

Délia comprit que leur seul espoir était donc de créer une diversion. Voyant qu'ils ne tarderaient pas à atteindre la rive du Tibre, elle plongea la main dans la bourse qui était accrochée à sa ceinture et en sortit le collier de Kapaneus qu'elle brandit au-dessus de sa tête.

— Donne-moi ça ! s'exclama ce dernier d'une voix tremblante de colère.

A la suite de Jake, Délia engagea son cheval sur le pont qui traversait le fleuve.

— Si tu y tiens tant, cria-t-elle, va le chercher !

Sans ralentir l'allure, elle lança le collier dans le Tibre. Kapaneus poussa un hurlement de rage et tira violemment sur les rênes de son cheval qui poussa un hennissement déchirant et dérapa sur le pont de pierre, manquant basculer dans le fleuve.

Torbar sauta au bas de sa monture et, sans hésiter, il plongea dans les eaux noires et glacées qui roulaient en contrebas. Sans tenir compte du froid qui s'insinuait au plus profond de lui, il plongea sous la surface et nagea vers le fond. Mais le fleuve était bien plus profond qu'il ne l'avait imaginé et il ne put tâtonner que quelques instants avant de devoir remonter pour respirer.

Luttant contre la panique qui menaçait de le submerger, il plongea encore et encore, palpant le fond à l'aveuglette dans l'espoir de récupérer son amplificateur. Au bout de plusieurs minutes, il dut s'arrêter pour reprendre son souffle et attendre que les battements de son cœur retrouvent un rythme normal.

Il vit alors les deux Grecs qui s'éloignaient à vive allure le long de la berge, toujours poursuivis par les soldats romains. Torbar comprit que, d'ici peu, ils seraient suffisamment loin de lui pour qu'il ne puisse plus inhiber le signal qu'ils devaient envoyer au navigateur chargé de les rapatrier.

Mais cela n'avait plus aucune importance : tout ce qui comptait à ses yeux, c'était de limiter les conséquences de cette mission désastreuse. Il pourrait toujours inventer une justification crédible pour expliquer à Kentar son échec. Mais ce ne serait possible que s'il parvenait à retrouver son amplificateur.

Il replongea donc une fois de plus à sa recherche.

— Nous ne parviendrons pas à nous débarrasser d'eux ! s'exclama Jake en jetant un coup d'œil par-dessus son épaule.

De fait, la distance qui les séparait des soldats romains n'augmentait pas et leurs adversaires paraissaient résolus à les poursuivre jusqu'au bout du monde.

— Il nous reste le fleuve, suggéra Délia.

— Je ne vois pas d'autre solution, hélas, acquiesça Jake d'un ton peu enthousiaste.

Il tira sur les rênes de sa monture et sauta à terre, aussitôt imité par Délia. Sans perdre un instant, tous deux s'élancèrent vers le Tibre et plongèrent. L'eau était glacée et ils se mirent à nager vigoureusement vers le centre du cours d'eau.

Quelques instants plus tard, les soldats rejoignirent les chevaux qu'ils venaient d'abandonner et mirent pied à terre. Sur ordre de leurs centurions, ils s'emparèrent des arcs courts qui étaient accrochés à leurs selles et lancèrent une volée de flèches en direction des fugitifs.

Jake et Délia plongèrent aussitôt et redoublèrent d'efforts pour s'éloigner. Fort heureusement, le courant était avec eux et les entraînait toujours plus loin de la petite troupe. Lorsqu'ils refirent enfin surface, une seconde volée révéla qu'ils se trouvaient désormais hors de portée.

— Est-ce que tout va…

Délia s'interrompit brusquement en constatant avec horreur qu'une flèche s'était profondément enfoncée dans l'épaule gauche de Jake. Son visage était blafard et il serrait les dents, en proie à une souffrance évidente. Les mouvements qu'il devait faire pour se maintenir à la surface devaient provoquer chez lui une douleur insoutenable.

— Jake! hurla-t-elle, terrifiée.

Elle se mit à nager vigoureusement dans sa direction et le prit par la taille pour l'aider à surnager. Mais son angoisse redoubla lorsqu'elle s'aperçut que l'eau qui les entourait était à présent teintée de sang.

— Je ne peux plus me servir de mon bras gauche, articula Jake d'une voix mal assurée.

— Tiens bon, l'encouragea-t-elle en luttant contre les larmes qui lui montaient aux yeux.

Elle le fit basculer sur le dos et passa un bras autour de sa poitrine de façon à pouvoir le remorquer.

— Il faut absolument atteindre l'autre rive, souffla Jake. Je perds beaucoup trop de sang et, si je m'évanouis, tu ne pourras plus me porter.

Délia se dirigea vers le rivage, mais le courant qui avait été leur allié jusqu'alors était devenu une gêne, les ramenant obstinément vers le centre du fleuve.

Jake comprit qu'ils n'atteindraient jamais leur objectif. Les efforts que Délia devait déployer l'épuiseraient rapidement. Et l'eau était si froide que tous deux ne tarderaient pas à être complètement engourdis. S'ils s'obstinaient, ils finiraient par couler à pic et, dans quelques jours, on retrouverait leurs corps en amont du fleuve.

Malgré la douleur fulgurante que le moindre geste lui causait, Jake se força à plonger la main dans sa poche. Au prix d'un effort surhumain, il parvint à dominer sa souffrance et à s'emparer de son brassard ESC. Avec d'infinies précautions, il le fit tourner entre ses doigts. La flèche qui lui déchirait l'épaule et le froid qui s'était insinué en lui le faisaient trembler convulsivement et il était terrifié à l'idée de lâcher le bijou. Mais il finit par sentir le cabochon de cristal sous son pouce et poussa un soupir de soulagement.

— Je vais essayer de nous sortir de là, souffla-t-il à Délia, dont les mouvements commençaient déjà à se faire moins vigoureux. J'espère que nous sommes hors de portée des pouvoirs de Kapaneus.

— Vas-y, articula-t-elle d'une voix étranglée. Je ne tiendrai plus très longtemps…

Jake serra les dents et pressa le cristal de toutes ses forces, éveillant instantanément une douleur fulgurante qui rayonna de son épaule pour se répandre dans tout son corps. Il pria pour qu'Athéna capte le signal.

Plusieurs secondes s'écoulèrent tandis qu'ils continuaient à se débattre contre les eaux glacées. Mais comme Délia sentait monter en elle un mélange de tristesse et de résignation, elle éprouva une sensation de tiraillement désormais familière.

Elle ouvrit la bouche pour signaler à Jake qu'il avait réussi, mais son corps s'était déjà désagrégé en milliards de particules élémentaires qui commencèrent leur voyage à travers l'espace et le temps, défiant les lois de la physique pour revenir vers leur point d'origine.

19

— Les voilà ! s'exclama Beverly Ashton qui avait gardé les yeux rivés sur la cuve de verre qui occupait le centre du laboratoire.

Athéna émergea aussitôt de sa transse et rouvrit les yeux. Les deux voyageurs étaient bel et bien de retour parmi eux. Mais si Délia paraissait indemne, Jake, quant à lui, bascula en avant et tomba de sa chaise pour s'effondrer sur le sol. Une mare de sang commençait déjà à se former autour de lui.

— Appelle l'équipe de secours ! ordonna Ashton à son assistante.

Josie se précipita sur le poste de téléphone le plus proche tandis que Beverly s'élançait vers le tube de verre. Elle ouvrit la porte et pénétra dans la petite cabine pour s'agenouiller auprès de Jake. Tout comme Délia, il était trempé des pieds à la tête et frissonnait convulsivement.

Doucement, Beverly le plaça en position de sécurité. Elle remarqua alors que le saignement abondant provenait d'une plaie dans son épaule. Sans hésiter, elle ôta sa veste de tailleur et fit pression sur la blessure pour épancher le saignement.

— Est-ce qu'il va s'en sortir ? murmura Délia en claquant des dents.

— Bien sûr ! répondit Beverly sans hésiter.

Elle avait pris part à suffisamment de combats pour savoir que le plus important, dans ce genre de situation, était de soutenir le moral de ses hommes, même si ce devait être au prix d'un mensonge.

En réalité, la lividité de Jake indiquait qu'il avait déjà dû perdre une quantité importante de sang. Fort heureusement, le médecin de service ne tarda pas à arriver, accompagné de deux infirmiers portant un brancard. Ils prirent Jake en charge, tandis que Beverly aidait Délia à se lever et l'entraînait de force à l'écart.

Délia tremblait toujours de la tête aux pieds et elle accepta avec reconnaissance la serviette que lui tendit Ashton. En réalité, elle n'avait qu'une envie : retourner auprès de Jake pour s'assurer qu'il allait bien. Mais elle savait qu'elle ne ferait que gêner ceux qui étaient en train de le soigner.

Enveloppée dans sa serviette, elle regarda donc de loin les infirmiers installer son compagnon sur leur brancard. Alors qu'ils quittaient le laboratoire, le médecin de garde se tourna vers les trois femmes.

— Nous avons réussi à le stabiliser, mais nous allons devoir l'emmener aux urgences de l'hôpital de Flagstaff, leur indiqua-t-il.

— D'accord, acquiesça Ashton. Nous vous rejoindrons dès que nous en aurons terminé ici.

Le médecin hocha la tête et s'éloigna à grands pas tandis que Beverly se tournait vers Délia.

— Je sais que vous aimeriez l'accompagner, cependant il n'y a rien que vous puissiez faire pour lui en ce moment. Ils vont devoir l'examiner et le soigner, ce qui prendra un certain temps. En attendant, vous devriez aller prendre une douche bien chaude, boire un café et vous changer. Nous nous retrouverons en salle de conférences pour un débriefing rapide.

— Avant tout, objecta Délia, j'ai quelque chose à vous remettre.

Elle ôta le petit sac en cuir qui était accroché autour de son cou et le tendit à Athéna qui lui jeta un coup d'œil interrogatif.

— C'est le fragment du sceau que vous nous avez envoyés chercher, expliqua Délia. Nous avons réussi notre mission.

— Félicitations ! s'exclama Ashton tandis qu'Athéna s'emparait du sachet.

— Faites attention, l'avertit Délia. Cet objet est très puissant. Je crois qu'il vaut mieux éviter de le toucher directement.

Athéna hocha la tête et sortit le fragment qui était toujours enveloppé d'un morceau de tissu. Avec précaution, elle en écarta les pans pour révéler l'objet sacré.

— Je vois ce que vous voulez dire, murmura-t-elle, admirative. Je sens distinctement le pouvoir qui en émane. C'est extraordinaire... Est-ce que vous l'avez touché ?

— Chaque chose en son temps, objecta Ashton. Allez vous changer, Délia. Pendant ce temps, je vais appeler l'hôpital pour obtenir un premier bilan.

— Merci, répondit Délia.

La sollicitude qui se lisait dans les yeux d'Ashton prouvait qu'elle avait deviné l'angoisse et le désarroi qui l'habitaient en cet instant. Elle savait que Jake et elle étaient sortis ensemble, autrefois, et devait se douter qu'ils tenaient encore l'un à l'autre.

S'efforçant de surmonter son angoisse, Délia quitta le laboratoire pour se rendre dans les vestiaires. Là, elle se défit de ses vêtements trempés et prit une douche. Et tandis que l'eau brûlante cascadait le long de son visage et de son corps, elle se mit à sangloter doucement.

L'idée que Jake avait failli mourir l'emplissait d'un mélange d'effroi, d'angoisse et de désarroi si intense qu'elle était incapable de retenir ses larmes. C'est seulement alors qu'elle comprit qu'au cours de cette mission, elle était retombée amoureuse de lui.

Sans doute n'avait-elle même jamais cessé de l'aimer. Malgré la froideur dont il faisait parfois preuve, malgré la distance qu'il avait maintenue entre eux, malgré leur rupture, il avait toujours occupé dans son cœur une place à part.

C'est d'ailleurs pour cette raison qu'elle avait eu si peur de le retrouver : elle savait combien elle était susceptible de céder à l'attirance qu'il exerçait toujours sur elle. Du coup, elle avait passé son temps à le repousser, à le tenir à distance, tout comme il l'avait fait autrefois.

Ce faisant, elle avait refusé de voir l'évidence : ainsi qu'il le lui avait promis, Jake avait bel et bien changé. Et les efforts qu'il avait faits pour se montrer plus ouvert, moins détaché, n'avaient qu'une raison d'être : lui aussi tenait toujours à elle et regrettait l'époque où ils vivaient ensemble.

A présent, elle s'en voulait amèrement de ne pas lui avoir fait part de ses sentiments lorsqu'ils étaient à Rome. S'il mourait sans savoir ce qu'elle éprouvait à son égard, elle passerait sa vie à le regretter.

Se promettant qu'elle le lui avouerait dès qu'elle le verrait, elle quitta sa douche et se sécha avant d'enfiler les vêtements de rechange qui se trouvaient dans son casier.

En sortant des vestiaires, elle manqua percuter Josie qui était sur le point d'entrer.

— Le général Ashton m'a chargée de te dire qu'elle avait appelé l'hôpital, annonça-t-elle à Délia. Jake est au bloc, mais le médecin qui l'a examiné est confiant.

— Merci beaucoup, répondit Délia d'une voix légèrement étranglée par l'émotion.

— Je te conduirai à l'hôpital, dès que tu auras fini de t'entretenir avec Athéna et Ashton.

— Merci, répéta Délia.

A grands pas, elle se dirigea vers la salle de conférences où l'attendait la petite équipe chargée du débriefing. Ashton tenait à ce que celui-ci ait lieu le plus rapidement possible, de façon à ce que les souvenirs du voyageur temporel soient encore frais dans son esprit. Cet entretien serait archivé avant d'être étudié en détail par une équipe constituée de militaires, de psychiatres et d'historiens.

Ceux-ci seraient chargés de rédiger un rapport qui compilerait à la fois des informations d'ordre historique, tactique et psychologique que l'on pouvait tirer de l'expérience. Ces données serviraient ensuite à affiner la formation des futurs voyageurs.

Délia adressa un petit signe de tête au capitaine Sarah Stanton, l'ancien aide de camp du général Ashton qui avait démissionné suite au renvoi de sa supérieure hiérarchique et était demeurée son assistante.

Elle se lança ensuite dans un récit aussi détaillé que possible de tout ce qui s'était produit depuis que Jake et elle avaient quitté le laboratoire pour se retrouver projetés sur la Via Appia, à quelques centaines de mètres de l'endroit où Servilia s'était fait attaquer.

Elle exposa leur intervention, sa visite au temple de Diane, sa découverte du fragment, l'attaque qu'ils avaient repoussée le soir du banquet et le rôle joué par le scribe Kapaneus. Lorsqu'elle parla de son étrange voyage jusqu'aux Pléiades et de sa rencontre avec Adonia, elle comprit qu'Athéna brûlait de l'interroger à ce sujet.

Mais la procédure établie par Ashton était très stricte et stipulait que seul le voyageur était habilité à parler lors de ce premier débriefing. Sa vision des choses ne devait en aucun cas être déformée ou influencée par d'éventuelles questions. Délia s'efforça donc de rapporter sa conversation de façon aussi exhaustive et précise que possible.

Puis elle en vint à la façon dont Kapaneus avait tenté de leur voler l'un de leurs bracelets et aux pouvoirs qu'il avait mis en œuvre pour ce faire. Elle conclut par la description du collier qui lui servait d'amplificateur et par la poursuite épique qui s'était achevée par leur retour à Flagstaff.

Lorsqu'elle se tut enfin, un lourd silence pesa sur la petite assemblée, dont les membres étaient restés suspendus à ses lèvres pendant toute la durée de son récit.

— J'imagine que chacun d'entre nous doit avoir

des dizaines de questions à vous poser, déclara enfin le général Ashton. Mais vous devez être pressée de rejoindre le capitaine Tyler. Etant donné les circonstances, je dois pourtant vous demander un avis personnel.

— Je vous écoute, acquiesça gravement Délia.

— Croyez-vous que Kapaneus ait été un Centaurien ?

— Oui. Au vu des informations dont nous disposons, c'est la seule façon d'expliquer ses pouvoirs et le fait qu'il se trouvait en possession d'un amplificateur mental.

— Pensez-vous que nous devions considérer les Centauriens comme des ennemis ?

— Des adversaires potentiels, en tout cas, répondit Délia. Si j'en crois ce que m'a dit Adonia, ils ont tout intérêt à ce que nous échouions. Et je n'ai pour le moment aucune raison de mettre sa parole en doute. Les actes de Kapaneus tendaient d'ailleurs à prouver qu'il nous considérait comme des ennemis.

— Très bien, soupira Ashton en se tournant vers Athéna. Considérant les pouvoirs et la technologie dont disposent les Centauriens, j'estime qu'ils représentent un grave danger pour ce laboratoire et ce programme. Je suggère donc que nous passions en alerte maximale et que nous renforcions les procédures de sécurité.

— Je suis d'accord, approuva Athéna. Même si je crains fort que nous ne soyons pas de taille à tenir tête à ces êtres.

— Nous disposons au moins d'un avantage, intervint Délia. Il est en effet peu probable qu'ils tentent une attaque frontale : cela donnerait un prétexte à l'assemblée galactique pour prendre directement contact avec les humains sans attendre qu'ils aient récupéré tous les fragments du sceau.

— Espérons-le, acquiesça Ashton. En attendant, je vous félicite pour la façon dont vous avez mené cette mission, capitaine Sebastian. Vous êtes libre jusqu'à demain matin neuf heures. Cela devrait vous laisser le temps de prendre des nouvelles du capitaine Tyler et de vous accorder une bonne nuit de sommeil.

— Merci, madame, répondit Délia. A demain, ajouta-t-elle à l'intention de toute l'équipe.

Sur ce, elle se détourna et sortit de la salle de conférences pour rejoindre Josie qui l'attendait dans le couloir.

Jake était conscient lorsque Délia pénétra dans la chambre qui lui avait été attribuée au Flagstaff Memorial Hospital. Son épaule gauche était bandée et son bras retenu en écharpe, mais il paraissait nettement plus en forme que lorsqu'il s'était matérialisé dans le laboratoire.

— Tu as vraiment une sale tête, lui dit Délia pour cacher la joie immense qu'elle éprouvait.

Elle s'approcha de son lit et lui prit la main droite.

— Et toi, tu as l'air d'un ange, lui dit-il d'une voix légèrement râpeuse. Merci de m'avoir sauvé la vie, Del.

Luttant pour réprimer l'émotion qui l'étranglait, elle serra ses doigts entre les siens.

— Si je me souviens bien, objecta-t-elle, c'est toi qui as appuyé sur ton brassard ESC pour nous ramener.

C'est donc toi qui nous as sauvé la vie. Et de toute façon, à mes yeux, ce sera toujours toi le héros…

Se penchant vers lui, elle posa doucement ses lèvres sur les siennes. A sa grande surprise, il répondit avec passion à son baiser et elle sentit son corps tout entier réagir. Une fois de plus, elle s'émerveilla de cette étrange alchimie qui avait toujours existé entre eux.

Leurs corps paraissaient faits l'un pour l'autre, comme s'ils avaient été destinés de toute éternité à se retrouver, à se compléter. Et lorsqu'ils se séparèrent enfin, elle éprouva cette sensation de déchirement si familière qui lui rappela combien ils avaient été heureux ensemble.

Y avait-il encore de l'espoir pour leur couple ? Ce qu'ils avaient vécu au cours de ces derniers jours suffirait-il à les rapprocher vraiment ? Ou bien retomberaient-ils dans leurs vieux travers, dans ces habitudes qui avaient fini par creuser entre eux un fossé si profond ?

— Je t'aime, Délia, lui dit Jake comme s'il avait lu dans ses pensées.

Il pressa fortement ses doigts comme pour lui faire comprendre à quel point il était sérieux.

— Je n'ai jamais cessé de t'aimer, ajouta-t-il.

— Moi non plus, lui avoua-t-elle d'une voix enrouée par l'émotion. Mais regarde où cela nous a menés…

— Le fait que j'ai commis des erreurs ne signifie pas que je suis condamné à les reproduire, répondit-il gravement.

Percevant l'incertitude qui l'habitait, il la regarda droit dans les yeux.

— Nous nous aimons, lui dit-il. Et si nous refusons la chance qui nous est donnée aujourd'hui de nous réconcilier, nous passerons sans doute le reste de notre vie à le regretter. Peut-être tomberons-nous amoureux d'autres personnes, peut-être les épouserons-nous, mais nous nous demanderons toujours ce qui aurait pu se passer si nous étions sortis ensemble. Est-ce vraiment ce que tu veux ?

— Mais nous passions notre temps à nous disputer, objecta faiblement Délia.

— Je ne suis pas sûr que ce soit un problème, répondit-il. Nous avons chacun notre caractère et il est normal que nous ayons des différends, de temps à autre. Toute la question est de savoir si nous sommes capables de les surmonter pour trouver un chemin commun. Je ne l'étais probablement pas, il y a deux ans de cela, mais je pense l'être, aujourd'hui. J'ai envie de partager ma vie avec toi, Del. Et je suis prêt à faire tout ce qui sera en mon pouvoir pour te le prouver.

— Je te crois, Jake, murmura-t-elle d'une petite voix. Tu m'as prouvé que tu voulais changer. Et je sais que cela n'a pas dû être facile de me parler de ce qui s'était passé dans ton enfance.

— C'était moins difficile que je ne l'avais imaginé, avoua Jake. Peut-être parce que je ne l'ai pas fait pour gagner ta compassion ou pour te prouver que je pouvais me mettre à nu devant toi.

— Pourquoi l'as-tu fait, alors ? lui demanda gravement Délia.

— Parce que j'ai compris qu'il y avait certaines choses que je ne pouvais pas ne pas partager avec la femme de ma vie, répondit-il.

— Jake…

— Laisse-moi continuer, Del, l'interrompit-il. Je sais que je t'ai fait du mal. Je sais que tu as souffert de ma méfiance, de la difficulté que j'ai à accorder ma confiance, de la façon dont je me protège perpétuellement... Tu sais à présent pourquoi je suis ainsi. Mais je ne te demande pas de l'accepter. Je dois changer, Del. Je veux changer. Je ne peux pas définir toute ma vie en fonction de ce qui est arrivé à mes parents. Surtout si je sois devenir père un jour...

— Jake..., balbutia-t-elle en luttant contre les sanglots qui montaient en elle.

— Je te jure que les choses seront différentes, poursuivit-il. Tu sais combien je suis têtu. Eh bien, je te promets de mettre ce défaut au service de notre couple : pour toi, je deviendrai un homme nouveau. J'apprendrai à faire confiance, à me laisser aller, à croire en nous et en notre amour. Je ne dis pas que ce sera facile et je sais que je commettrai sans doute des erreurs. Mais je ne renoncerai pas tant que tu accepteras de me laisser une chance...

Délia posa la main sur sa joue et le regarda droit dans les yeux.

— Avec moi, tu auras toujours une chance, lui promit-elle. Il y a deux ans, j'ai commis une erreur. Lorsque tu te repliais sur toi, lorsque tu me tenais à distance, je t'en rendais responsable. Mais je sais aujourd'hui que la confiance se construit à deux. J'aurais dû me montrer plus patiente, j'aurais dû savoir que tu avais des raisons d'agir de cette façon...

— Tu ne pouvais pas le deviner, objecta Jake.

— J'aurais dû comprendre que tu m'aimais et qu'à ta façon, tu cherchais à me protéger. Au fond de toi, tu as toujours eu peur d'être comme ton père et de faire du mal à celle que tu aimerais. Mais je te connais, Jake, et je te promets que tu n'es pas comme lui. De tous les hommes que j'ai connus, tu es le plus respectueux, le plus prévenant et le plus attentionné.

Elle se pencha pour déposer un petit baiser sur ses lèvres.

— Je veux que tu saches que je serai là pour toi dans les moments difficiles, reprit-elle, que moi aussi, je peux te protéger comme tu l'as toujours fait. Nous sommes plus forts à deux que chacun de notre côté, Jake. C'est ce que Kapaneus a découvert à ses dépens. Et tant que nous serons honnêtes l'un envers l'autre, tant que nous accepterons de partager nos peurs et nos espoirs, rien ni personne ne pourra nous séparer...

Comme pour sceller cette promesse, elle se pencha de nouveau vers lui et l'embrassa. Jake poussa un soupir de bonheur contre ses lèvres et passa un bras autour de ses épaules pour l'attirer vers le lit. Elle s'allongea à son côté sans cesser de le dévorer de baisers.

L'idée qu'elle avait failli le perdre ajoutait encore à l'urgence de cette étreinte. Délia voulait conjurer le souvenir de l'angoisse atroce qui s'était emparée d'elle lorsque, de retour dans le laboratoire, elle l'avait vu gisant dans une flaque de sang, le visage blafard et les yeux clos.

Elle aurait voulu pouvoir faire l'amour avec lui, affirmer le triomphe de l'amour sur la mort et la toute-puissance de la vie qu'ils s'apprêtaient à passer côte à côte. Haletante, elle sentait se dresser l'extrémité de ses seins gorgés de désir. Une vertigineuse sensation de manque l'envahit et elle sut que lui seul pourrait le combler.

Jake aurait voulu que ce moment dure toujours, mais la position dans laquelle il se trouvait éveillait dans son épaule de douloureux élancements qui se propageaient jusqu'au creux de son dos. Il finit donc par se dégager à contrecœur. Délia dut lire sur son visage la souffrance qu'il ressentait car elle s'écarta prestement.

— Désolée, lui dit-elle.

— Ne t'excuse pas, répondit-il en souriant. Je suis certain que tes baisers ont des vertus thérapeutiques. Je me sens déjà nettement mieux.

— Et cela ne fait que commencer, lui dit-elle en lui rendant son sourire. Car je compte bien recommencer dès que j'en aurai l'occasion.

— Tu sais, Del, déclara-t-il gravement, je crois que nous serons vraiment heureux, tous les deux.

— Je le crois aussi, répondit-elle.

En fait, elle en était plus profondément convaincue encore que lorsqu'ils étaient sortis ensemble la première fois. Car il ne s'agissait pas cette fois d'un plongeon dans l'inconnu, mais bien de partager l'existence d'un homme qu'elle avait choisi en toute connaissance de cause, d'un homme qu'elle admirait, qu'elle respectait et qu'elle aimait plus que tout.

— Je crois que je ferais mieux de dormir un peu, murmura-t-il alors. Je ne sais pas si c'est à cause de ma blessure ou des médicaments qu'ils m'ont fait prendre, mais je me sens vraiment épuisé.

— Dors, lui dit-elle. Je reviendrai te voir ce soir.

Elle se pencha pour déposer un dernier baiser sur ses lèvres entrouvertes puis quitta la chambre sur la pointe des pieds. Lorsqu'elle referma la porte derrière elle, Jake dormait déjà profondément.

Délia se sentait presque aussi fatiguée que lui et, lorsqu'elle retrouva Josie dans la salle d'attente, elle lui demanda de la déposer à l'appartement qu'elle louait depuis qu'elle travaillait sur le projet Anasazi.

Tandis que la voiture traversait la ville, Délia contempla par sa fenêtre la silhouette majestueuse du mont Humphrey que recouvrait un épais manteau de neige. Le soleil radieux qui brillait dans le ciel d'azur était au diapason de son humeur joyeuse et pleine d'espoir.

Bien sûr, il faudrait encore plusieurs jours pour que Jake se remette de sa blessure. Puis tous deux devraient répondre à de nombreuses questions au sujet de la mission qu'ils venaient d'accomplir. Mais elle se promit qu'une fois qu'ils en auraient fini avec ces débriefings, ils s'accorderaient une semaine de vacances bien méritée.

Et si tout se passait comme elle l'espérait, ils ne sortiraient guère de leur chambre à coucher…

20

Le lendemain matin, Jake eut la surprise de voir Délia arriver en compagnie d'Athéna Carswell. Il était rare de voir la jeune physicienne sans sa blouse blanche et plus encore de la croiser en dehors de son laboratoire.

Jake était d'ailleurs intimement convaincu qu'elle travaillait beaucoup trop et ferait bien de se trouver un petit ami. Après tout, songea-t-il en l'observant attentivement, elle était plutôt jolie si l'on aimait les femmes un peu trop sérieuses…

— Bonjour, Jake, lui dit-elle. Je suis heureuse de voir que vous avez meilleure mine qu'hier. Mais j'ai apporté quelque chose qui pourrait peut-être vous aider à aller encore mieux.

Elle posa son attaché-case sur la table roulante sur laquelle on lui apportait ses plateaux-repas et l'ouvrit.

— J'ai travaillé sur le morceau du sceau que vous avez rapporté de Rome, reprit-elle en sortant le tissu qui contenait ledit fragment. Délia a mentionné dans son rapport qu'il avait guéri la blessure qu'elle s'était faite à la cuisse.

— Bon sang ! s'exclama Délia. Comment n'y ai-je pas pensé avant ?

Athéna éclata d'un rire cristallin.

— Je crois que c'est parfaitement naturel, déclara-t-elle. L'amour empêche souvent les gens de considérer une situation de façon rationnelle. Et puis, vous sortiez tout juste d'une course-poursuite à cheval en pleine Rome antique et d'un saut spatio-temporel. Après de telles émotions, peu de gens seraient capables de penser clairement…

Délia ne put s'empêcher de rougir. Jamais elle n'aurait pensé qu'Athéna puisse se montrer aussi perspicace en matière de sentiments. Mais la joie qui l'habitait depuis la veille devait se refléter dans chacun de ses gestes et de ses regards.

Elle avait encore du mal à croire que Jake et elle étaient parvenus à se réconcilier et cette seule pensée lui donnait de brusques envies de crier de joie ou de se mettre à chanter à tue-tête.

— Je n'y ai pas pensé non plus, remarqua alors Jake. Et pourtant, j'ai bien vu les effets du sceau sur toi…

— Il faut croire que l'amour rend vraiment aveugle, le taquina Athéna. Tenez, Jake, prenez le fragment dans votre main gauche et fermez les yeux. Je veux que vous vous concentriez sur l'énergie qui émane de cet objet et que vous le laissiez se répandre dans votre corps.

Jake tendit sa paume sur laquelle elle déposa le précieux fragment. Il ferma les yeux et fit le vide dans son esprit. Instantanément, il éprouva une sensation de chaleur qui ne fit que croître jusqu'à devenir presque douloureuse.

Puis, soudain, l'énergie qui s'était accumulée remonta le long de son bras et se répandit dans son corps, se concentrant principalement au niveau de son épaule blessée.

Délia et Athéna échangèrent un regard empli d'espoir. Car le visage de Jake avait repris des couleurs et il paraissait plus détendu qu'auparavant.

Les paupières toujours closes, Jake sentit l'énergie qui l'avait envahi refluer progressivement pour regagner le sceau qui redevint brûlant avant de refroidir rapidement.

— Je crois que c'est terminé, déclara-t-il en rouvrant les yeux.

Il lui tendit le fragment qu'elle enveloppa aussitôt dans son morceau de tissu avant de le ranger dans son attaché-case.

— Comment te sens-tu ? s'enquit Délia, le cœur battant.

— Beaucoup mieux, répondit-il en bougeant doucement son épaule. Je n'ai plus mal.

— Tu crois que la blessure s'est refermée ?

— Il n'y a qu'un moyen de le savoir, répondit-il. Il va falloir que tu retires mon pansement.

Délia hocha la tête et commença par ôter l'écharpe qui lui retenait le bras. Elle fit jouer prudemment son bras dans plusieurs directions.

— Je ne sens toujours rien, indiqua Jake d'un ton émerveillé.

Délia entreprit alors de défaire le pansement qui entourait son épaule.

— C'est incroyable, murmura Athéna lorsqu'elle eut terminé. Il n'y a même pas de cicatrice ! Je serais curieuse d'avoir l'avis d'un biologiste, mais je suis prête à parier que le sceau opère au niveau moléculaire. D'une façon ou d'une autre, il doit reconstituer les tissus d'origine…

Délia se tourna alors vers elle et lui jeta un regard suppliant.

— Athéna, lui dit-elle, accepteriez-vous ne nous laisser quelques heures avant de commencer le débriefing ?

Un sourire malicieux se dessina sur les lèvres de la physicienne.

— Beverly sera certainement furieuse quand elle l'apprendra, mais vous avez ma bénédiction. D'ailleurs, quelque chose me dit que si je refusais, vous auriez beaucoup de mal à vous concentrer sur les questions que j'ai à vous poser. Je vous laisse donc la fin de la journée et la nuit. Mais je vous attendrai au laboratoire demain matin à la première heure.

— Nous y serons, c'est promis, répondit Délia en s'efforçant de dominer son allégresse.

— C'est très beau ici, déclara Jake en observant l'intérieur de l'appartement de Délia.

Elle avait emménagé là après leur rupture et c'était la première fois qu'il découvrait cet endroit. Les meubles et la décoration qu'elle avait choisis étaient d'inspiration japonaise, qu'il s'agisse du sol en lattes de bambou, du futon qui trônait derrière une table basse laquée de noir ou des bambous en fleur qui étaient disposés près de la bibliothèque.

— Merci, répondit-elle en fermant la porte derrière eux. Je suis contente que ça te plaise.

Depuis que Jake était guéri, elle était terriblement impatiente de se retrouver seule avec lui. Mais, à présent qu'il était là, elle sentait monter en elle une légère tension, sans doute parce qu'ils étaient sur le point de faire l'amour après deux ans de séparation.

— C'est étrange, remarqua-t-il. C'est un peu comme cela que j'imaginais l'endroit où tu vivais.

— Cela prouve que tu me connais bien, répondit-elle avec un sourire un peu forcé.

— Plus autant que je le voudrais, répliqua Jake en lui lançant un regard qui trahissait tant de désir qu'il lui arracha un frisson irrépressible.

Elle le contempla en silence, le cœur battant à tout rompre, tandis qu'il couvrait la distance qui les séparait. Puis il prit son visage entre ses mains et se pencha sur elle pour l'embrasser. Et le contact de ses lèvres suffit à balayer la gêne et l'appréhension qu'elle éprouvait, ne laissant plus en elle qu'une sensation de désir impérieux.

Sans cesser de l'embrasser, elle l'entraîna en une danse maladroite dans le couloir qui menait à sa chambre. Tout comme le salon, celle-ci était dépouillée. Et le seul luxe qu'elle s'était autorisé était le grand lit qui trônait au centre de la pièce.

Jake commença à déboutonner son chemisier et glissa ses doigts sous le vêtement. Il s'écarta légèrement pour lui lancer un coup d'œil amusé.

— Je vois que certaines choses ne changent pas, lui dit-il. Tu es toujours fâchée avec les soutiens-gorge, on dirait.

Il caressa son omoplate du bout des doigts avant d'effleurer la naissance de ses seins, lui arrachant un petit soupir de bien-être. Il fit alors tomber le chemisier aux pieds de Délia et admira son corps magnifique dont le souvenir l'avait poursuivi au cœur de bien des nuits.

— A mon tour, lui dit-elle en commençant à déboutonner sa chemise.

— Je te promets que je ne porte rien en dessous, moi non plus, lui dit-il d'un ton malicieux sans cesser de caresser sa poitrine, dont les tétons se dressaient fièrement sous ses doigts.

— Tu ne perds jamais ton sens de l'humour, murmura-t-elle.

— C'est ce qui fait tout mon charme, répondit-il.

Elle laissa alors glisser ses ongles sur son torse et il frémit de la tête aux pieds. Impatient, il fit mine de déboutonner le jean de Délia.

— Pas si vite, lui dit-elle avant de couvrir son torse d'une pluie de petits baisers brûlants.

Renversant la tête en arrière, il s'abandonna à cette délicieuse exploration, sentant grandir en lui l'envie dévorante qu'il avait de Délia. Comment avait-il pu vivre sans elle pendant tout ce temps ? Rétrospectivement, ces deux dernières années lui faisaient l'effet d'un interminable exil.

Il sentit alors Délia dégrafer son pantalon.

— Je vois que tu n'es pas un grand fanatique des sous-vêtements, toi non plus, remarqua-t-elle d'une voix que le désir rendait légèrement rauque.

— Je ne vois pas pourquoi je porterais un caleçon si tu ne portes pas de soutien-gorge, répliqua-t-il en riant.

Il captura de nouveau sa bouche et l'embrassa avec une passion trop longtemps contenue. La soulevant alors entre ses bras, il la porta jusqu'au lit sur lequel il l'allongea.

— On dirait que ton épaule est bel et bien guérie, constata-t-elle.

— J'ai l'impression que le sceau m'a remis à neuf, répondit-il. Ne vous inquiétez donc pas, gente dame : j'aurai assez d'énergie pour vous satisfaire.

— Présomptueux ! s'exclama-t-elle en riant.

Jamais elle ne s'était sentie aussi heureuse qu'en cet instant. Elle était désormais certaine que Jake était réellement devenu un homme nouveau : jamais par le passé ils n'avaient été aussi proches, aussi complices, comme si le mur invisible qui les séparait perpétuellement s'était enfin effondré.

— Je vois que tu ne portes pas non plus de culotte ! s'exclama Jake d'un air faussement choqué. Mais que vais-je bien pouvoir faire de toi, Del ?

— Ce que tu veux, répondit-elle en se cambrant pour l'aider à lui ôter son jean.

Il laissa glisser sa paume sur son ventre, lui arrachant un petit gémissement d'anticipation. Puis, s'agenouillant entre ses cuisses, il se pencha sur elle pour capturer entre ses lèvres l'un de ses mamelons.

Et lorsqu'elle sentit la pointe de sa langue agacer l'extrémité de son téton, un brusque accès de désir balaya son amusement. Un violent frisson la parcourut de la tête aux pieds et elle gémit doucement, se laissant aller aux caresses de Jake.

Celui-ci descendit lentement, prenant le temps de redécouvrir chacun de ces vallons, chacune de ces collines du pays si familier que dessinait son corps. Il aurait pu passer des heures à l'admirer, mais il sentait l'envie impérieuse qu'elle avait de lui et n'avait pas le cœur de la décevoir.

Jake releva ses genoux et sa bouche se posa au

creux de ses cuisses, lui arrachant un cri rauque. Encouragé par cette réaction, il se fit plus audacieux et sa langue plongea en elle, fouillant les replis les plus secrets de son être et faisant naître en elle une vague de plaisir qui ne cessait d'enfler, balayant sur son passage ses derniers doutes, ses dernières incertitudes.

Et lorsqu'elle déferla sur elle, Délia comprit que jamais plus elle ne pourrait désirer un autre homme. Jake était le seul capable de lui apporter autant de joie. Parce qu'il la connaissait de façon intime, parce que tous deux étaient faits l'un pour l'autre.

Le souffle court, elle releva légèrement la tête pour le voir remonter le long de son corps. Le baiser tendre et passionné qu'ils échangèrent disait mieux que des mots l'amour qu'ils éprouvaient l'un pour l'autre.

Et lorsque Jake entra en elle, Délia eut l'impression qu'après des mois d'errance, elle se retrouvait enfin là où elle avait toujours rêvé d'être, dans les bras de l'homme de sa vie.

Puis il commença à bouger, lentement d'abord, puis de plus en plus vite à mesure qu'ils se laissaient emporter par leur ardeur. Tout comme autrefois, il existait entre eux une harmonie parfaite : leurs gestes se complétaient instinctivement, les entraînant toujours plus loin vers un monde où seul existait le plaisir qu'ils se donnaient l'un à l'autre.

Ensemble, ils basculèrent dans un maelström de sensations si intenses que la réalité parut se dissoudre pour laisser place à un monde où ils ne faisaient plus qu'un.

*
* *

Délia était allongée tout contre Jake qui l'entourait de ses bras. Elle avait l'impression que, tant qu'ils resteraient ainsi, rien ni personne ne pourrait les atteindre. Une fois de plus, elle avait la sensation d'être revenue chez elle après deux ans d'absence.

— Je suis heureux que certaines choses n'aient pas changé entre nous, murmura-t-il.

Il s'empara de la main de Délia et déposa un petit baiser sur sa paume avant de la reposer sur sa poitrine. Se redressant sur un coude, elle l'embrassa avec une telle douceur qu'il eut l'impression qu'elle lui transperçait le cœur de part en part.

Il se demanda quand il avait été aussi heureux qu'en cet instant et finit par conclure que cela n'était jamais arrivé. Pour la première fois depuis la mort de ses parents, il avait trouvé la paix.

— A quoi tu penses ? lui demanda Délia.

— A toutes les années de bonheur qui nous attendent, répondit-il en se tournant vers elle.

Un sourire rayonnant se dessina sur ses lèvres et elle hocha la tête.

— Si tu savais comme tu m'as manqué, lui dit-elle.

— Je le sais, lui assura-t-il. Je l'ai lu dans tes yeux, lorsque nous nous sommes revus au laboratoire. Tu étais en colère, bien sûr, mais je sentais aussi des regrets. C'est cela qui m'a donné l'espoir que tout n'était pas perdu, qu'il restait peut-être en nous suffisamment d'amour pour vaincre ce qui nous avait séparés.

— Et tu as vraiment bien fait d'insister, lui dit-elle d'un ton malicieux. A l'avenir, si nous nous disputons, je compte sur toi pour me rappeler que, malgré tous nos différends, nous sommes destinés l'un à l'autre.

— Je le pense aussi, acquiesça-t-il gravement. Je ne me suis jamais senti aussi seul qu'au cours de ces deux dernières années. J'avais toujours l'impression qu'il me manquait quelque chose, même si j'étais trop fier et trop stupide pour admettre ce dont il pouvait s'agir.

— Nous ne serons plus jamais seuls, à présent, lui promit Délia.

— Non, répondit-il gravement. Et j'espère même qu'un de ces jours, nous serons même trois ou quatre.

Cette fois, Délia fut incapable de retenir les larmes de joie qui lui montaient aux yeux. Jake les essuya à l'aide de son pouce.

— Je me demande bien à quoi pourront ressembler nos enfants.

— Ils seront probablement aussi entêtés que leur père, répondit Délia.

— Et aussi soupe au lait que leur mère, renchérit Jake.

— Ils détesteront les sous-vêtements.

— Et le pire, c'est qu'ils seront peut-être capables de lire dans nos pensées et de distinguer nos auras !

— On dirait que nous ne sommes pas au bout de nos peines, conclut Délia en riant.

Le rire de Jake se mêla au sien et elle sentit une douce chaleur se répandre au plus profond d'elle-même. En cet instant précis, elle eut l'intuition que plus rien ne pourrait jamais les séparer, qu'ils affronteraient côte à côte tous les malheurs que l'existence pouvait leur réserver et qu'ils en sortiraient vainqueurs ensemble.

Puis, cédant à la délicieuse sensation de fatigue qui les avait gagnés, ils s'endormirent tous deux nichés l'un contre l'autre.

21

Beverly Ashton se renversa sur sa chaise et massa doucement sa nuque douloureuse.

— Très bien, soupira-t-elle. Je crois que nous avons vraiment tiré tout ce que nous pouvions de votre expérience. Pourtant, après trois jours de débriefing ininterrompu, j'ai l'impression que nous avons plus de questions que de réponses.

— Tu exagères, protesta Athéna. La conversation que Délia a eue avec Adonia nous a au moins permis de nous familiariser avec les différentes parties en présence. Nous commençons également à mieux comprendre ce dont sont capables les Centauriens.

— Nous savons aussi qu'ils ne sont pas invincibles, renchérit Délia. Après tout, Jake et moi sommes parvenus à renvoyer à Kapaneus l'attaque mentale qu'il nous avait décochée.

— Nous avons également établi de façon probante le fait que les pouvoirs psychiques étaient directement liés à la présence du gène de navigation, ajouta Jake. Incidemment, cela signifie que, contrairement à ce que pensent les Centauriens, ce dernier n'est pas l'apanage des femmes.

— De plus, j'ai prouvé que les humains étaient

capables d'utiliser ce gène de façon consciente et volontaire.

— Mais nous ne sommes pas certains que d'autres y arriveront, remarqua Ashton. Tu pourrais être une exception.

— Je ne le pense pas, répondit Athéna. La maîtrise du transfert spatio-temporel est à mon avis une affaire de technique. Mais tu as raison : il est grand temps que je commence à former des gens qui pourraient reprendre le flambeau s'il m'arrivait quelque chose.

— Nous ne maîtrisons pas non plus la technologie qui nous permettrait de créer nos propres amplificateurs mentaux, ajouta Ashton.

— Ce sera nettement plus difficile, concéda Athéna. Lorsque aucune mission n'est en cours, je passe le plus clair de mon temps à étudier la couronne de navigation et je reconnais qu'il y a encore beaucoup de choses qui m'échappent.

— Adonia m'a dit que l'assemblée galactique pourrait nous aider lorsque nous aurons enfin réuni tous les fragments du sceau, intervint Délia.

— Elle a expliqué aussi que chacun de ces fragments contenait des informations sur la technologie extraterrestre, remarqua Jake. Certaines d'entre elles concernent peut-être les techniques de navigation spatio-temporelle.

— Je regrette vraiment d'avoir jeté le collier de Kapaneus dans le Tibre, soupira Délia. Peut-être aurait-il pu vous aider à avancer sur cette question.

— Tu as fait ce que tu avais à faire, protesta Jake. Si tu avais gardé le collier, Kapaneus aurait continué à nous poursuivre et nous n'aurions pas pu activer nos brassards ESC.

— Jake a raison, approuva Ashton. Votre priorité absolue était de rapporter le fragment du sceau et c'est ce que vous avez fait.

— Croyez-vous qu'il l'ait retrouvé ? s'enquit Délia. Qui sait ? Il est peut-être toujours coincé à Rome en 44 avant Jésus-Christ…

— Malheureusement, nous ne pouvons miser là-dessus, objecta Athéna. Tout d'abord, rien ne dit qu'un navigateur soit incapable de communiquer avec les siens sans l'aide de son amplificateur. De plus, si Kapaneus avait été envoyé en mission, lui aussi, ceux qui l'ont mandaté finiront tôt ou tard par aller voir ce qu'il est devenu.

— Mais Kapaneus aurait très bien pu être déjà là-bas lorsque nous sommes arrivés, remarqua Jake.

— Ce serait une coïncidence énorme, ne croyez-vous pas ? objecta Ashton. Bien sûr, j'aurais pu envisager cette éventualité si lui aussi s'était trouvé sur la piste du sceau. Mais d'après votre témoignage, tout me pousse à croire qu'il ignorait tout de sa présence en ce point de l'espace et du temps.

— Nous avons réfléchi à la question, poursuivit Athéna. Et nous pensons que les Centauriens ont détecté votre transfert. S'ils tiennent tant à leur monopole sur la navigation, ils doivent surveiller le continuum pour s'assurer que personne ne s'y déplace sans leur aide.

— Est-ce vraiment possible ? s'enquit Délia, sidérée.

— Théoriquement oui, répondit Athéna. Chaque saut dans l'espace-temps crée dans le continuum une microdéchirure qui se referme presque aussitôt. Mais on pourrait parfaitement imaginer un système de surveillance automatisé, des ordinateurs surpuissants reliés à des capteurs fabriqués à l'aide de cristaux similaires à ceux qui équipent les amplificateurs…

— Pour faire simple, nous pensons que les Centauriens ont détecté votre arrivée à Rome et vous ont suivis là-bas, l'interrompit Ashton qui devait redouter l'un de ces interminables apartés techniques dont Athéna avait le secret. Kapaneus était probablement chargé de déterminer qui vous étiez et de vous suivre pour localiser votre point d'origine.

— Si c'est vraiment ce qui s'est passé, ceux qui seront chargés de récupérer le fragment suivant seront également en danger, remarqua Jake.

— C'est exact, concéda Ashton. Malheureusement, nous ne pouvons rien y faire pour le moment. Il faudra que les prochains voyageurs redoublent de prudence.

— D'autant que pour le moment, nous ne savons détecter les Centauriens qu'en lisant leur aura, renchérit Délia. Or tous les psys ne possèdent pas cette faculté.

— A vrai dire, nous ne savons même pas si Kapaneus était vraiment un Centaurien ou si, d'une façon qui nous échappe, il était possédé par un Centaurien.

— Nous pourrions peut-être tenter d'utiliser la couronne de pilotage pour contacter les habitants des Pléiades pour leur poser la question, suggéra Délia.

— Nous avons pesé le pour et le contre, répondit Ashton. Mais d'après ce que vous a dit Adonia, ce genre de contact irait à l'encontre des règles établies par l'assemblée galactique. Les habitants des Pléiades n'ont pas le droit de nous venir en aide directement. Et s'ils le font, les Centauriens risquent d'obtenir l'annulation pure et simple de l'épreuve qui a été accordée à l'humanité. Nous ne prendrons donc ce risque qu'en tout dernier recours.

— En attendant, reprit Athéna, il est crucial de localiser et de récupérer au plus vite tous les fragments du sceau. Si les Centauriens en retrouvent un seul, nous perdons la partie. Et nous savons qu'ils feront tout ce qui est en leur pouvoir pour nous empêcher de réussir.

— Très bien, soupira Jake d'un ton résigné. Quand repartons-nous ?

Ashton se fendit d'un sourire mi-amusé, mi-approbateur.

— Ne vous en faites pas, nous avons décidé de vous laisser un peu de temps pour vous retrouver, tous les deux. Après tout, vous avez bien mérité quelques jours de vacances.

— Alors qui comptez-vous envoyer ? s'enquit Délia, curieuse.

— Tessa Marconi. C'est un ancien militaire, tout comme vous, et elle est dotée d'un sixième sens qui lui permet de localiser les gens et les objets à distance. Cela nous a paru tout à fait approprié, en l'occurrence.

— Et elle partira seule ? s'étonna Jake.

— Oui. Sachant que les Centauriens nous

surveillent, nous comptons privilégier la discrétion lors des missions suivantes.

— Et où doit-elle aller ? demanda Délia.

— En Grèce, en 480 avant Jésus-Christ, juste avant l'invasion de la Grèce par l'empereur perse Xerxès. Il semblerait que le fragment suivant soit dissimulé au sein de son armée.

— Décidément, l'assemblée galactique a choisi des moments-clés de notre histoire, s'exclama Jake. D'abord l'assassinat de Jules César et maintenant, la bataille des Thermopyles...

— Je ne pense pas que ce soit un hasard, déclara Athéna. Les agents de l'assemblée galactique ont probablement choisi ces périodes parce qu'elles constituaient des épisodes fondamentaux que les Centauriens ne pourraient pas altérer facilement.

— Incroyable, murmura Jake, fasciné. On dirait que l'humanité se retrouve prise au beau milieu d'un jeu d'échecs cosmique qui dure depuis des milliers d'années.

— C'est peut-être notre seul atout, remarqua Délia, pensive. Après tout, nous sommes des nouveaux venus dans cette partie et les autres risquent de nous sous-estimer pendant quelque temps, tout comme l'a fait Kapaneus.

— Mais cela ne durera pas, hélas !, prédit Ashton. Tôt ou tard, les Centauriens et les habitants des Pléiades comprendront que nous ne sommes pas de simples pions qu'ils peuvent manipuler à loisir. Et que se passera-t-il alors ?

Un silence pesant s'ensuivit et Délia comprit qu'en rapportant le premier fragment du sceau galactique, ils avaient fait faire à l'humanité un grand pas dans l'inconnu. Le cœur battant, elle glissa sa main dans celle de Jake et songea avec reconnaissance qu'elle-même, au moins, ne s'y aventurerait plus jamais seule.

Si vous avez aimé ce roman, ne manquez pas
en avril, dans la collection Nocturne,
le prochain volume de la série
Les passagers du temps
La nuit du guerrier.

NOCTURNE

Si « Le voyageur de l'ombre » vous a séduite, laissez-vous envoûter par le 2e titre de la collection Nocturne : « La caresse du loup », également en vente le 1er février.

L'homme s'avance vers elle, silhouette massive et menaçante. Et brusquement, Marika tressaille. Car ce regard qui luit dans l'ombre, ces yeux d'acier qui la transpercent, ce sont ceux de Beck, l'amant qu'elle a tant aimé et qu'elle quitté trois ans plus tôt, sans lui révéler qu'elle attendait un enfant de lui…
Et tandis qu'ils s'observent en silence, Marika tente de sonder le visage impénétrable de Beck. Pourquoi est-il là ? Se peut-il qu'il ait rejoint ceux qui les traquent, elle et son enfant ? Sa petite fille aux dons extraordinaires que tous, loups et vampires, recherchent,. Car elle est la première enfant de sang mêlé née d'un homme loup et d'une femme vampire…

La caresse du loup, de Karen Whiddon

NOCTURNE n°53

NOCTURNE

Votre prochain rendez-vous le 1er mars

LES AMANTS ENSORCELÉS, de Cynthia Cooke - n° 54

En suivant l'allée qui mène vers la demeure où elle a grandi, Laura sent l'appréhension la gagner. Sans ce message la suppliant de rentrer chez elle au plus vite, jamais elle ne serait revenue en Louisiane où personne ne l'attend, et où elle a failli périr noyée, des années plus tôt. Hésitante, elle se décide pourtant à pousser la porte de la grande maison abandonnée et retient un cri de surprise. Car devant elle se tient Drew, son amour de jeunesse. Ténébreux, distant, il la dévisage comme si elle était une étrangère. Et tandis qu'elle cherche à sonder son regard où brûle une flamme étrange, une voix s'immisce en elle et lui ordonne de partir. De fuir au plus vite les sortilège du bayou...

LE CHASSEUR DES TENÈBRES, de Doranna Durgin - n° 55

- 1er volet de la série : Les griffes de l'ombre -

Surgi de l'ombre, l'homme s'avance vers elle avec la souplesse d'un félin et, de sa voix de basse, la conjure d'accepter sa protection... Pourtant, en dépit des dangers dont elle se sent entourée, Meghan refuse de le suivre et réprime avec peine sa colère. Comment ose-t-il se présenter devant elle ? Comment prétend-il la protéger, alors que lui et ceux de son clan ont laissé sa mère se faire tuer en dérobant aux forces du mal un manuscrit aux pouvoirs maléfiques ? D'autant que rien, absolument rien ne lui garantit que cet homme aux yeux d'or ne poursuit pas le même but que ses ennemis : découvrir grâce à elle le lieu secret où sa mère, avant de mourir, a dissimulé le précieux grimoire...

Best-Sellers n°494 • roman

Un nouveau jour - Joan Johnston

Kristin Lassiter est bouleversée : Bella Benedict, la mère de Max, son grand amour de jeunesse, lui demande de venir lui rendre visite en Angleterre, dans son château de famille. Bella, que Kristin n'a jamais revue depuis le jour où Max lui a brisé le cœur, dix ans auparavant. Pourquoi son ex-belle-mère cherche-t-elle soudain à la contacter ? Et quelle est cette fameuse mission qu'elle dit vouloir lui confier ? Une mission qui, apparemment, est susceptible de lui rapporter beaucoup d'argent. Kristin hésite. Elle élève seule sa petite Félicity et elle a vraiment du mal à s'en sortir financièrement. La proposition de Bella pourrait certes être un moyen de remédier à ce problème, mais elle craint de rouvrir d'anciennes blessures en croisant Max... Et ce qu'elle redoute encore plus, c'est que son secret - celui que le chagrin l'a conduite à préserver toutes ces années - n'éclate au grand jour.

Best-Sellers n°495 • suspense

L'inconnu de Shadow Falls - Maggie Shayne

Depuis des années, Olivia Dupree, professeur de littérature, voue une admiration sans bornes à Aaron Westhaven, un célèbre romancier qui vit caché. Aussi est-elle très surprise lorsque ce dernier accepte de venir parler au cours de la conférence qu'elle organise pour ses étudiants. Mais le jour prévu, quelle n'est pas la stupeur d'Olivia lorsqu'elle est convoquée par la police à l'hôpital, au chevet d'un inconnu victime d'une tentative de meurtre... Une stupeur qui ne fait que s'accroître quand elle apprend que sa carte de visite se trouvait dans la poche de cet homme qui a perdu la mémoire... Qui peut bien être cet étranger séduisant et mystérieux ? Est-il l'écrivain qu'elle avait fini par considérer comme son âme sœur ? Et si ce n'est pas le cas, que faisait-il à Shadow Falls avec sa carte de visite dans la poche ? Soudain, prise de panique, Olivia craint de voir ressurgir le secret d'un passé qu'elle fuit depuis seize ans.

Best-Sellers n°496 • suspense

Noir Secret - Brenda Novak

Brillante substitut du procureur, Grace Montgomery ne s'attendait pas à voir un jour ressurgir les terribles démons de son passé. A l'âge de neuf ans, Grace a en effet été victime des désirs pervers de son beau-père, le révérend Barker, un homme pourtant respecté de tous dans la petite ville de Stillwater. Et même après la mystérieuse disparition du révérend, ce n'est que dans la fuite et le silence qu'elle a trouvé refuge. Un refuge, hélas, bien fragile. Car aujourd'hui, alors que les souvenirs viennent forcer les portes de sa conscience, d'importantes zones d'ombres persistent, assorties d'un obscur malaise qui l'invite à penser qu'elle a joué un rôle dans la disparition de son bourreau. Sinon pourquoi, après toutes ces années, se sentirait-elle toujours coupable ? Résolue à clore ce chapitre douloureux de son existence, Grace n'a plus le choix : elle doit retourner à Stillwater pour exhumer le passé…

Best-Sellers n°497 • thriller

Frayeur - Michelle Gagnon

Appelée sur une nouvelle scène de crime à Phoenix, Kelly Jones, agent spécial du FBI, découvre une mise en scène macabre : le corps de la victime a été minutieusement découpé, et ses différents membres, artistement répartis aux extrémités d'un socle en forme d'étoile. Pire encore, Kelly comprend bientôt que ce qu'elle a vu n'est que l'un des rouages d'un projet macabre plus vaste encore, et que le meurtrier séquestre Madison, une jeune adolescente de seize ans. Un kidnapping sur lequel enquête son fiancé, Jake Riley, un ancien flic brillant et charismatique reconverti dans la libération d'otages. Perturbée par la tournure des événements mais épaulée par Jake, Kelly est prête à tout pour déjouer le complot derrière lequel, elle en est persuadée, se cache un adversaire plus redoutable que jamais. Un adversaire qui exige une rançon aussi inédite qu'effroyable.

Best-Sellers n°498 • roman

L'héritière australienne - Lynne Wilding

A la mort de son père, Carla Stenmark hérite d'un domaine viticole dans la Barossa Valley, en Australie. Une propriété dont son père ne lui a jamais parlé. Pas plus que de son passé secret, qu'elle découvre à la lecture de son journal intime : accusé à tort d'avoir séduit la fiancée de son frère, Rolfe a été renié et banni par son propre père. En s'installant à Sundown Crossing avec son fils, c'est donc un double défi que Carla s'apprête à relever : remettre en état un vignoble en friche depuis des années, et renouer avec le clan Stenmark, bien qu'héritière d'un fils maudit…

Best-Sellers n°499 • historique

Le mystère des Carlyle - Shannon Drake

Angleterre, 1892.

A l'idée d'affronter le comte de Carlyle, dont la réputation suffit à la faire frissonner, Camille est terrifiée. Hélas, elle n'a pas le choix : son tuteur, l'homme qui l'a recueillie alors qu'elle n'était encore qu'une enfant, et qu'elle aime par-dessus tout, a été injustement emprisonné au manoir des Carlyle. Alors peu importent les rumeurs qui prétendent que le comte est l'héritier d'une redoutable malédiction qui touche quiconque essaie de l'approcher, Camille est déterminée à rencontrer cet homme et à obtenir la libération de son protecteur. Mais sa détermination vacille dès son arrivée au manoir. Car derrière le masque terrifiant que le comte porte en public, elle découvre un regard profondément troublant, celui d'un homme blessé qui détient la clé d'un terrible secret…